Un gato en el palomar

Biblioteca Agatha Christie

Biografía

Agatha Christie es conocida en todo el mundo como la Dama del Crimen. Es la autora más publicada de todos los tiempos, tan solo superada por la Biblia y Shakespeare. Sus libros han vendido más de un billón de copias en inglés y otro billón largo en otros idiomas. Escribió un total de ochenta novelas de misterio y colecciones de relatos breves, diecinueve obras de teatro y seis novelas escritas con el pseudónimo de Mary Westmacott.

Probó suerte con la pluma mientras trabajaba en un hospital durante la Primera Guerra Mundial, y debutó con *El misterioso caso de Styles* en 1920, cuyo protagonista es el legendario detective Hércules Poirot, que luego aparecería en treinta y tres libros más. Alcanzó la fama con *El asesinato de Roger Ackroyd* en 1926, y creó a la ingeniosa Miss Marple en *Muerte en la vicaría*, publicado por primera vez en 1930.

Se casó dos veces, una con Archibald Christie, de quien adoptó el apellido con el que es conocida mundialmente como la genial escritora de novelas y cuentos policiales y detectivescos, y luego con el arqueólogo Max Mallowan, al que acompañó en varias expediciones a lugares exóticos del mundo que luego usó como escenarios en sus novelas. En 1961 fue nombrada miembro de la Real Sociedad de Literatura y en 1971 recibió el título de Dama de la Orden del Imperio Británico, un título nobiliario que en aquellos días se concedía con poca frecuencia. Murió en 1976 a la edad de ochenta y cinco años.

Sus misterios encantan a lectores de todas las edades, pues son lo suficientemente simples como para que los más jóvenes los entiendan y disfruten pero a la vez muestran una complejidad que las mentes adultas no consiguen descifrar hasta el final.

www.agathachristie.com

Agatha Christie
Un gato en el palomar

Traducción: **Francisco Abril**

ESPASA

Obra editada en colaboración con Editorial Planeta – España

Cat Among the Pigeons © 1959 Agatha Christie Limited. All rights reserved.

AGATHA CHRISTIE, POIROT and the Agatha Christie Signature are registered trademarks of Agatha Christie Limited in the UK and elsewhere.
All rights reserved.
www.agathachristie.com

Agatha Christie Roundels Copyright © 2013 Agatha Christie Limited. Used with permission.
Diseño de la portada: Planeta Arte & Diseño
Ilustraciones de la portada: © Ed
Composición: Realización Planeta

Agatha Christie®

Traducción de Francisco Abril © Agatha Christie Limited. All rights reserved.

© 2024, Planeta Argentina S.A.I.C., – Buenos Aires, Argentina

Derechos reservados

© 2025, Editorial Planeta Mexicana, S.A. de C.V.
Bajo el sello editorial BOOKET M.R.
Avenida Presidente Masarik núm. 111,
Piso 2, Polanco V Sección, Miguel Hidalgo
C.P. 11560, Ciudad de México
www.planetadelibros.com.mx

Primera edición impresa en España: junio de 2024
ISBN: 978-84-670-7406-2

Primera edición impresa en México en Booket: marzo de 2025
ISBN: 978-607-39-2468-9

No se permite la reproducción total o parcial de este libro ni su incorporación a un sistema informático, ni su transmisión en cualquier forma o por cualquier medio, sea este electrónico, mecánico, por fotocopia, por grabación u otros métodos, sin el permiso previo y por escrito de los titulares del *copyright*.

Queda expresamente prohibida la utilización o reproducción de este libro o de cualquiera de sus partes con el propósito de entrenar o alimentar sistemas o tecnologías de Inteligencia Artificial (IA).

La infracción de los derechos mencionados puede ser constitutiva de delito contra la propiedad intelectual (Arts. 229 y siguientes de la Ley Federal del Derecho de Autor y Arts. 424 y siguientes del Código Penal Federal).

Si necesita fotocopiar o escanear algún fragmento de esta obra diríjase al CeMPro (Centro Mexicano de Protección y Fomento de los Derechos de Autor, http://www.cempro.org.mx).

Impreso en Operadora Quitresa S.A. de C.V.
Goma 167, Granjas Mexico, Iztacalco,
Ciudad de México, C.P. 08400
Impreso en México - *Printed in Mexico*

A Stella y Larry Kirwan

Personajes

Relación de los principales personajes que intervienen en esta obra:

Atkinson: Empleado del consulado británico en Ankara.
Blake: Una de las maestras del internado Meadowbank.
Angèle Blanche: Profesora de francés en el citado colegio.
Briggs: Viejo jardinero de ese mismo centro.
Honoria Bulstrode: Fundadora y directora del colegio.
Chadwick: Cofundadora y profesora de matemáticas de Meadowbank.
John Edmundson: Tercer secretario de la embajada británica en Oriente. Amigo de Bob.
George: Fiel ayuda de cámara de Hércules Poirot.
Adam Goodman: Joven jardinero del nombrado colegio.
Barbara Johnson: Gobernanta de Meadowbank.
Kelsey: Detective inspector.
Derek O'Connor: Funcionario del Foreign Office.

Ephraim Pikeaway: Coronel, al servicio del Foreign Office.
Hércules Poirot: Célebre detective belga.
Bob Rawlinson: Capitán aviador, íntimo amigo del príncipe Alí Yusuf.
Dennis Rathbone: Pretendiente de Ann Shapland.
Eileen Rich: Eficiente profesora del citado colegio.
Robinson: Misterioso personaje relacionado con el príncipe Alí Yusuf.
Rowan: Una joven maestra de Meadowbank.
Shaista: Princesa egipcia, sobrina del emir Ibrahim, prima de Alí Yusuf y alumna del internado.
Ann Shapland: Secretaria de la señora Bulstrode.
Grace Springer: Profesora de gimnasia del centro escolar.
Stone: Comisario de policía.
Joan Sutcliffe: Hermana de Bob.
Jennifer Sutcliffe: Joven hija de la anterior y alumna de Meadowbank.
Upjohn: Señora amante de los viajes y madre de Julia.
Julia Upjohn: Alumna del internado.
Vansittart: Profesora y secretaria del centro escolar citado.
Alí Yusuf: Jeque del principado hereditario de Ramat y depuesto por los revolucionarios.

Prólogo

El último trimestre del curso

I

Ese día se inauguraba el último trimestre en el internado Meadowbank. Los rayos del sol de poniente caían sobre la amplia explanada de grava que había delante del edificio. La puerta de la fachada principal estaba hospitalariamente abierta en toda su amplitud; bajo su dintel, encajando con el estilo georgiano del soportal de la casa, se veía erguida a la señorita Vansittart, peinada con esmero, que vestía un traje de chaqueta de corte impecable.

Los padres que no estaban bien informados la tomaban por la señora Bulstrode, eminente personalidad de la institución, ignorando que esta tenía por norma retirarse en tales ocasiones a una especie de sanctasanctórum donde solo recibía a una minoría selecta y privilegiada.

A un lado de la señorita Vansittart, maniobrando en un plano ligeramente distinto, estaba la señorita Chadwick, tranquila, toda erudición, y tan vinculada al internado que hubiera sido imposible concebir Meadowbank sin ella. Nunca se había alejado de allí. Las señoritas Bulstrode y Chadwick habían fundado juntas el colegio. Esta última usaba gafas, caminaba encorvada, vestía con desaliño, conversaba con amable vaguedad, pero resultaba ser una lumbrera en matemáticas.

De un extremo a otro de la casa se oían diversas palabras y frases de bienvenida que la señorita Vansittart pronunciaba con cortesía.

«¿Qué tal, señora Arnold...? Cuénteme, Lydia, ¿disfrutó usted de su crucero por las islas del Egeo? ¡Qué oportunidad tan maravillosa! ¿Sacó usted buenas fotografías?»

«Sí, lady Garnett, la señorita Bulstrode recibió su carta en relación con las clases de arte: todo está dispuesto.»

«¿Cómo está, señora Bird? Pues no me parece que la señorita Bulstrode tenga hoy tiempo para discutir esos pormenores. La señorita Rowan anda por aquí. Si desea tratarlo con ella...»

«Te hemos cambiado de dormitorio, Pamela. Ahora estás en el ala opuesta, dando al manzano...»

«En efecto, lady Violet, hemos soportado un tiempo aborrecible en lo que va de primavera. ¿Es este el más pequeño de sus hijos? ¿Cómo se llama? ¿Hector? ¡Qué aeroplano más bonito tienes, Hector!»

«Très heureuse de vous revoir, madame. Ah, je regrette, ce ne serait pas possible, cet après-midi. Mademoiselle Bulstrode est tellement occupée.»

«Buenas tardes, profesor. ¿Ha descubierto usted nuevos objetos de interés en sus excavaciones?»

II

En una salita del primer piso, Ann Shapland, la secretaria de la señorita Bulstrode, pulsaba las teclas de una máquina con rapidez y eficiencia. Ann era una joven de treinta y cinco años, de agradable apariencia, con el pelo peinado tan tirante que parecía que llevara encasquetado un gorrito negro de satén. Conseguía resultar atractiva cuando tal era su propósito, pero la vida le había enseñado que siendo activa y competente solían lograrse mejores resultados y se evitaban molestas complicaciones. Por el momento, se concentraba en ser todo aquello que debía ser una secretaria de la directora de un famoso internado femenino.

De rato en rato, y al tiempo que insertaba un nuevo folio en la máquina de escribir, echaba una ojeada a través de la ventana, registrando con interés quiénes llegaban.

—¡Cielo Santo! —exclamó para sí, asombrada—. No tenía ni idea de que todavía nos quedaran tantos chóferes en Inglaterra.

Mientras un majestuoso Rolls-Royce se ponía en marcha, ella, a su pesar, sonrió al ver subir un pequeño Austin, deteriorado por el paso implacable de los años. De él se bajó un padre, de aspecto fatigado, con su hija, que parecía estar mucho más tranquila.

Cuando él aguardaba indeciso, la señorita Vansittart emergió de la casa dispuesta a cumplir con su cometido.

—¿El mayor Hargreaves? ¿Y usted es Alison? Pasen dentro. Me gustaría que examinara personalmente el cuarto que va a ocupar Alison, y así...

Ann hizo una mueca burlona y se dispuso a continuar tecleando.

«La señorita Vansittart, toda perfección, parece una consumada actriz —comentó Ann para sí misma—. Sabe imitar el repertorio completo de recursos escénicos de la Bulstrode. En realidad, es lo que se dice una buena cómica.»

Un enorme Cadillac de una opulencia poco menos que avasalladora, pintado en dos tonos, celeste y frambuesa, giró (con las dificultades que implicaban sus dimensiones) y frenó detrás del decrépito Austin del honorable mayor Alistair Hargreaves.

El chófer salió de un brinco para abrir la portezuela; un inmenso hombre barbudo, de tez morena, cubierto con una flotante chilaba de genuino pelo de camello, descendió del coche seguido de una persona vestida a la última moda parisina y de una esbelta jovencita morena.

«Esa debe de ser la princesa No-Sé-Cuántos —pensó Ann—. No puedo imaginármela con el uniforme del colegio, pero supongo que mañana asistiremos en primera fila a la metamorfosis...»

En ese momento aparecieron tanto la señorita Vansittart como la señorita Chadwick.

«Serán conducidos ante la Presencia», determinó Ann.

Entonces reflexionó, cosa muy extraña, que no era adecuado ponerse a inventar chistes a costa de la señorita Bulstrode. Ella era Alguien.

«Así es que tal vez es mejor que te dediques, hija mía, a tener un poco de cuidado con lo que piensas —se dijo—, y a acabar estas cartas sin equivocarte.»

Y no es que Ann soliera cometer errores. Podía permitirse el lujo de elegir los lugares donde trabajaba. Había llevado la contabilidad del director general de una compañía petrolera y había sido secretaria particular de sir Mervyn Todhunter, conocido tanto por su erudición como por su irritabilidad y por lo ilegible de su escritura. Entre sus exjefes se contaban dos ministros del Gabinete y un funcionario del Estado que ocupaba un alto cargo. En conjunto, sus empleos habían discurrido siempre entre hombres, y ella se preguntaba si le resultaría grato verse enteramente rodeada de mujeres. Después de todo, lo consideraba como una experiencia, pero siempre podría contar con que Dennis volviera de Malasia, de Birmania, de diversas partes del mundo... Igual de enamorado que siempre, suplicándole una vez más que se casara con él. ¡Su querido Dennis! Aunque sería tan sosa la vida matrimonial con él...

Iba a echar de menos la compañía masculina. ¡Tantos tipos de pedagogas y ningún otro hombre en aquel lugar más que un jardinero casi octogenario...!

Pero entonces Ann se llevó una sorpresa. Al mirar por la ventana, advirtió la presencia de un hombre recortando el seto al otro lado de la calzada. Evidentemente, era un jardinero, pero andaba muy lejos de tener ochenta años. Era joven, moreno y guapo. Ann hacía cábalas respecto a él... Se había hablado de buscarle un ayudante al jardinero, pero ese hombre no tenía pinta de ser un patán. De todos modos, hoy en día la gente se dedica a hacer toda clase de trabajos; sería un muchacho necesitado de reunir un poco de dinero para uno u otro proyecto o, meramente, para ir tirando. Pero hacía su trabajo con la maña que solo da la experiencia. Después de todo, quizá fuera un auténtico jardinero.

«Por su aspecto —decidió Ann para sus adentros—, yo diría que ese tipo tiene gracia.»

Se alegró al darse cuenta de que solo le quedaba una carta por escribir; luego podría darse una vuelta por el jardín.

III

En el piso de arriba, la señorita Johnson, la gobernanta, se dedicaba a asignar habitaciones, dar la bienvenida a las nuevas alumnas y saludar a las antiguas.

Estaba encantada de que se hubieran reanudado las clases. Nunca sabía a qué dedicarse durante las vacaciones. Tenía dos hermanas casadas con las que se iba a vivir alternativamente, pero, como es natural, a estas les preocupaban más sus propios quehaceres y familias que Meadowbank. A la señorita Johnson, si bien estaba encariñada con sus hermanas, como era su deber, solamente le interesaba el colegio.

Sí, que hubiera comenzado otro trimestre era fantástico...

—Señorita Johnson...

—¿Qué, Pamela?

—Fíjese, señorita Johnson, debe de haberse derramado algo dentro de mi neceser. Se me ha puesto todo pringado. A mí me parece que es brillante.

—¡Vaya, vaya, vaya! —exclamó la señorita Johnson, apresurándose a prestarle su ayuda.

IV

Mademoiselle Blanche, la nueva profesora de francés, estaba paseando por la extensión de césped que se desplegaba desde el lado de la calzada, contemplando con ojos interesados al fornido joven que arreglaba el seto.

«*Assez bien*», pensó.

Mademoiselle Blanche era enjuta, daba la impresión de ser apocada y pasaba inadvertida, aunque no se le escapaba detalle.

Contempló la procesión de coches que se deslizaban hasta la puerta principal, evaluando cuánto debían de costar. ¡El colegio Meadowbank era indiscutiblemente *extraordinaire*! Resumió en un cálculo mental las ganancias que la señorita Bulstrode debía de estar haciendo.

Sí, no había duda. *Extraordinaire!*

V

La señorita Rich, que enseñaba inglés y geografía, avanzaba hacia la casa con paso rápido dando algún que otro traspié, porque, como era habitual en ella, olvidaba mirar dónde pisaba. El moño, también como de costumbre, se le había aflojado y le colgaba el pelo. Irradiaba una expresión vehemente en su poco agraciado rostro.

Decía para sí misma: «¡Estar otra vez de regreso! ¡Estar aquí...!, parece que han pasado siglos».

Tropezó con un rastrillo y cayó sobre él. El joven jardinero le ofreció un brazo, diciéndole:

—Apóyese, señorita.

Eileen Rich le dio las gracias sin siquiera mirarlo.

VI

La señorita Rowan y la señorita Blake, las dos más jóvenes de entre las maestras, vagaban hacia el pabellón de deportes. La señorita Rowan, mujer delgada y de cutis oscuro, era extremadamente decidida; la señorita Blake era rubia y regordeta. Hablaban animadamente sobre sus recientes aventuras en Florencia: los cuadros y las esculturas que habían visto, los árboles frutales en floración y las atenciones (que a ellas les parecieron indecorosas) de dos distinguidos jóvenes italianos.

—Desde luego, ya se sabe cómo se las gastan los italianos —aseguró la señorita Blake.

—No tienen la menor inhibición —convino la señorita Rowan, que había cursado las carreras de Psicología y Ciencias Económicas—. Se nota que no tienen doblez alguna ni represiones.

—Pero Giuseppe se quedó muy gratamente impresionado al enterarse de que yo era profesora en Meadowbank —dijo la señorita Blake—. De repente, se volvió mucho más respetuoso. Tiene una prima que desea estudiar aquí, pero la señorita Bulstrode no estaba segura de que hubiera plazas libres.

—Meadowbank es un colegio de indiscutible fama —aseguró satisfecha la señorita Rowan—. La apariencia del nuevo pabellón es grandiosa. Jamás imaginé que llegaría a estar listo a tiempo.

—La señorita Bulstrode dijo que tenía que estarlo —hizo saber la señorita Blake, con el tono de quien ha pronunciado la última palabra.

—¡Oh! —añadió la señorita Rowan, estremecida.

La puerta del pabellón de deportes se abrió bruscamente; emergió de él una joven huesuda de cabellos color zanahoria. Les clavó la vista de una manera poco amigable y desapareció a toda prisa.

—Esa debe de ser la nueva profesora de gimnasia y deportes —conjeturó la señora Blake—. ¡Qué grosera!

—No es una incorporación demasiado grata, que digamos, para el cuadro de profesoras —declaró la señorita Blake—. La señorita Jones, su predecesora, era, por el contrario, toda afabilidad y simpatía.

—Nos ha mirado de hito en hito, de eso no cabe duda —remató la señorita Blake, agraviada.

Ambas se sintieron del todo desazonadas.

VII

El despacho de la señorita Bulstrode tenía ventanales que daban a dos direcciones; uno hacia la calzada y la pradera que había más allá; el otro hacia un bancal de rododendros por detrás del edificio.

Se trataba de una habitación solemne, pero la señorita Bulstrode era una mujer más solemne todavía: alta y de porte más bien majestuoso, con un pelo entrecano muy bien cuidado, unos ojos pardos chispeantes de humor y una boca cuyos rasgos anunciaban firmeza de carácter. La buena marcha del colegio (y Meadowbank era uno de los más prósperos de Inglaterra) se debía completamente a la personalidad de su directora. Resultaba muy costoso, pero el lucro no era su fin primordial. Se podría explicar mejor diciendo que, si bien era verdad que hacían pagar hasta el aire que se respiraba, no era menos cierto que por ese dinero ofrecían lo mejor de todo a cambio.

Las niñas recibían una educación orientada por sus propios padres, pero de acuerdo también con el criterio de la señorita Bulstrode, y el resultado de ambos sistemas parecía ser satisfactorio. Debido a los elevados honorarios que las familias debían pagar, la señorita Bulstrode se hallaba en situación de poder costear una educación personalizada. Allí nada se hacía «en serie», como suele decirse, pero, aunque se siguieran directrices individuales, la disciplina estaba a la orden del día. «Disciplina, pero no militarizada» era el lema de la señorita Bulstrode. A la gente joven le convenía la disciplina, sostenía ella; les daba seguridad, pero si se militarizaba, podían enfadarse.

Sus alumnas formaban un conjunto muy variado. En él estaban incluidas diversas extranjeras aristócratas; a menudo, estas eran de sangre real. También había chicas inglesas de excelentes familias o de la alta burguesía que necesitaban adquirir cierta cultura general, aprender de bellas artes y poseer un conocimiento de la vida y una experiencia social que habría de convertirlas en mujeres agradables de mundana desenvoltura y capaces de tomar parte en una discusión inteligente de no importa qué tema. Había también chicas cuyo propósito era trabajar, preparar exámenes preuniversitarios y, con el tiempo, graduarse, por lo que solo necesitaban buena enseñanza y una atención especial; otras que habían reaccionado desfavorablemente ante el tipo de vida de los colegios estereotipados. Pero la señorita Bulstrode tenía sus normas: no admitía ineptas o delincuentes juveniles, y prefería ingresar a chicas cuyos padres le agradasen y en las que ella misma vislumbrara trazas de progreso. Las edades de sus alumnas oscilaban entre muy amplios límites. Había chicas a quienes en épocas pasadas les habría colocado la etiqueta de «preparada para su presentación en sociedad», y también algunas párvulas cuyos padres se encontraban de viaje por el extranjero, y para las que la señorita Bulstrode había proyectado interesantes vacaciones. El último e inapelable tribunal era su propia aprobación.

En este momento se encontraba de pie al lado de la chimenea escuchando la quejumbrosa voz de la señora de Gerald Hope. Con gran previsión, no le había sugerido que tomara asiento.

—Verá, es que Henrietta es extremadamente diferente a las demás. Muy diferente, se lo aseguro. Nuestro médico de cabecera opina...

La señorita Bulstrode asintió con la cabeza siguiéndole la corriente; reprimió en sus labios la mordaz frase que a veces estaba tentada de dejar escapar: «Pero ¿no se da usted cuenta, zopenca, de que eso es lo que toda madre sin sentido común suele decir de sus hijas?».

Habló con firme comprensión:

—No tiene por qué inquietarse, señora Hope. La señorita Rowan, miembro de nuestro profesorado, es una psicóloga magníficamente preparada. Estoy segura de que se quedará sorprendida del cambio que verá en Henrietta (de por sí una niña inteligente y encantadora, y demasiado buena para usted), después de uno o dos trimestres aquí.

—Sí, ya lo sé. Ustedes consiguieron maravillas con la niña de los Lambeth. ¡Verdaderas maravillas! Por eso estoy contenta. Y..., ¡ah, ya!, se me olvidaba... Dentro de seis semanas salimos para el sur de Francia. He pensado en llevarme a Henrietta. Me gustaría que se tomara entonces un breve descanso en sus estudios.

—Me temo que eso va a ser del todo imposible —replicó con viveza la señora Bulstrode, acompañando sus palabras de una sonrisa encantadora, como si estuviera accediendo a una petición en lugar de denegarla.

—¡Oh, pero...! —La señora Hope titubeó, mostrando cierto mal genio en su débil y petulante rostro—. Tengo que insistir, ya lo creo. Al fin y al cabo, es mi hija.

—Cierto, pero el colegio es mío —replicó la señorita Bulstrode.

—Entonces, ¿es que no puedo sacar a la niña del colegio cuando se me antoje?

—¡Oh, sí! —concedió la señorita Bulstrode—. Puede hacerlo. Claro que puede hacerlo. Pero, en ese caso, yo no volvería a admitirla.

La señora Hope se puso hecha un basilisco.

—Teniendo en cuenta la cuantía de los honorarios que pago aquí...

—Exactamente —admitió la señorita Bulstrode—. Usted eligió mi colegio para su hija, ¿no es así?, igual que escogió ese precioso modelo de Balenciaga que lleva puesto. Pues acéptelo tal como es o déjelo. Porque es un Balenciaga, ¿no? Es fantástico encontrar a una mujer con tan buen gusto en el vestir.

Envolvió con su mano la de la señora Hope, apretándola, y guio sus pasos imperceptiblemente en dirección a la puerta de salida.

—Esté tranquila. ¡Ah! Ahí tiene a Henrietta, esperándola. —Miró con aprobación a Henrietta, una simpática niña de inteligencia equilibrada, si las hay, digna de mejor madre—. Margaret, conduzca a la señorita Hope hasta la señorita Johnson.

La señorita Bulstrode se retiró a su despacho; al cabo de poco estaba hablando francés.

—Pues claro que sí, excelencia, su sobrina puede aprender bailes modernos de salón. Es de lo más importante socialmente. Asimismo, los idiomas son imprescindibles.

Los siguientes en llegar venían precedidos de una estela de perfume caro que parecía capaz de tumbar a la señorita Bulstrode.

«Debe de verterse a chorros un frasco entero de perfume todos los días», anotó mentalmente la señorita Bulstrode al saludar con un cumplido a la mujer de cutis trigueño que venía tan exquisitamente vestida.

—*Enchantée*, madame.

Madame rio entre dientes de una manera primorosa.

El corpulento y barbudo personaje de vestidos orientales cogió la mano de la señorita Bulstrode, hizo una reverencia y dijo en muy buen inglés:

—Tengo el honor de acompañar a la princesa Shaista hasta usted.

La señorita Bulstrode sabía todo lo concerniente a su nueva alumna, que acababa de llegar de un colegio de Suiza, pero no tenía muy claro lo de su escolta. «No debe de ser el emir en persona —juzgó—, como mucho un ministro o un *chargé d'affaires*.» Como era su costumbre cuando se hallaba apurada ante una duda auténtica, recurrió al socorrido título de *Excellence* y le garantizó que cuidarían de la princesa Shaista con el mayor esmero.

Shaista sonreía cortésmente. También ella iba vestida y perfumada a la moda. La señorita Bulstrode sabía que tenía quince años, pero, como muchas jóvenes orientales y de países del litoral mediterráneo, parecía mayor de lo que era por estar ya desarrollada del todo. La señorita Bulstrode conversó con ella acerca de sus proyectos académicos y experimentó gran satisfacción al advertir que le respondía con presteza en un inglés correcto y sin lanzar esa risita boba que tratan de esconder las adolescentes. Era evidente que sus modales, si se comparaban con los de la mayoría de las colegialas inglesas de quince años, eran mucho más refinados. A menudo, la señorita Bulstrode había pensado que sería una idea acertada enviar a algunas chicas inglesas a los países de Oriente Próximo para que allí les enseñaran etiqueta y buenas maneras. Ambas partes intercambiaron más cumplidos y entonces el despacho quedó otra vez desocupado, aunque tan saturado de aquel penetrante perfume que la señorita Bulstrode tuvo que abrir las ventanas de par en par para que se disipara un poco.

Las siguientes en llegar fueron la señora Upjohn y su hija, Julia. La señora Upjohn era una afable mujer que rondaba los cuarenta, pelirroja y pecosa. Llevaba un sombrero que no le quedaba nada bien y que, indudablemente, era una concesión a la formalidad de la ocasión, ya que ella pertenecía al tipo de mujeres jóvenes que tienen por costumbre ir destocadas.

Julia era una niña corriente, también pecosa, con una frente que denotaba bastante inteligencia y naturalidad.

Los preliminares se llevaron a cabo con rapidez y Margaret acompañó a Julia con la señorita Johnson. La niña dijo animadamente, mientras salía:

—Adiós, mamá. Ten mucho cuidado al encender esa estufa de gas ahora que yo no estaré en casa para hacerlo.

La señorita Bulstrode se volvió sonriente hacia la señora Upjohn, pero no le indicó que tomara asiento. No tendría nada de particular que, pese al aparente jovial sentido común de Julia, su madre creyera verse en la necesidad de explicar que la suya era una niña muy especial.

—¿Tiene algo en particular que encargarme con respecto a Julia? —preguntó.

La señora Upjohn replicó con júbilo:

—¡Oh, no! No lo creo. Julia es una niña muy corriente. Completamente sana y todo eso. Creo, además, que tiene una cabeza bastante bien amueblada. Aunque me atrevería a decir que todas las madres piensan eso de sus hijas, ¿verdad?

—Las madres difieren una de otras —sentenció la señorita Bulstrode con sombría entonación.

—Para ella, poder venir aquí es magnífico —explicó la señora Upjohn—. En realidad, es una tía mía quien lo paga, o me ayuda en gran parte a pagarlo. Yo no podría costearlo por mí misma. Pero estoy lo que se dice encantada con ello, y Julia lo mismo. —Se dirigió hacia la ventana, diciendo con envidia—: ¡Qué hermoso jardín! ¡Y cuidado con tanto esmero! Deben de tener ustedes una colección de auténticos jardineros.

—Teníamos tres —le explicó la señorita Bulstrode—, pero de momento estamos faltas de ellos; vienen a echarnos una mano unos del pueblo.

—Desde luego, el inconveniente de hoy en día —observó la señora Upjohn— estriba en que quien pretende pasar por jardinero no es, la mayoría de las veces, otra cosa que un simple lechero, pongo por caso, necesitado de obtener ingresos extras en sus ratos libres, o un viejo de ochenta años. A veces pienso que... ¡Cómo...! —exclamó la señora Upjohn, observando a través del ventanal—. ¡Qué cosa más extraordinaria!

La señorita Bulstrode concedió a esta repentina exclamación menos importancia de la que hubiera debido, pues ella misma había lanzado una ojeada fortuita en aquel preciso instante a través de la ventana que daba al matorral de rododendros y había percibido una visión muy irritante: se trataba nada menos que de lady Veronica Carlton-Standways, que iba haciendo eses mientras caminaba, murmurando para sí misma, en un evidente estado de embriaguez.

Lady Veronica no era un peligro que hubieran ignorado. Se trataba de una mujer encantadora, profundamente unida a sus dos hijas gemelas, y muy agradable, según decían, cuando era ella misma. Sin embargo, desgraciadamente, en imprevistos intervalos, no era así. Su marido, el mayor Carlton-Standways, la sobrellevaba bastante bien. Vivía con ellos una prima que, por lo general, la tenía siempre al alcance de la vista para vigilarla y apartar sus pasos del peligro, si llegaba el caso. El día de las competiciones deportivas, acompañada de su marido y de su prima, que no se separaba de ella, lady Veronica aparecía completamente despejada y magníficamente vestida; era el ejemplo de madre modelo. Pero había veces en que conseguía zafarse de sus seres queridos, se ponía como una cuba y se iba flechada en busca de sus hijas para hacerles promesas de su amor maternal. Las mellizas habían llegado en tren aquella mañana, y nadie en el colegio había contado con la aparición de lady Veronica.

La señora Upjohn continuaba charlando sin que la señorita Bulstrode la escuchara. Esta última se planteaba qué hacer, porque se había dado cuenta de que lady Veronica se estaba aproximando vertiginosamente a la fase truculenta. Pero, de repente, como llovida del cielo, apareció la señorita Chadwick, con paso acelerado y ligeramente jadeante. «La fiel Chaddy —pensó la señorita Bulstrode—. Siempre se puede contar con ella, ya se trate de un corte en una arteria o de un familiar embriagado.»

—¡Es una ignominia! —vociferó lady Veronica—. Intentaron mantenerme alejada... No querían que viniera aquí... Sin embargo, me burlé bien de Edith. Fui a echarme un rato, dejando el coche fuera, y me zafé de ella, la muy tontaina... Es una solterona metódica. A ningún hombre se le ocurriría mirarla dos veces.

»Tuve una trifulca con la "poli" por el camino. Dijeron que no estaba en condiciones de conducir... ¡Pamplinas! Voy a decirle a la señorita Bulstrode que me llevo a las niñas a casa... ¡Quiero tenerlas en casa...! ¡Amor de madre! ¡Qué cosa tan grande es el amor de madre...!

—Es grandioso, lady Veronica —convino la señorita Chadwick—. Nos sentimos muy halagadas de que haya venido. Tengo especial interés en que vea el nuevo pabellón de deportes. Le encantará.

Encaminó diestramente los vacilantes pasos de lady Veronica en la dirección opuesta, alejándose de la casa.

—Quizá las niñas estén allí —le dijo hábilmente—. Es un pabellón de deportes al que no le falta detalle. Tiene taquillas nuevas y un secadero para los trajes de baño.

Sus voces se perdieron en lontananza.

La señorita Bulstrode las observaba. Lady Veronica trató una vez más de desasirse y regresar a la casa, pero la señorita Chadwick era una contrincante que la aventajaba. Desaparecieron al dar la vuelta al ángulo que formaba el bancal de rododendros, en dirección a la distante soledad del nuevo pabellón de deportes.

La señorita Bulstrode soltó un suspiro de alivio. «¡Excelente persona esta Chaddy! ¡Y tan fiel! No es moderna. Tampoco cerebral, excepto para las matemáticas. Pero siempre está dispuesta a prestar su ayuda en un momento de apuro.»

Se volvió y miró con cierta sensación de culpabilidad a la señora Upjohn, que había continuado perorando un buen rato a sus anchas.

—... aunque, por supuesto —estaba diciendo ahora—, nunca se trataba de auténticas aventuras de capa y espada. Nada de tirarse en paracaídas ni hacer sabotaje ni espionaje como en las películas. Yo no habría tenido el valor suficiente. La mayoría de las veces era muy monótono. Trabajo de oficina y trazados de planos sobre un mapa. Pero, claro está, de cuando en cuando era excitante, y a menudo de lo más entretenido, como le decía antes... Todos los agentes secretos se perseguían unos a otros, dando vueltas y más vueltas por Ginebra, conociéndose mutuamente de vista, y terminando con frecuencia en el mismo bar. Entonces yo no estaba casada, claro. Todo aquello resultaba tan divertido... —Se detuvo de repente, disculpándose con una amistosa sonrisa—. Lamento haber estado hablando tanto y haberle robado su precioso tiempo, cuando aún le quedan tantísimas visitas por atender.

Le tendió la mano, se despidió y se fue.

La señorita Bulstrode permaneció en pie durante un momento, con el ceño fruncido. Estaba intranquila sin saber exactamente por qué. Cierto instinto le advertía de que no había prestado la atención debida a algo que tal vez pudiera ser importante.

No obstante, descartó esa sensación. Era el primer día del último trimestre y aún tenía que recibir las visitas de muchos padres más.

Su colegio jamás había disfrutado de mayor esplendor y nunca había tenido el éxito tan asegurado. Meadowbank se encontraba en su cénit. No había nada que pudiera indicarle que, apenas pocas semanas después, el internado se sumergiría en un mar de complicaciones; que el desconcierto, el caos y el asesinato reinarían allí, y que ya en ese instante se estaban maquinando ciertos acontecimientos...

Capítulo primero

Revolución en Ramat

Unos dos meses antes del primer día del último trimestre del curso en Meadowbank tuvieron lugar determinados sucesos que repercutirían en la vida de aquel renombrado internado femenino.

Descansando en uno de los aposentos del palacio de Ramat, dos jóvenes fumaban mientras consideraban el futuro más inmediato. Uno de ellos, moreno, con una faz tersa y aceitunada y unos grandes ojos de mirada melancólica, era el príncipe Alí Yusuf, heredero del jeque de Ramat, Estado que, si bien diminuto, era uno de los más ricos de Oriente Medio. El otro joven era pelirrojo y pecoso, y no tendría ni un penique si no fuera por la bonita asignación que le pasaba el príncipe Alí Yusuf en calidad de piloto privado suyo.

A pesar de la diferencia de posición, se trataban de igual a igual. Los dos se habían educado en el mismo colegio y desde entonces no dejaron de considerarse íntimos amigos.

—Nos dispararon, Bob —aseguró el príncipe Alí, resistiéndose a creerlo.

—Sí, nos dispararon a dar —repitió Bob Rawlinson.
—Se habían propuesto derribarnos.
—Eso es lo que pretendían los muy bastardos —aseveró Bob con voz lúgubre.

Alí consideró por un momento:

—¿Merecería la pena intentarlo de nuevo?
—Puede que esta vez no tuviéramos tanta suerte. La verdad es, Alí, que lo hemos dejado todo para última hora. Hace ya dos semanas que deberíamos haber huido, como te aconsejé.

—No es muy grato escapar así... —dijo el gobernante de Ramat.

—Me hago cargo de tu punto de vista. Pero recuerda que Shakespeare o uno de esos poetas dijo que los que huyen salvan su vida para poder luchar otro día.

—Cuando pienso en el dinero que se ha ido en transformar este reino en un Estado próspero... —reflexionó con sentimiento el joven príncipe—. Sanatorios, escuelas, servicios de asistencia médica...

Bob Rawlinson le interrumpió:

—¿No podría hacer algo la embajada?

Alí Yusuf enrojeció airadamente.

—¿Refugiarme en tu embajada? Eso nunca. Los extremistas, con toda seguridad, asaltarían el edificio; no respetarían la inmunidad diplomática. Además, si llegara a hacer eso, sería el fin. Ya tengo bastante con que la principal acusación en mi contra sea la de prooccidental. —Exhaló un quejido—. ¡Es tan difícil comprenderlo! —Sus palabras sonaron anhelantes, dando la sensación de ser más joven de los veinticinco años que tenía—. Mi abuelo fue un hombre cruel, un auténtico tirano. Tenía centenares de esclavos y los trataba de una manera despiadada.

»En sus guerras contra las tribus que le eran hostiles mataba a sus enemigos sin compasión, y los hacía ejecutar de la manera más horripilante. El mero susurro de su nombre hacía que todo el mundo palideciera. Y, sin embargo, continúa siendo un personaje de leyenda, admirado y venerado. ¡El gran Achmed Abdullah! Pero yo... ¿Qué es lo que he hecho yo? Edificar hospitales y colegios, proporcionarles bienestar, construirles viviendas y todas esas cosas que dicen que el pueblo necesita. ¿Es que no las quieren? ¿Acaso preferirían un régimen del terror como el de mi abuelo?

—Me temo que es eso —replicó Bob Rawlinson—. Parece un poco injusto, pero es así.

—Pero ¿por qué, Bob? ¿Por qué?

Bob Rawlinson suspiró y se retorció en el diván, haciendo un esfuerzo por explicar lo que sentía. Tenía que vencer su falta de fluidez verbal.

—Bueno —empezó—. Supongo que será porque montó un espectáculo. Él era un tipo, digamos..., dramático, si entiendes mi comparación.

Contempló de frente a su amigo, quien, y era algo evidente, no tenía nada de dramático. Era un chico delicado, plácido, sencillo... Correcto, decente... Alí era así, y a Bob le gustaba por eso. Ni pintoresco ni impetuoso. Y si bien en Inglaterra los tipos pintorescos e impetuosos causan perplejidad y no son muy queridos, Bob estaba más que seguro de que era diferente en Oriente Medio.

—Pero la democracia... —empezó a decir Alí.

—¡Oh! La democracia... —Bob ondeó su pipa en el aire—. Eso es algo que significa cosas distintas en todas partes pero estoy muy seguro de que nunca significa lo que originariamente dieron a entender los griegos.

Apuesto lo que quieras a que, si logran darte la patada, surgirá algún mercachifle exaltado que tome las riendas del poder vociferando sus propias alabanzas, divinizándose a sí mismo y ahorcando o desollando a cualquiera que ose disentir de él en cualquier aspecto. Y, fíjate en lo que te digo, él llamará al suyo «un gobierno democrático»... Del pueblo y para el pueblo... Y espero que, además, al pueblo le encante todo eso. Será excitante para ellos. ¡Sangre a torrentes!

—¡Pero no somos salvajes! Hoy en día somos una sociedad civilizada.

—Hay diferentes tipos de civilización —explicó vagamente Bob—. Además, yo me inclino a creer que todos nosotros albergamos un poquito de salvajismo en nuestro interior y le damos rienda suelta si conseguimos una excusa verosímil.

—Es posible que estés en lo cierto —contestó Alí sombríamente.

—Lo que al parecer no desea hoy el pueblo en ninguna parte es un gobernante que posea una dosis mínima de sentido común. Yo no he sido nunca un tipo con mucha cabeza, que digamos... ¡Bueno!, eso lo sabes tú de sobra, Alí... Sin embargo, a veces pienso que es la única cosa que hace falta en el mundo... Solo una pizca de sentido común. —Apartó la pipa a un lado y se enderezó en el diván—. Pero no tienes por qué preocuparte de eso ahora. Lo que importa es cómo voy a sacarte de aquí. ¿Hay alguien en el ejército en quien puedas confiar ciegamente?

El príncipe Alí negó con la cabeza, apesadumbrado.

—Hace dos semanas te habría contestado que sí, pero hoy lo ignoro... No puedo estar seguro...

Bob asintió.

—Eso es lo que me sabe peor. Y en cuanto a este palacio tuyo, me da dentera.

Alí mostró su aquiescencia sin dejar entrever emoción alguna.

—Sí. En los palacios hay espías por todas partes. Lo escuchan todo. Se enteran de todo.

—Incluso en los hangares —lo interrumpió Bob—. El viejo Achmed, por el contrario, no era de esos. Tiene una especie de sexto sentido. Sorprendió a uno de los mecánicos trasteando a escondidas por la avioneta... Precisamente uno de los hombres en quien siempre habíamos depositado nuestra más absoluta confianza. Mira, Alí, si vamos a jugarnos el todo por el todo para sacarte de aquí, tendrá que ser pronto.

—Ya lo sé... Ya lo sé... Creo que... Ahora mismo, estoy plenamente convencido de que si me quedo, me matarán.

Lo dijo sin emoción ni pánico de ninguna clase; más bien con una ligera indiferencia.

—De todos modos, el peligro de muerte al que tenemos que enfrentarnos es grande —le advirtió Bob—. Hemos de ir rumbo al norte, como sabes. Así no podrán interceptarnos. Pero eso implica volar sobre las montañas..., y en esta época del año... —Se encogió de hombros—. Debes comprenderlo. Es más que peligroso.

Alí Yusuf pareció acongojarse.

—Si algo te ocurriera, Bob...

—¡Oh...! No te preocupes por mí, Alí. No lo he dicho pensando en mí. Yo no cuento. Y, de todos modos, soy el tipo de individuo que, con toda seguridad, terminan matando tarde o temprano. Me paso la vida jugándome el pellejo. No, se trataba de ti... No quiero persuadirte para que tomes una decisión o la contraria. Si una parte del ejército te es leal...

—No me convence la idea de huir —dijo Alí con sinceridad—. Pero tampoco quiero ser un mártir y que me descuarticen. —Guardó silencio unos instantes—. Está bien —afirmó finalmente soltando un suspiro—. Lo intentaremos. ¿Cuándo?

Bob se encogió de hombros.

—Cuanto antes, mejor. Tienes que llegar al aeródromo sin levantar sospechas. ¿Qué te parece decir que vas a inspeccionar las obras de construcción de la nueva carretera de Al Jasar? Un antojo repentino. Ve a primera hora de la tarde; entonces, cuando tu coche pase por el aeródromo, detente allí. Yo tendré la avioneta dispuesta y todo previsto. El pretexto será que vas a ir a supervisar la construcción de la carretera desde lo alto, ¿comprendes? Despegamos y nos quitamos de en medio. Ni que decir tiene que no podremos llevar equipaje alguno, tiene que parecer todo completamente improvisado.

—No hay nada que desee llevarme conmigo, a excepción de una cosa...

El príncipe sonrió y de pronto la sonrisa alteró la expresión de su rostro imprimiéndole una personalidad diferente. Dejó de ser el moderno y concienzudo joven de ideas occidentales. En su sonrisa se vislumbraban toda la destreza y la astucia de etnia que habían permitido sobrevivir a una larga lista de antepasados suyos.

—Tú eres mi amigo, Bob. Mira aquí...

Se metió la mano por dentro de la camisa y palpó hasta que consiguió extraer una bolsita de ante que alargó a Bob.

—¿Qué es esto? —Bob frunció el ceño, perplejo.

Alí la atrajo hacia sí de nuevo, la desató y vació su contenido encima de la mesa.

Bob contuvo la respiración por un momento, expulsando enseguida el aliento con un tenue silbido:

—¡Santo Dios! ¿Son de verdad?

A Alí esa pregunta le pareció graciosa.

—¡Pues claro que lo son! La mayoría de ellas pertenecieron a mi madre. Todos los años adquiría piedras nuevas. Yo también lo he seguido haciendo. Proceden de muchos lugares diferentes; nuestra familia se las compró a hombres en quienes podíamos confiar. Se adquirieron en Londres, Calcuta, Transvaal... Es tradición familiar llevarlas encima en caso de emergencia. —Hablando en tono más optimista aseguró—: Están tasadas al cambio actual en tres cuartos de millón de libras, aproximadamente.

—¡Tres cuartos de millón de libras! —Bob abrió los ojos como platos, cogió las piedras y las dejó correr entre sus dedos—. ¡Son fantásticas! Igual que un cuento de hadas. Le transforman a uno.

—Sí —asintió el joven príncipe. De nuevo apareció en su rostro aquella milenaria expresión abrumada—. Los hombres se vuelven otros cuando hay joyas de por medio; siempre dejan tras de sí un reguero de violencia: muertes, derramamientos de sangre, asesinatos. Las mujeres se vuelven aún peores. Porque ellas no consideran solamente el valor de las joyas, sino algo relacionado con las joyas en sí. Las mujeres pierden la cabeza por unas joyas bonitas. Desean pasearlas, llevarlas colgadas alrededor del cuello, sobre el pecho. Yo estas no se las confiaría a ninguna mujer. Pero voy a confiártelas a ti.

—¿A mí? —Bob lo miró de hito en hito.

—Sí. No quiero que caigan en manos de mis enemigos. Ignoro cuándo tendrá lugar el alzamiento en mi contra; puede que esté urdido para hoy mismo. Tal vez no viva ya esta tarde para poder llegar al aeródromo. Hazte cargo de las piedras y procede en todo como mejor te parezca.

—Pero, no lo entiendo. ¿Qué es lo que debo hacer con ellas?

—Apáñatelas para conseguir que salgan del país de forma segura —indicó Alí, fijando plácidamente la mirada en su amigo, que seguía turbado.

—¿Quieres decir que prefieres que las lleve yo encima en vez de llevarlas tú?

—Así es. Pero, en realidad, creo que serías capaz de discurrir algún plan ingenioso para lograr que lleguen a Europa.

—Pero escucha, Alí: no se me ocurre la menor idea de cómo hacer semejante cosa.

El príncipe se recostó en el diván. Sonreía tranquilamente con aire divertido.

—Tienes sentido común. Y eres honrado. Y recuerdo que en los días en que fuimos compañeros de fatigas tenías para todo una ocurrencia ingeniosa. Te daré el nombre y la dirección de un individuo que se encarga de gestionarme estos asuntos..., por si acaso yo no sobreviviera. No pongas esa cara de angustia, Bob. Hazlo como mejor puedas. Es todo lo que te pido. No te culparé si fracasas. Será la voluntad de Alá. En cuanto a mí respecta, es muy sencillo. No quiero que ultrajen mi cadáver para robar esas piedras. Por lo demás... —Se encogió de hombros—. Ya te lo he dicho: todo saldrá según la voluntad de Alá.

—¡Estás chiflado!

—No. Soy fatalista. Eso es todo.

—Mira, Alí, acabas de decir que soy honrado, pero tres cuartos de millón..., ¿crees que podrían minar la honradez del hombre más íntegro?

Alí Yusuf dedicó a su amigo una mirada de afecto.

—Sea como sea —concluyó—, nunca desconfiaría de ti.

Capítulo 2

La mujer del balcón

I

Al tiempo que Bob Rawlinson se alejaba por las galerías de mármol del palacio, en las que resonaba el eco de sus pisadas, se dio cuenta de que nunca en su vida se había sentido tan desdichado. Saber que llevaba tres cuartos de millón de libras en el bolsillo del pantalón le causaba un intenso malestar. Tenía la sensación de que todos los oficiales del palacio con quienes se encontraba lo sabían. Estaba seguro de que aquello iba a salirle caro. Para no levantar sospechas, trató de que sus facciones pecosas reflejaran su habitual expresión animada.

Los centinelas de la entrada le presentaron armas chocando los talones. Bob bajó por la atestada calle principal de Ramat, con la mente todavía ofuscada. ¿Hacia dónde se encaminaba? ¿Qué planearía? No tenía la menor idea. Y el tiempo apremiaba.

La calle principal era parecida a la inmensa mayoría de las calles principales en Oriente Medio: una mezcla de inmundicia y esplendor. Los bancos recién construdos se erguían ostentando su magnificencia. Una innumerable cantidad de bazares presentaban sus colecciones de baratijas de plástico. Polainas de punto para bebés y encendedores de pacotilla eran mostrados en inverosímil yuxtaposición. Había máquinas de coser y piezas de recambio para automóviles; las farmacias exponían sus pócimas de elaboración casera, rodeadas de moscas, así como grandes anuncios de penicilina de toda clase y antibióticos en gran abundancia. En muy pocas tiendas había algo que normalmente apetecería comprar, con la posible excepción de los últimos modelos de relojes suizos, que se exhibían amontonados por centenares en un escaparate diminuto. El surtido era tan inmenso que, incluso en estas circunstancias, el posible comprador habría desistido de adquirir nada, abrumado por tan enorme revoltijo.

Bob caminaba experimentando una especie de estupor, casi empujado por los seres vestidos con trajes locales o europeos que lo rodeaban.

Haciendo acopio de fuerzas para concentrarse, volvió a preguntarse adónde demonios lo llevarían sus pasos.

Se metió en un café y pidió un té con limón. Al sorberlo, empezó a reanimarse poco a poco. El lugar era acogedor. Sentado en una mesa frente a él, un árabe de edad avanzada se entretenía en pasar una sarta de cuentas de ámbar que producían su ruidito característico al chocar unas con otras. A su espalda, dos hombres jugaban una partida de tric-trac. Era un sitio ideal para sentarse a meditar.

Porque él necesitaba meditar. Le habían confiado joyas por valor de tres cuartos de millón y tenía que apañárselas para sacarlas del país. Tampoco había tiempo que perder: todo podía estallar en cualquier momento.

Desde luego, Alí estaba loco. ¡Lanzar por las buenas con tal despreocupación setecientas cincuenta mil libras a su amigo! Y después volverse a arrellanar tranquilamente, encomendándolo todo a Alá. Bob no contaba con tal recurso. El dios de Bob otorgaba a sus criaturas la libertad de decidir y acometer sus propios actos, haciendo uso pleno de las facultades que él generosamente les había concedido.

¿Qué demonios iba a hacer con aquellas dichosas piedras? Pensó en la embajada. No. No podía implicarla.

Y, de todos modos, era casi seguro que la embajada se negaría a verse comprometida.

Lo que él necesitaba era una persona. Una persona de lo más corriente que abandonara el país por un medio también de lo más corriente. Un hombre de negocios, o un turista, preferiblemente. Alguien sin conexión alguna con la política, cuyo equipaje, a lo sumo, estuviese sujeto a un mero registro superficial, o que, incluso, no fuera a ser registrado en absoluto. Por supuesto, había que considerar también la otra posibilidad... «Suceso sensacional en el aeropuerto de Londres. Intentan introducir en el país un alijo de joyas por valor de tres cuartos de millón de libras.» Etcétera. Pero tendría que correr ese riesgo.

Una persona corriente... Un viajero de buena fe... Y de repente Bob se dio una palmada en la frente por necio. ¡Pues claro que sí: Joan! Su hermana, Joan Sutcliffe. Estaba en Ramat desde hacía ya dos meses con su hija Jennifer, la cual, después de un grave ataque de neumonía, había venido a recuperarse, por prescripción médica, a este país de clima seco y mucho sol. Regresarían a Inglaterra en barco dentro de tres o cuatro días.

Joan era la persona ideal. ¿Qué era lo que Alí había dicho acerca de las mujeres y las joyas? Bob se sonrió. ¡La buena de Joan! Ella no es de las que perderían la cabeza por unas joyas. Sería capaz de poner las manos en el fuego por ella. Sí, podía confiar en Joan.

Sin embargo, pensó que quizá se estaba precipitando... ¿Podía de verdad confiar en Joan? En su honradez, indiscutiblemente. Pero ¿y en su discreción? Bob negó con la cabeza, lleno de pesar. Joan se iría de la lengua; sería incapaz de resistir la tentación de charlar. Y, lo que es peor, podría hacer alusiones indirectas...

«Me llevo a Inglaterra una cosa importantísima. No puedo decirle una palabra de ello a nadie. Realmente, es de lo más emocionante...»

Joan nunca había sido capaz de quedarse callada, aunque se sentía muy halagada cuando se le decía todo lo contrario. Por eso no debía tener conocimiento de lo que iba a llevar. Así correría menos peligro. Bob prepararía un paquete con las piedras, un paquete de aspecto inocuo, y le contaría cualquier historia. Un regalo para alguien, un encargo; ya pensaría él algo.

Echó una mirada a su reloj de pulsera y se puso en pie. El tiempo apremiaba.

Recorrió las calles a zancadas, sin sentir el bochornoso calor del mediodía. Todo parecía tan normal como siempre, no se notaba nada de particular en el ambiente. Solamente en palacio se advertirían el espionaje, los cuchicheos y la proximidad de algo extraño que parecía estar fraguándose.

El ejército..., todo dependía del ejército. ¿Quiénes eran leales? ¿Quiénes no lo eran?

Con toda seguridad, intentarían un golpe de Estado. ¿Tendría éxito o fracasaría?

Frunció el ceño cuando entró en el hotel principal de Ramat. Se denominaba modestamente Ritz Savoy y tenía una gran fachada modernista. Se había inaugurado con gran boato tres años atrás, con un mánager suizo, un jefe de cocina vienés y un *maître d'hôtel* italiano. Todo había ido de maravilla; sin embargo, luego el vienés había sido el primero en desfilar, seguido por el suizo. Y ahora también el *maître* italiano se había despedido. La comida seguía siendo pretenciosa, pero de mala calidad; el servicio resultaba abominable, y una buena parte del costoso sistema de fontanería no funcionaba como era debido.

El encargado de la recepción conocía bien a Bob y le saludó con la más radiante de sus sonrisas:

—Buenos días, capitán. ¿Viene en busca de su hermana? Ha salido de excursión con la pequeña...

—¿De excursión? —A Bob se le cayó el alma a los pies... Precisamente tenían que irse de excursión cuando tan preciso le...

—Con el señor y la señora Hurst, de la compañía petrolera —aclaró el encargado, dispuesto a informar. Todo el mundo estaba siempre enterado de todo—. Han ido a la presa de Kalat Diwa.

Bob renegó en su interior. Joan no volvería al hotel hasta dentro de unas horas.

—Voy a subir a su habitación —dijo, y alargó la mano para coger la llave que le entregó el empleado.

Abrió la puerta y pasó dentro. Aquel amplio cuarto de dos camas estaba sumido en el caos habitual. Joan

Sutcliffe no era una mujer ordenada. Había palos de golf atravesados sobre una butaca y raquetas de tenis tiradas encima de la cama. La ropa estaba desperdigada por todas partes; la mesa, atestada por un batiburrillo de rollos de película, tarjetas postales, libros con la cubierta forrada y una colección de objetos orientales, la mayoría de ellos fabricados en serie en Birmingham y en Japón.

Bob echó una ojeada a las maletas y bolsas de viaje que estaban a su alrededor. Se encontraba cara a cara con un problema: no iba a ser posible ver a Joan antes de emprender el vuelo y huir con Alí. No le quedaba tiempo para ir a la presa y regresar. Podía hacer un paquete con las piedras y dejarlo acompañado con una nota, pero casi inmediatamente después de pensarlo desistió. Sabía muy bien que siempre le vigilaban. Lo más probable era que le hubieran seguido desde el palacio al café y desde el café hasta aquí. No había advertido a nadie, pero sabía que había individuos muy hábiles para esa clase de trabajo. No tenía nada de sospechoso que viniera al hotel para visitar a su hermana, pero si dejaba una nota y un paquete, la leerían y lo abrirían.

Tiempo..., tiempo... Le faltaba tiempo.

Tres cuartos de millón de piedras preciosas en el bolsillo de sus pantalones.

Volvió a pasear la mirada por la habitación, tras lo cual, con una mueca burlona, extrajo del bolsillo un pequeño juego de herramientas que siempre llevaba consigo. Descubrió que su sobrina Jennifer tenía plastilina, cosa que le sería de gran ayuda.

Trabajó rápido y con destreza. De pronto, alzó la vista, suspicaz, dirigiendo sus ojos hacia el ventanal, que estaba abierto. No, en esa estancia no había balcón. Eran solo sus nervios los que le habían dado la sensación de que alguien lo estaba observando.

Finalizó su tarea e hizo un ademán de aprobación. Nadie sería capaz de descubrir lo que había hecho. De eso estaba convencido. Ni Joan ni ninguna persona. Y mucho menos Jennifer, una niña tan reconcentrada en sí misma que nunca veía ni reparaba en nada ajeno a su propia persona.

Quitó de en medio todas las pruebas de lo que había estado haciendo y se las guardó en el bolsillo. Después se quedó mirando a su alrededor, desconcertado.

Alargó la mano para alcanzar el bloc de cartas de Joan. Se sentó con gesto ceñudo. No le quedaba otra que dejarle una nota.

Pero ¿qué podría decirle? Tendría que ser algo que Joan pudiese interpretar, pero que no tuviera el menor sentido para cualquier otra persona que leyera la nota.

¡Y eso era imposible! En las novelas policiacas que a Bob tanto le gustaba leer para matar el tiempo en sus ratos libres había siempre alguien que dejaba una especie de criptograma, y después otra persona lo descifraba con éxito. Pero él no podía siquiera pensar en criptogramas, dadas las circunstancias; en todo caso, Joan pertenecía al tipo de personas llenas de sentido común que necesitaban ver los puntos claramente colocados sobre las íes y las barras de las tes bien trazadas para poder empezar a darse cuenta de algo.

Entonces su mente se aclaró. Existía otro modo de hacerlo: desviar la atención que pudiera merecer Joan, dejar una simple nota sin nada de particular y después confiar un recado a alguna otra persona que se lo daría a su hermana en Inglaterra.

Se puso rápidamente a escribir:

Querida Joan:
Me he dejado caer por aquí para proponerte si te apetecía jugar una partida de golf esta tarde. Pero si has subido a la presa, supongo que estarás muerta de cansancio el resto del día. ¿Te viene bien mañana? A las cinco en el club.
Tuyo,

Bob

Una especie de recado casual que dejaría a su hermana, a quien posiblemente nunca volvería a ver... Pero, en cierto sentido, cuanto más improvisado pareciera, mejor sería. No debía comprometer a Joan en ningún asunto extraño; ni siquiera tenía por qué estar enterada de que se trataba de un asunto extraño. Joan no sabía fingir. Su protección estribaría en la evidencia de que no estaba enterada de nada.

Y la nota desempeñaría un doble cometido. Daría la impresión de que él había hecho planes.

Se detuvo a pensar un instante y entonces cruzó hacia el teléfono y dio el número de la embajada británica. En el acto, le pusieron con Edmundson, el tercer secretario, amigo suyo.

—¿Eres John? Aquí Bob Rawlinson. ¿Podemos vernos en alguna parte cuando salgas de ahí...? ¿No podría ser un poquito antes de esa hora? No tendrás otro remedio que hacerlo, muchacho. Es vital. Bueno, la verdad es que se trata de una chica... —Carraspeó embarazosamente—. Es sensacional. Verdaderamente maravillosa. Algo fuera de lo corriente. Solo que se las sabe todas...

—Enterado, Bob, tú y tus chicas... Está bien, a las dos, ¿eh?

Y colgó.

Bob percibió el clic característico que suena al colgar el receptor del teléfono, como si quienquiera que hubiese estado escuchando por otra conexión devolviese el auricular a su sitio.

¡Cuánto apreciaba a Edmundson! Dado que todos los teléfonos de Ramat estaban bajo control, Bob y John Edmundson habían convenido una especie de claves para su uso mutuo. «Una chica maravillosa, fuera de lo corriente» significaba «un asunto urgente e importante».

A las dos, Edmundson le recogería con su coche en la puerta del nuevo edificio del Banco Mercantil y Bob le contaría lo del escondite. Le diría que Joan no estaba al corriente, pero que si le ocurriera a él alguna cosa, se trataba de algo valioso. Como harían un largo viaje por mar, Joan y Jennifer no estarían de vuelta en Inglaterra hasta al cabo de seis semanas. Para entonces era casi seguro que la revolución habría estallado triunfalmente o ya habría sido sofocada. Alí Yusuf se hallaría en Europa, o él y Bob podrían estar muertos. Le contaría a Edmundson lo indispensable, pero nada más que lo indispensable.

Lanzó una última mirada alrededor del cuarto. Continuaba teniendo exactamente el mismo aspecto de tranquilidad desordenada y familiar. La única adición era la inofensiva nota para Joan. La colocó sobre la mesa. Cuando salió, no había nadie en todo el largo pasillo.

II

La mujer que se hospedaba en la habitación contigua a la que ocupaba Joan Sutcliffe se retiró del balcón. Tenía un espejo en la mano. Había salido con la exclusiva finalidad de examinar más cuidadosamente un único pelo que había tenido la osadía de brotarle en la barbilla; se lo arrancó con unas pinzas y se estiró la piel de la cara para someterla a un minucioso escrutinio a la clara luz del día.

Fue entonces, al relajar el rostro, cuando descubrió algo más. Sujetaba el espejito de mano de tal modo que reflejaba el espejo grande del armario de la habitación que se encontraba al lado de la suya, y en ella vio a un hombre que estaba haciendo algo muy extraño.

Tan extraño e inesperado que se quedó allí inmóvil, observándolo. El hombre no podía verla desde donde se encontraba, sentado delante de la mesa, y ella solamente podía verle a él a través del espejo.

Si hubiera vuelto la cabeza, él también podría haberla visto a ella reflejada en el armario. Pero estaba demasiado absorto con lo que tenía entre manos como para mirar atrás.

Es cierto que, por un instante, alzó los ojos para mirar al ventanal, pero, puesto que allí no había nada que ver, inclinó otra vez la cabeza.

Durante un rato, la mujer lo observó mientras terminaba lo que estaba haciendo. Después de una breve pausa, el desconocido escribió una nota, que colocó sobre la mesa. Entonces quedó fuera del campo de visión de la mujer, pero esta pudo oír lo suficiente para llegar a la conclusión de que estaba haciendo una llamada telefónica. No consiguió pescar las palabras que había dicho, pero parecía una conversación intrascendente y animada. Después oyó que la puerta se cerraba.

La mujer aguardó unos cuantos minutos para abrir la

de su habitación. En una esquina del pasillo, un árabe limpiaba con desidia el polvo valiéndose de un plumero. El criado dio la vuelta a la esquina y se perdió de vista.

La mujer se deslizó rápidamente hacia la habitación contigua. Estaba cerrada con llave, pero ella ya contaba con eso. Una horquilla que llevaba en el pelo y la hoja de un cortaplumas ejecutaron el trabajo rápida y hábilmente.

Entró y cerró tras de sí. Cogió la nota. Habían pegado la solapa del sobre muy ligeramente y pudo abrirlo sin mayor problema. Frunció el ceño al leer el contenido. Allí no había aclaración alguna.

Volvió a pegar el sobre y a colocarlo en su sitio, tras lo cual dio unos pasos por la habitación.

Tenía una mano extendida cuando la turbaron unas voces que llegaban desde la terraza de la planta baja a través del ventanal.

Una de las voces le resultaba conocida: la de la señora que se hospedaba en la habitación donde se hallaba en ese preciso momento. Una voz decidida y propia para dedicarse a la enseñanza; una voz muy segura de sí misma.

Corrió al ventanal.

Abajo, en la terraza, Joan Sutcliffe, acompañada de su hija Jennifer, una niña de quince años, pálida pero rolliza, estaba contándole a un inglés bastante alto, que no parecía demasiado feliz y que había enviado el consulado británico, así como a quien le apeteciera escucharla, todo lo que se le venía a la imaginación acerca de las medidas que había de tomar.

—Pero ¡es absurdo! En mi vida había oído semejante disparate. Aquí todo está perfectamente tranquilo y todo el mundo es de lo más agradable. A mí me parece que todo esto va a ser un jaleo causado por un acceso de pánico sin fundamento.

—Confiemos en que así sea, señora Sutcliffe, esperemos eso. Pero su excelencia considera de tal responsabilidad el...

La señora Sutcliffe lo cortó dejándolo con la palabra en la boca. No estaba dispuesta a tomar en consideración la responsabilidad de los embajadores.

—Tenemos una buena carga de equipaje, ¿sabe usted? Nos vamos a Inglaterra el miércoles que viene. El viaje por mar le hará bien a Jennifer. Eso le dijo el doctor. Me niego rotundamente a alterar todos mis planes y a que me envíen a Inglaterra en avión con este disparatado argumento.

Para convencerla, el hombre de aspecto infeliz repuso que la señora Sutcliffe y su hija podrían ser evacuadas en avión, si no hasta Inglaterra, por lo menos hasta Adén para embarcar allí.

—Pero ¿con equipaje y todo?

—Sí, sí. Eso puede solucionarse. Tengo esperando un coche... Mejor dicho, una furgoneta. Podemos cargarlo todo de inmediato.

—¡Qué vamos a hacer! —capituló la señora Sutcliffe—. No nos queda otra que hacer las maletas, me parece.

—Cuanto antes, si no tiene inconveniente.

La mujer que estaba en la habitación de la señora Sutcliffe se retiró del ventanal a toda prisa. Echó un rápido vistazo a la dirección de la etiqueta de una de las maletas. Entonces huyó aceleradamente de aquel cuarto para volver al suyo en el preciso instante en que la señora Sutcliffe asomaba por la esquina del pasillo.

El encargado de la recepción del hotel corría detrás de ella.

—Su hermano, el capitán de aviación, ha estado aquí, señora Sutcliffe. Subió a su habitación, pero me parece que ya se ha marchado. Deben de haberse cruzado por el camino.

—¡Qué lata! —exclamó, quejosa, la señora Sutcliffe—. Muchas gracias —le musitó al empleado, y siguió hablándole a Jennifer—. Presumo que también Bob estará ajetreándose por nada. Yo no he notado ningún síntoma de disturbios por las calles. Esa puerta no tiene echada la llave. ¡Qué descuidada es la gente!

—Quizá fue el tío Bob —apuntó Jennifer.

—Me habría gustado verlo hoy. Oh, aquí hay una nota. —Desgarró el sobre—. Sea como fuere, es obvio que no está al tanto de nada de esto —dedujo triunfalmente—. Pánico diplomático, eso es lo que es. ¡Qué detestable me resulta tener que hacer el equipaje con este bochorno! Esta habitación parece un horno. Vamos, Jennifer, saca tus cosas de la cómoda y del armario. Tendremos que arramblar con todo como mejor podamos. Ya lo arreglaremos cuando tengamos ocasión.

—Yo no he estado nunca en una revolución —declaró, pensativa, Jennifer.

—Y espero que ahora no presencies ninguna —replicó su madre con viveza—. Ya verás como no me equivoco en lo que digo. No pasará absolutamente nada.

Jennifer pareció decepcionada.

Capítulo 3

Aparece el señor Robinson

I

Seis semanas más tarde, en Londres, un joven golpeaba discretamente la puerta de una habitación en el distrito de Bloomsbury. Le indicaron que podía pasar.

Era un despacho pequeño. Un hombre grueso de mediana edad estaba arrellanado en un butacón tras la mesa de escritorio. Llevaba un traje arrugado, lleno de ceniza en la parte delantera por el habano que fumaba. Las ventanas estaban cerradas y la atmósfera resultaba casi irrespirable.

—Bueno —dijo con impertinencia el gordinflón, hablando como adormilado—. ¿Qué ocurre ahora?

Se decía del coronel Pikeaway que tenía los ojos siempre a punto de cerrarlos para dormir o recién abiertos después de echar un sueño. También se comentaba que ni se llamaba Pikeaway ni era coronel. Pero hay gente dispuesta a difundir los rumores más improbables.

—Edmundson, del Foreign Office, señor.
—¡Ah! —exclamó el coronel Pikeaway.

Parpadeó, produciendo el efecto de que iba a entregarse de nuevo al sueño, y murmuró:

—Tercer secretario de nuestra embajada en Ramat en los días de la revolución, si mal no recuerdo.

—Exactamente, señor.

—Supongo, entonces, que conviene que lo reciba —musitó el coronel, sin manifestar gran entusiasmo.

Se recompuso, adoptando una postura algo más vertical, y se sacudió un poco de ceniza que le había caído en la panza.

El señor Edmundson era un joven alto y rubio, vestido de manera ejemplar, con modales igualmente correctos y un aire general de plácida desaprobación.

—¿El coronel Pikeaway? Soy John Edmundson. Me dijeron que tal vez usted... estuviese interesado en verme.

—¿Le dijeron eso? Bueno, deben de estar bien informados —declaró el coronel—. Siéntese. —Sus ojos empezaron a entornarse de nuevo, pero antes de hacerlo preguntó—: Usted estuvo en Ramat cuando la revolución, ¿verdad?

—Sí, allí estuve. Un asunto muy sucio.

—Imagino que debió de serlo. Era amigo de Bob Rawlinson, ¿cierto?

—Sí, lo conozco perfectamente.

—Tiempo verbal erróneo —le hizo saber el coronel Pikeaway—. Ha muerto.

—Sí, señor, lo sabía. Pero no estaba seguro del todo... —Hizo una pausa.

—Aquí no tiene por qué tomarse la molestia de ser discreto —declaró el coronel—. Aquí estamos enterados de todo. Y si no lo estamos, aparentamos estarlo. Rawlinson fue quien sacó en aeroplano de Ramat a Alí Yusuf el día del alzamiento. Del aparato no se volvió a saber. Puede que aterrizara en algún lugar inaccesible o que se estrellara. Se han encontrado los restos de una avioneta y dos cadáveres en los montes Arolez. La prensa difundirá mañana la noticia, ¿correcto?

Edmundson admitió que efectivamente había sido así.

—Aquí nos enteramos de todo —prosiguió el coronel Pikeaway—. Estamos para eso. La avioneta chocó contra las montañas. Pudo haber sido a causa de las condiciones climatológicas, pero hay fundamento para creer que se trató de sabotaje. Una bomba de acción retardada. Todavía no hemos recibido informes completos, la avioneta se estrelló en una zona de muy difícil acceso. Ofrecieron una recompensa por encontrarla, pero se tarda mucho en llegar al fondo de las cosas. Después tuvimos que enviar peritos en un vuelo de reconocimiento. El inevitable papeleo burocrático. Solicitudes a un Gobierno extranjero, permisos ministeriales, untar voluntades. Eso sin contar con que los campesinos de los alrededores se apropiaron de todo aquello que pudiera serles útil.

Hizo una pausa para mirar a Edmundson.

—El príncipe Alí Yusuf habría llegado a ser un gobernador muy civilizado, con sólidos principios democráticos.

—Eso es, probablemente, lo que acabó con el pobre muchacho —conjeturó el coronel—. Pero no podemos perder el tiempo contándonos tristes historias sobre las muertes de los reyes. Nos han pedido que llevemos a cabo ciertas investigaciones. Partes interesadas. Es decir, partes que el Gobierno de Su Majestad ve con buenos ojos. —Volvió a mirar a Edmundson—: ¿Sabe usted a lo que me refiero?

—Pues... estoy enterado de algo —repuso Edmundson de mala gana.

—Usted debe de estar enterado de que ni entre las víctimas ni entre los restos del accidente se halló objeto alguno de valor; tampoco, por lo que hasta ahora se sabe, los habitantes del lugar han encontrado nada. Aunque uno nunca sabe a qué atenerse con los campesinos. Son más reticentes que el propio Foreign Office. ¿Y de qué otras cosas está enterado usted?

—De nada más.

—¿No tiene noticias de que acaso deberían haber dado con algo de mucho valor? Si no es así, ¿para qué le dijeron a usted que viniera a entrevistarse conmigo?

—Me dijeron que posiblemente deseara usted hacerme algunas preguntas —replicó Edmundson sin añadir más información.

—Si yo hago preguntas es porque espero respuestas —puntualizó el coronel Pikeaway.

—Naturalmente.

—Pues no parece que lo encuentre muy natural, hijo mío. ¿No le dijo Bob Rawlinson nada antes de emprender el vuelo de huida de Ramat? Si existía un depositario de la confianza de Alí, esa persona era él. Vamos, oigámoslo. ¿Le dijo él alguna cosa?

—¿Referente a qué, señor?

El coronel lo miró muy fijamente y se rascó una oreja.

—¡Oh! De acuerdo —gruñó—. Guarde esto en secreto y no diga nada de aquello. Usted lleva sus reservas demasiado lejos. Cuando dice que no sabe a qué me refiero, será porque no lo sabe. ¡Qué le vamos a hacer!

—Tengo entendido que había algo —declaró Edmundson con desgana—. Una cosa de importancia que Bob pudo haber deseado revelarme.

—¡Ajá! —exclamó el coronel Pikeaway, con el aire de satisfacción propio de quien consigue al fin descorchar una botella—. Muy interesante. Cuente lo que sepa.

—Es muy poco, señor. Bob y yo disponíamos de una especie de clave secreta, muy sencilla. La inventamos porque todos los teléfonos de Ramat estaban intervenidos. Bob tenía la oportunidad de oír lo que se hablaba en palacio, y yo a veces me enteraba de alguna información útil que transmitirle a él... Así que si uno de los dos telefoneaba al otro y mencionaba a una chica, con cierta entonación y usando la expresión «fuera de lo corriente» para describirla, eso significaba que se tramaba algo.

—¿Una información importante en algún sentido u otro?

—Sí. Bob me telefoneó empleando esa expresión el mismo día que empezó el espectáculo. Me citó en nuestro punto de encuentro habitual, delante de la puerta de uno de los bancos, pero las turbas se amotinaron precisamente en aquel distrito y la policía acordonó las calles. No llegué a ponerme en contacto con Bob, ni él conmigo, y sacó de allí a Alí aquella misma tarde.

—Ya veo —dijo Pikeaway—. ¿No sabe desde dónde le telefoneó?

—No, pudo haber sido desde cualquier parte.

—Es una lástima. —Se detuvo un instante y después preguntó de forma casual—: ¿Conoce usted a la señora Sutcliffe?

—¿Se refiere a la hermana de Bob Rawlinson? La conocí allí, claro. Iba acompañada de su hija, una colegiala.

Pero no la conozco lo bastante como para darle mi opinión sobre ella.

—¿Estaban ella y Bob muy compenetrados?

Edmundson reflexionó.

—No. Yo no diría eso. Ella le sacaba muchos años. Lo trataba como la hermana mayor que era. Y, además, a él no le hacía ninguna gracia su cuñado; siempre que se refería a él decía que era un asno engreído.

—Efectivamente, lo es. Se trata de uno de nuestros más prominentes industriales. ¡Y qué ostentosos se vuelven! Por tanto, ¿usted no estima probable que Bob Rawlinson le hubiera confiado un secreto muy importante a su hermana?

—Es difícil afirmarlo... Aunque no, yo me inclino a creer que no.

—Yo también —convino el coronel Pikeaway, y suspiró—. Bueno, ahora tenemos a la señora Sutcliffe y a su hija en un largo viaje de regreso a Inglaterra por mar. Vienen en el *Eastern Queen*, que atracará en Tilbury mañana.

Permaneció en silencio durante uno o dos minutos mientras sus ojos inspeccionaban de forma minuciosa al joven que tenía enfrente. Después, como si hubiese llegado a una conclusión, le tendió la mano y le dijo con viveza:

—Muy amable por haber venido.

—Lo único que lamento es haberle sido de muy poca utilidad. ¿Está usted seguro de que no hay nada que yo pueda hacer?

—No, no. Gracias. Me temo que no.

John Edmundson salió.

—Espere...

El discreto joven volvió a aparecer.

—Tuve la intención de enviarlo a Tilbury para que le diera la noticia a su hermana —expuso Pikeaway—. Siendo amigo de su hermano y todo eso... Pero al final he decidido que no, es un tipo inflexible. Eso se debe a su contacto con el Foreign Office. No es precisamente oportunista. Enviaré a... ¿Cómo se llama?

—¿Se refiere a Derek?

—Sí, el mismo —asintió el coronel Pikeaway—. Cae en la cuenta de lo que quiero decir, ¿verdad?

—Tratará de hacerlo todo lo mejor que pueda, señor.

—No basta con intentarlo, tiene que conseguirlo. Pero primero mándeme a Ronnie. Tengo una misión para él.

II

Al parecer, el coronel Pikeaway se disponía a dormitar de nuevo cuando el joven llamado Ronnie entró en el despacho. Era alto, moreno y musculoso, de talante alegre e insolentes modales.

El coronel lo contempló durante unos instantes y después sonrió burlonamente.

—¿Qué le parecería meterse en un internado femenino? —le preguntó.

—¿Un internado femenino? —repitió Ronnie elevando las cejas—. Será algo nuevo para mí. Y ¿qué es lo que están tramando esas chicas? ¿Fabricar bombas de hidrógeno en la clase de química?

—Nada de eso. Se trata de un colegio distinguidísimo: Meadowbank.

—¡Meadowbank! —El joven emitió un silbido—. No puedo creerlo.

—Refrene su lengua impertinente y escúcheme. La princesa Shaista, prima hermana y única pariente cercana del difunto príncipe Alí Yusuf de Ramat, estudiará allí el próximo trimestre. Hasta ahora se ha estado educando en un colegio de Suiza.

—¿Qué he de hacer? ¿Secuestrarla?

—Para nada. Puede que en un futuro próximo Su Alteza se convierta en foco de interés. Quiero que no pierda detalle de cómo evolucionan allí los acontecimientos. No sé qué ocurrirá o quién podrá aparecer por ese lugar, pero, si alguno de nuestros más indeseables amiguitos parece mostrar algún interés, comuníquemelo... Poco más o menos, su misión allí será estar al tanto de lo que pueda suceder.

El joven asintió.

—¿Y cómo voy a apañármelas para colarme allí? ¿En calidad de profesor de natación?

—El profesorado está también compuesto solo por mujeres. —El coronel Pikeaway lo contempló, meditativo—. Creo que le haré pasar a usted por jardinero.

—¿Por jardinero?

—Sí. ¿Me equivoco al suponer que conoce el tema?

—No. Ni mucho menos. Cuando era joven colaboré durante un año en la columna «Su jardín», del *Sunday Mail*.

—¡Bah! —exclamó el coronel—. ¿Y eso qué? Yo también podría escribir una columna de jardinería sin saber una palabra de ello... No hay más que husmear en unos cuantos de esos catálogos de horticultura, de colores chillones, y unas enciclopedias de jardinería. Conozco todas esas triquiñuelas. «¿Por qué no romper la tradición y poner una nota tropical este año en un arriate? La

atractiva *Amobellis gossiporia*, y algunas de esas híbridas chinas, tan maravillosas, de la *Sinensis maka foolia*. Experimente la suntuosa y ruborosa belleza de una mata de *Siniestra hopaless*, no muy resistentes, pero que se desarrollarían muy bien en una pared orientada a poniente».
—Dejó de hablar e hizo una mueca burlona—. ¡Nada de eso! Hay quienes cometen el disparate de comprar ese tipo de plantas y, cuando menos lo esperan, se les echan encima los primeros fríos y se les secan. Y después se arrepienten de no haber seguido fieles a sus trepadoras y nomeolvides.

»No, hijo mío. Me refiero al auténtico oficio de jardinero. Estar familiarizado con el azadón; es decir, escupirse en las manos y saber cómo manejarlo; hacer las mezclas convenientes de abono; cubrir las plantas con paja y estiércol para protegerlas de las heladas; cavar y remover la tierra con legones, layas y cualquier clase de azadas; hacer surcos profundos para los guisantes de olor..., y todas esas labores brutales... ¿Las sabe usted hacer?

—He hecho todas las cosas que dice usted desde mi juventud.

—Me lo imaginaba. Conozco a su madre. Bueno, entonces, ya está decidido.

—¿Es que hay alguna vacante de jardinero en Meadowbank?

—Tiene que haberla —prosiguió el coronel Pikeaway—. No hay jardín en Inglaterra que no esté falto de personal. Voy a escribirle para que lleve consigo algunas buenas referencias. Ya verá usted cómo se apresuran en atraparlo. No hay tiempo que perder. El próximo trimestre empieza el día 29.

—Yo cultivo el jardín y al mismo tiempo mantengo los ojos bien abiertos.

—Eso es. Y si alguna colegiala excesivamente fogosa le hiciera insinuaciones, ¡pobre de usted si le responde! No quiero que lo cojan de la oreja y lo pongan antes de tiempo de patitas en la calle... —Echó mano a una cuartilla de papel—. ¿Qué nombre se le ocurre?

—Adam me parece muy apropiado.

—¿Y de apellido?

—¿Qué tal Eden?

—No me hace ninguna gracia la asociación de ideas que se le ha venido a la mente. Adam Goodman estará bien. Vaya a inventarse su currículum con la ayuda de Jenson y, después, ¡manos a la obra! —Echó un vistazo a su reloj—. Me es imposible dedicarle más tiempo. No es cosa de hacer esperar al señor Robinson. Debe de estar a punto de llegar.

Adam (para llamarlo por su nuevo nombre) se detuvo en su camino hacia la puerta.

—¿El señor Robinson? —preguntó curioso—. ¿Va a venir hoy?

—Eso es lo que he dicho. —Sonó un timbre que había encima del escritorio—. Ahí lo tenemos, tan puntual como siempre.

—Dígame —preguntó Adam con curiosidad—: ¿quién es él en realidad? ¿Cuál es su verdadero nombre?

—Su verdadero nombre es Robinson —repuso el coronel Pikeaway—. Eso es todo lo que yo sé, y todo lo que de él se sabe.

III

El hombre que entró en el despacho no tenía aspecto de que su nombre fuera, o pudiera haber sido alguna vez, Robinson. Podría haberse apellidado Demetrius, Isaacstein o López, aun cuando no se llamase precisamente ninguno de estos nombres. No era, y eso estaba claro, judío ni griego ni portugués ni español ni sudamericano. Pero de lo que ni mucho menos tenía aspecto era de ser un inglés apellidado Robinson. Era grueso e iba bien vestido. Tenía la tez pajiza, lánguidos ojos negros, frente despejada y unos dientes muy blancos demasiado grandes. Sus manos estaban bien formadas y cuidadas muy primorosamente. Su voz era inglesa, y no se le notaba el menor indicio de acento extranjero.

El coronel Pikeaway y su visitante se saludaron mutuamente con tales ademanes que parecían dos monarcas. Intercambiaron cumplidos.

Después, cuando el señor Robinson aceptó un puro, el coronel comenzó:

—Es muy amable por su parte ofrecerse a ayudarnos.

El señor Robinson encendió su cigarro, lo saboreó con un gesto de satisfacción y finalmente habló:

—Mi querido amigo. Solo pensé que... Yo oigo cosas, ya sabe. Conozco a mucha gente que me las cuenta. No sé por qué.

El coronel no hizo comentario alguno respecto a las palabras del señor Robinson y dijo:

—Deduzco que se habrá enterado del hallazgo de la avioneta del príncipe Alí Yusuf.

—El miércoles de la semana pasada —precisó el señor Robinson—. El joven Rawlinson era quien la pilotaba. Un vuelo de despiste. Pero el accidente no se debió a ningún error por parte de Rawlinson. Un cierto Achmed, un maestro mecánico, merecedor, según Rawlinson, de la más absoluta confianza, había estado trasteando en el aparato. No deberían haber confiado en él. Ahora ha conseguido un puesto muy lucrativo bajo el nuevo régimen.

—¡Así es que se trató de sabotaje! Nosotros no estábamos seguros. Es una triste historia.

—Sí. Ese pobre muchacho..., me refiero a Alí Yusuf, estaba mal pertrechado para hacer frente a la corrupción y a la traición. Haberse educado en un colegio británico fue un error, o al menos ese es mi punto de vista. Pero él ya no nos concierne, ¿no opina? Es una noticia de ayer. Nada hay tan muerto como un rey muerto. Lo que nos concierne ahora, a usted en un sentido y a mí en otro, es lo que los reyes dejan tras de sí.

—A saber...

El señor Robinson se encogió de hombros.

—Una considerable cuenta corriente en un banco de Ginebra; otra, más modesta, en Londres; cuantiosos activos en su propio país, recientemente confiscados por el glorioso nuevo régimen (así como la ingrata sospecha de que se han repartido el botín entre ellos, o al menos eso es lo que ha llegado a mis oídos), y finalmente unos pequeños objetos de su propiedad personal.

—¿Pequeños?

—Estas cosas son muy relativas. De todos modos, pequeños de volumen. Fáciles de llevar encima.

—No se hallaron en el avión siniestrado, que nosotros sepamos.

—No, porque se los había entregado al joven Rawlinson.

—¿Está seguro de eso? —inquirió Pikeaway.

—Bueno, uno nunca está seguro —respondió el señor Robinson como excusándose—. En un palacio hay muchas habladurías. No puede ser cierto todo lo que dicen, pero circula un insistente rumor al respecto.

—Pues tampoco se hallaron en la persona de Rawlinson.

—En ese caso —opinó el señor Robinson—, parece que tienen que haberlos sacado del país por otros medios.

—¿Por otros medios? ¿Tiene usted alguna idea?

—Rawlinson entró en un café de la ciudad después de haberse hecho cargo de las joyas. Durante el rato que estuvo allí no se le vio hablar con nadie ni acercarse a ninguno de los presentes. Después se dirigió al hotel Ritz Savoy, donde se hospedaba su hermana. Subió a la habitación de esta y permaneció allí durante veinte minutos. Su hermana estaba fuera, de modo que abandonó el hotel en dirección al Banco Mercantil, en la plaza de Victoria, donde hizo efectivo un cheque. Al salir del banco se produjeron unos disturbios. Estudiantes amotinados por algún motivo. Transcurrió cierto tiempo hasta que la plaza fue despejada. Entonces Rawlinson partió directamente al aeródromo, donde, en compañía del sargento Achmed, fue a darle un repaso a la avioneta.

»Alí Yusuf salió en coche para examinar la construcción de la nueva carretera, se detuvo en el aeródromo y se reunió con Rawlinson, a quien expresó su deseo de emprender un corto vuelo para ver desde el aire la presa y la nueva autopista en construcción. Despegaron, y no volvieron más.

—¿Y qué deduce usted de todo esto?

—Mi querido Pikeaway, lo mismo que usted. ¿Por qué permaneció Bob Rawlinson veinte minutos en el cuarto de su hermana, estando ella fuera y a sabiendas de que lo más probable sería que no regresara hasta el atardecer? Le dejó una nota en cuya redacción invertiría tres minutos a lo sumo. ¿Qué hizo el tiempo restante?

—¿Sugiere que ocultó las joyas entre los efectos personales de su hermana?

—Parece lo indicado, ¿no? Evacuaron a la señora Sutcliffe aquel mismo día, en compañía de otros súbditos británicos. La llevaron en avión con su hija hasta Adén. Según tengo entendido, llegarán a Tilbury mañana.

Pikeaway asintió.

—No la pierda de vista —aconsejó Robinson.

—No pensamos quitarle el ojo de encima —replicó el coronel—. Ya lo tenemos todo previsto.

—En el supuesto de que tenga las joyas, estará en peligro. —Cerró los ojos—. ¡Detesto la violencia!

—¿Cree posible que haya violencia?

—Hay gente interesada en ello. Diversos elementos indeseables. Usted me entiende, ¿no?

—Le entiendo —aseguró Pikeaway con serenidad.

El señor Robinson negó con la cabeza.

—¡Es tan desconcertante!

El coronel Pikeaway tanteó:

—¿Tiene usted algún... especial interés en el asunto?

—Represento a cierto grupo de intereses —repuso el señor Robinson. Su voz sonó tenuemente aprobadora—. Algunas de las piedras en cuestión las proporcionó mi trust a su difunta alteza a un precio muy equitativo y razonable. El grupo de personas que represento, y que está interesado en recuperar las piedras, habría tenido, me aventuro a asegurar, la aprobación del último propietario. No me gustaría verme obligado a decir nada más. ¡Estas cosas son tan delicadas!

—Pero usted estará decididamente del lado de los ángeles —dijo sonriendo el coronel Pikeaway.

—¡Ah, ángeles! ¡Ángeles..., sí! ¿Sabe usted por casualidad quién se hospedaba en las dos habitaciones contiguas a uno y otro lado de la que ocupaban la señora Sutcliffe y su hija?

El coronel Pikeaway parecía dudar.

—Déjeme pensar... Pues... Creo que sí lo sé... En la de la izquierda, la señorita Ángela Romero, una... bailarina española que actuaba en el cabaret de la capital. Quizá no fuera en realidad española, ni tampoco bailara muy bien flamenco, pero era muy popular entre la clientela. En la de la derecha, según tengo entendido, estaba una señora que formaba parte de un grupo de maestras.

El señor Robinson irradió una sonrisa aprobatoria.

—Es usted el mismo de siempre. Vengo a contarle cosas de las que la mayoría de las veces usted ya está enterado.

—No, no... —repuso el coronel Pikeaway cortésmente.

—Entre nosotros dos —afirmó el señor Robinson— sabemos mucho de lo que hay que saber.

Sus miradas se encontraron.

—Albergo la esperanza de que entre usted y yo sepamos lo bastante —concluyó el señor Robinson poniéndose en pie.

Capítulo 4

Regresa una viajera

I

—¡Vaya panorama! —exclamó la señora Sutcliffe con voz de fastidio al mirar por la ventana del hotel—. No sé por qué tiene que llover siempre que se regresa a Inglaterra. ¡Hace que todo parezca tan deprimente!

—Yo creo que es estupendo estar de vuelta —aseguró Jennifer— y oír a todo el mundo hablando inglés por la calle. Además, ahora podremos tomar el té como Dios manda. Pan con mantequilla, mermelada y bizcochos decentes.

—Me gustaría que no fueras tan insular, querida —replicó su madre—. ¿De qué ha servido llevarte al extranjero y hacer todo ese viaje hasta el golfo Pérsico si ahora me sales con que habrías preferido quedarte en casa?

—No me importa ir al extranjero un mes o dos —aclaró Jennifer—. Solo digo que estoy encantada de haber vuelto.

—Ahora, querida, apártate a un lado y déjame comprobar si han subido todo el equipaje. Tengo la impresión..., lo he sentido así desde la guerra, de que la gente se ha vuelto muy sinvergüenza. Estoy segura de que si no hubiera estado alerta, sin quitar ojo de las cosas, aquel hombre en Tilbury se habría marchado llevándose consigo mi bolsa de viaje. Y había también otro hombre rondando cerca del equipaje. Después lo vi en el tren. ¿Sabes lo que creo? Que todos estos rateros merodean por los barcos, y si se encuentran con personas que están borrachas o mareadas del viaje, les birlan las maletas.

—Oh, siempre estás pensando cosas por el estilo, mamá —replicó Jennifer—. Crees que todas las personas con quienes te encuentras son malvadas.

—La mayoría lo son —sentenció la señora Sutcliffe con tono lúgubre.

—Pero no los ingleses —protestó la niña con lealtad.

—Esos son todavía peores —recalcó su madre—. De los extranjeros una lo da por descontado, pero en Inglaterra nos sorprenden con la guardia baja, y eso hace que la cosa les resulte más fácil a los maleantes. Ahora déjame que cuente. Están la maleta grande y la negra, y los dos maletines marrones, y la bolsa de viaje de cremallera, y los palos de golf, y las raquetas, y el saco de ropa sucia, y el maletín de lona..., pero ¿dónde estará la otra bolsa verde? ¡Ah!, está aquí. Y el baúl de hojalata que compramos allí para poner las cosas extras... Sí, uno, dos, tres, cuatro, cinco, seis... Sí, está bien. Los catorce bultos están aquí.

—¿No podríamos tomar ahora el té? —propuso Jennifer.

—¿El té? Si solo son las tres de la tarde.

—Pero es que tengo mucha hambre.

—Bueno, bueno, como quieras. ¿No puedes bajar tú misma y pedirlo? Francamente, yo necesito descansar, y después me toca sacar de las maletas todas las cosas que nos harán falta para esta noche. No ha estado nada bien que tu padre no haya podido venir a esperarnos. Por qué razón tenía que asistir a una importante reunión de directores en Newcastle-upon-Tyne, precisamente hoy, es algo que sencillamente no acierto a comprender. Es de cajón que su mujer y su hija deben ir antes que lo demás. Y encima no habiéndonos visto desde hace tres meses. ¿Estás segura de que puedes arreglártelas sola?

—Pero ¡por Dios, mamá! —protestó Jennifer—. ¿Qué edad te crees que tengo? ¿Puedes darme algo de dinero, por favor? No tengo dinero inglés.

Tomó el billete de diez chelines que su madre le entregó y se marchó con desdén.

Sonó el teléfono que estaba al lado de la cama. La señora Sutcliffe fue a coger el auricular.

—Diga... Sí..., sí, la señora Sutcliffe al habla...

En ese momento llamaron a la puerta. La señora Sutcliffe dijo al teléfono: «Espere un momento». Soltó el auricular y fue a abrir. Era un joven que vestía un mono de mecánico azul marino. Llevaba una pequeña caja de herramientas.

—Electricista —dijo con brusquedad—. Las luces de esta suite no funcionan como deben. Me han mandado para que las revise.

—Ah..., muy bien. —Retrocedió para dar paso al electricista.

—¿El cuarto de baño?

—Pasando por ahí..., al final del otro dormitorio.

Volvió al teléfono.

—Lo siento muchísimo... ¿Qué estaba usted diciendo?

—Mi nombre es Derek O'Connor. Quizá sea mejor que suba a su suite, señora Sutcliffe. Se trata de su hermano.

—¿De Bob? ¿Hay alguna noticia de él?

—Sí. Me temo que sí.

—Oh... Oh, ya comprendo... Sí, suba. Es en el tercer piso, habitación 310.

Se sentó en la cama. Ya se imaginaba qué clase de noticia debía de ser. Al poco llamaron a la puerta y la abrió para dejar paso a un joven que le estrechó la mano con unos modales perfectamente estudiados.

—¿Es usted del Foreign Office?

—Mi nombre es Derek O'Connor. Mi jefe me ha enviado aquí, porque, al parecer, no encontraron a nadie más adecuado para darle a usted la noticia.

—Por favor, dígame. Ha muerto, ¿no es eso?

—Sí. Eso es, señora Sutcliffe. Su hermano pilotaba el avión en el que el príncipe Alí Yusuf salió de Ramat, y se estrellaron contra las montañas.

—¿Por qué no me lo han dicho antes? ¿Por qué no mandaron un telegrama al barco?

—La noticia no se confirmó hasta hace muy pocos días. Se sabía que la avioneta había desaparecido, nada más. Sin embargo, dadas las circunstancias, todavía parecía quedar un resquicio para la esperanza. Pero ahora se han encontrado los restos del aparato... Estoy seguro de que le servirá de algún consuelo saber que la muerte fue instantánea.

—¿Murió también el príncipe?

—Sí.

—No me sorprende en absoluto —dijo la señora Sutcliffe. Su voz se estremeció un poco, pero tenía pleno dominio de sí misma—. Sentía que Bob moriría joven... Siempre fue muy temerario, ¿sabe? Se ha pasado la vida probando nuevos modelos de aeroplanos e intentando las proezas más arriesgadas. Apenas si le vi bien alguna vez en los últimos cuatro años. Bueno, nadie puede cambiar a nadie, ¿no le parece?

—Exactamente —respondió su visitante—. Me temo que es así.

—Henry siempre dijo que se haría pedazos más tarde o más temprano —recordó la señora Sutcliffe. Parecía extraer una especie de melancólica satisfacción de la exactitud de esta profecía de su marido. Una lágrima se deslizó por su mejilla. Buscó un pañuelo—. Ha sido un golpe terrible —lamentó.

—Ya sé... Lo siento muchísimo.

—Bob no podía desentenderse, por supuesto —continuó la mujer—. Quiero decir que él estaba comprometido con su puesto de piloto del príncipe. A mí no me habría gustado que se lavara las manos en el asunto. Y además era muy buen aviador. Estoy convencida de que si chocó contra una montaña no fue por culpa suya.

—No, no lo fue, ciertamente —acordó O'Connor—. La única esperanza que tenía de salvar al príncipe era volar en las condiciones que fueran. Era un trayecto peligroso, y sucedió lo peor.

La señora Sutcliffe asintió con un expresivo gesto.

—Lo comprendo perfectamente —dijo—. Le agradezco que haya venido a comunicármelo.

—Hay algo más —continuó O'Connor—, algo importante que tengo que preguntarle. ¿Le confió su hermano alguna cosa para que usted la trajera consigo a Inglaterra?

—¿Confiarme algo a mí? —repitió la mujer—. ¿Qué quiere decir con eso?

—¿Le dio algún... paquete? ¿Un paquete pequeño para que lo trajera y se lo entregara a alguien en Inglaterra?

Ella negó con un movimiento de cabeza, asombrada.

—No. ¿Por qué cree usted que debería haber hecho tal cosa?

—Había un paquete bastante importante que suponemos que su hermano pudo haber entregado a alguien para que lo trajera a Inglaterra. Él fue a verla a su hotel aquel día. Me refiero al día en que estalló la revolución.

—Lo sé. Me dejó una nota. Pero no decía nada en particular... Solo era una nota en la que me preguntaba si quería jugar al tenis o al golf al día siguiente. Supongo que cuando la escribió aún no sabía que aquel día tenía que llevarse al príncipe del país en un aeroplano.

—¿Es todo lo que decía la nota?

—Sí.

—¿La conserva, señora Sutcliffe?

—¿Que si la conservo? No, desde luego que no. Era de lo más trivial. La hice trizas y la tiré. ¿Para qué iba a conservarla?

—No había ninguna razón para que lo hiciera —repuso O'Connor—. Solo que se me ocurrió que tal vez...

—¿Tal vez... qué? —preguntó malhumorada la señora Sutcliffe.

—Que pudiera haber algún otro mensaje encubierto en ella. Después de todo... —continuó sonriendo—, ya sabe usted que existe una cosa llamada tinta invisible.

—¡Tinta invisible! —exclamó la señora Sutcliffe con

bastante desagrado—. ¿No se referirá usted a esa clase de sustancia que usan en las historias de espionaje?

—Pues sí, me temo que es precisamente a eso a lo que me refiero —se lamentó O'Connor, como disculpándose.

—¡Qué cosa tan idiota! —afirmó la mujer—. Estoy convencida de que a Bob jamás se le ocurriría usar tinta invisible ni nada por el estilo. ¿Por qué iba a hacerlo? Era una persona muy querida..., muy sensible. —Volvió a resbalársele una lágrima por la mejilla—. Pero ¿dónde estará mi bolso? Necesito un pañuelo. Quizá lo haya dejado en el otro cuarto.

—Iré a buscárselo —propuso O'Connor.

Pasó por la puerta que comunicaba con la otra habitación y se detuvo al ver a un joven en mono de mecánico inclinado sobre un maletín; se enderezó y se quedó de cara a él, cosa que pareció sobresaltarlo.

—Electricista —dijo el joven atropelladamente—. Las luces de este cuarto están averiadas.

O'Connor accionó el interruptor.

—A mí me parece que funcionan a la perfección —observó divertido.

—Deben de haberse confundido al darme el número de la habitación —respondió el electricista.

Recogió su caja de herramientas y se escurrió con rapidez por la puerta hacia el pasillo.

O'Connor frunció el ceño, cogió el bolso de la señora Sutcliffe de encima del tocador y fue a entregárselo a ella.

—Con su permiso —se excusó, y descolgó al mismo tiempo el auricular.

—Habitación 310. ¿Han mandado ustedes a un electricista hace cosa de un momento para que revisara las luces de esta suite? Sí..., sí, esperaré. —Esperó—. ¿Ah, no? Ya me imaginaba yo que no lo habían enviado... No, no ocurre nada de particular.

Colgó y se volvió hacia la señora Sutcliffe.

—Aquí no hay ningún problema con las luces —le comunicó—. Además, de recepción no han hecho subir electricista alguno.

—Entonces, ¿qué estaba haciendo aquí ese hombre? ¿Sería un ladrón?

—Es posible.

La señora Sutcliffe revisó rápidamente su bolso.

—Del bolso no se han llevado nada. El dinero está intacto.

—Señora Sutcliffe, ¿está usted segura, absolutamente segura, de que su hermano no le entregó nada que tuviera que traer a Inglaterra? ¿Alguna cosa para que la empaquetase entre sus bártulos?

—Estoy completamente segura —aseguró ella.

—¿Tal vez entre los de su hija? Porque usted tiene una hija, ¿verdad?

—Sí. Está abajo tomando el té.

—¿No podría su hermano haberle entregado alguna cosa a ella?

—No, seguro que no.

—Existe otra posibilidad —consideró O'Connor—. La de que escondiese alguna cosa entre los efectos de su equipaje cuando la estuvo esperando aquel día en su habitación.

—Pero ¿por qué razón iba a hacer Bob algo semejante? ¡Qué absurdo!

—No tanto como usted cree. Existe la posibilidad de que el príncipe Alí Yusuf le entregase algo a su hermano con el fin de que se lo guardara y que este creyera que se hallaría más a salvo entre sus pertenencias que si lo retenía consigo mismo.

—Me parece muy improbable —opinó la señora Sutcliffe.

—¿Le importaría que efectuásemos un registro?

—¿Se refiere a registrar mi equipaje? ¿Que lo saquemos todo? —La mujer sollozó al pronunciar estas palabras.

—Comprendo —admitió O'Connor— que es una petición muy desagradable, pero podría servir de mucho. Yo podré ayudarla, ¿sabe? —trató de persuadirla—. Le he hecho las maletas a mi madre con mucha frecuencia. Solía decir que me daba mucha maña.

Desplegó toda su simpatía, que era una de las virtudes que lo acreditaban ante el coronel Pikeaway.

—Bueno —aceptó la señora Sutcliffe, rindiéndose—. Supongo que... si usted me lo pide..., quiero decir, que si es verdaderamente importante...

—Podría tener una gran importancia —indicó Derek O'Connor—. Bueno, ¡manos a la obra! —exclamó lanzándole una sonrisa—. ¿Qué le parece si empezamos?

II

Tres cuartos de hora más tarde, Jennifer regresó de tomar el té. Dirigió una mirada alrededor de la habitación y se quedó con la boca abierta de asombro.

—Mamá, ¿qué has estado haciendo?

—Hemos estado deshaciendo las maletas —le respondió de mal humor la señora Sutcliffe—. Y ahora estamos haciéndolas otra vez. Este es el señor O'Connor. Mi hija Jennifer.

—Pero ¿por qué han estado ustedes haciendo y deshaciendo el equipaje?

—No me preguntes por qué —le replicó su madre, levantando la voz y con los ojos centelleantes—. Al parecer, existe la idea de que tu tío Bob escondió cierto objeto de importancia entre mi equipaje para que lo trajera conmigo a Inglaterra. Supongo que a ti no te daría nada, ¿verdad, Jennifer?

—¿Que si el tío Bob me dio algo para que lo trajera? No. ¿También han estado desempaquetando mis cosas?

—Lo hemos desempaquetado todo —respondió O'Connor en tono festivo—, y no hemos encontrado nada. Ahora lo estamos ordenando todo de nuevo. En mi opinión, debería usted tomar un poco de té o alguna cosa, señora Sutcliffe. ¿Me permite que le encargue algo? ¿Tal vez preferiría un brandy con soda? —Se dirigió al teléfono.

—No rechazaría una buena taza de té —admitió la mujer.

—Yo he tomado una merienda despanzurrante —aseveró Jennifer—. Pan con mantequilla, unos sándwiches y bizcochos, y después el camarero me volvió a traer sándwiches porque le pregunté si podría traerme más y me contestó que por supuesto. Estaba todo delicioso.

O'Connor encargó el té, tras lo cual acabó de poner en orden los efectos de la señora Sutcliffe con tal pulcritud y destreza que la mujer se quedó admirada.

—Parece que su madre le enseñó muy bien a hacer el equipaje —observó.

—Oh, tengo toda suerte de habilidades manuales —declaró O'Connor, sonriente.

Su madre había muerto hacía mucho tiempo, y la habilidad de hacer y deshacer maletas la había adquirido exclusivamente durante su servicio con el coronel Pikeaway.

—Tengo algo más que decirle, señora Sutcliffe: le aconsejo por su bien que tenga mucho cuidado.

—¿Que tenga cuidado? ¿En qué sentido?

—Bueno —indicó él vagamente—, las revoluciones son así de peligrosas. Tienen muchas ramificaciones. ¿Va a quedarse en Londres mucho tiempo?

—Nos marchamos al campo mañana. Nos llevará mi marido.

—Entonces todo estará perfecto. Pero... trate de no correr riesgos. Si sucediera algo que se apartase en lo más mínimo de lo corriente, llame enseguida por teléfono al 999.

—¡Oh! —exclamó Jennifer, encantadísima—. «Marque el 999.» Siempre deseé hacerlo.

—No seas tonta, Jennifer —la reprendió su madre.

III

Extracto de una información aparecida en un periódico local:

Ayer compareció ante el juez en el Palacio de Justicia un individuo acusado de allanamiento de morada con intento de robo en la residencia del señor Henry Sutcliffe. El dormitorio de la señora Sutcliffe fue registrado y dejado en la más desordenada confusión mientras la familia se hallaba en la iglesia asistiendo al servicio dominical. El personal de la cocina, que estaba preparando la comida del mediodía, no oyó nada. La policía detuvo a dicho sujeto cuando huía de la casa. Algo, evidentemente, lo alarmó y emprendió la fuga sin llevarse nada.

Dijo llamarse Andrew Ball, no tener domicilio fijo, y se declaró culpable. Manifestó que estaba sin trabajo y que buscaba dinero. Las joyas de la señora Sutcliffe, a excepción de algunas que llevaba puestas, se encuentran depositadas en su banco.

—Ya te dije que mandaras reparar la cerradura de la puerta del salón. —Ese fue el comentario que hizo el señor Sutcliffe en el círculo familiar.

—Mi querido Henry —replicó su esposa—, no pareces darte cuenta de que he pasado los tres últimos meses en el extranjero. Y, sea como sea, estoy segura de haber leído en alguna parte que, si los ladrones se empeñan en entrar en una casa, siempre lo consiguen.

Al echar nuevamente una ojeada al periódico local, añadió, pensativa:

—¡Con qué hermosa grandiosidad suena esto de «el personal de la cocina»! Tan diferente de como es en realidad: la vieja señora Ellis, más sorda que una tapia, y esa medio pazguata hija de los Bardwell que viene a echar una mano los domingos por la mañana.

—Lo que no comprendo —apuntó Jennifer— es cómo descubrió la policía que estaban robando en la casa y llegaron aquí a tiempo de atrapar al ladrón.

—Me parece extraordinario que no se llevase nada —comentó su madre.

—¿Estás completamente segura de eso, Joan? —le

preguntó su marido—. Al principio tenías algunas dudas.

La señora Sutcliffe lanzó un suspiro de exasperación.

—Es imposible asegurar nada con exactitud en asuntos de esta clase. El desorden de mi dormitorio..., las cosas desparramadas por todos los rincones, los cajones revueltos y volcados... Tuve que examinarlo todo antes de poder estar segura de nada..., aunque, ahora que lo pienso, no recuerdo haber visto mi magnífico chal de Jacqmar.

—Lo siento, mami. Eso fue cosa mía. Voló con el viento en el Mediterráneo. Lo cogí sin decirte nada. Quería contártelo, pero se me olvidó.

—Jennifer, la verdad es que no sé cuántas veces te he dicho ya que no me cojas nada sin advertírmelo antes.

—¿Puedo tomar un poco más de pudin? —solicitó Jennifer para cambiar de tema.

—Supongo que sí. La verdad es que la señora Ellis tiene una mano estupenda. Vale la pena esforzarse tanto en gritarle. Sin embargo, confío en que no te encuentren muy voraz en el colegio. Recuerda que Meadowbank no es un internado corriente.

—No estoy muy segura de si en realidad tengo muchas ganas de ir a Meadowbank —confesó Jennifer—. Conozco a una chica que tiene una prima que iba allí y me ha dicho que es insoportable, y que se pasaban el día entero diciéndole a una cómo hay que entrar y salir de un Rolls-Royce y cómo hay que comportarse en el supuesto de que se vaya a almorzar con la Reina.

—Ya está bien, Jennifer —la amonestó la señora Sutcliffe—. No aprecias la grandísima suerte que tienes de que te hayan admitido en Meadowbank. La señorita

Bulstrode no acepta a cualquier chica, te lo aseguro. Todo se ha debido a la importante posición de tu padre y a la influencia de tu tía Rosamond. Tienes una suerte extraordinaria —añadió—. Y si alguna vez se te presentara la ocasión de ir a comer con la Reina, te será muy conveniente que sepas cómo tienes que comportarte.

—Oh, bueno —dijo Jennifer—. Me imagino que la Reina suele comer con gente que no sabe cómo comportarse... Jefes africanos, yoqueis y jeques.

—Los jefes africanos tienen los modales más refinados —aseguró su padre, que había vuelto recientemente de un corto viaje de negocios a Ghana.

—Y también los jeques árabes —añadió la señora Sutcliffe— tienen maneras cortesanas.

—¿Recuerdas la fiesta esa a la que nos invitó un jeque? —le preguntó Jennifer—. ¿Y cómo le arrancó el ojo a aquella oveja y te lo ofreció a ti, y que el tío Bob te dio con el codo para que no metieras la pata y te lo comieras? Me parece que si un jeque hiciera semejante cosa con un cordero asado en el palacio de Buckingham, a la Reina le entrarían unas náuseas más que justificadas, ¿no os parece?

—Basta ya, Jennifer —dijo su madre para zanjar el tema.

IV

Después de que Andrew Ball, sin domicilio fijo, hubo sido sentenciado a tres meses de prisión por allanamiento de morada, Derek O'Connor, que había estado ocupando un asiento poco destacado en el Palacio de Justicia, hizo una llamada.

—Absolutamente nada encima del individuo cuando le echamos el guante —informó—. Además, le dimos tiempo de sobra.

—¿Quién era? ¿Alguien que conozcamos?

—Me imagino que uno de la banda de Gecko. Uno de poca monta. Lo contratan para esta clase de asuntos. No tiene mucha materia gris, pero dicen que es un consumado ratero.

—Y escuchó la sentencia como un cordero. —Al otro lado de la línea, el coronel Pikeaway hizo una mueca burlona al pronunciar esta frase.

—Sí. Es el tipo de tonto que se sale del buen camino. Nunca se le relaciona con delitos de altos vuelos. No sirve más que para eso, claro.

—Y no encontró nada —dijo el coronel Pikeaway—. Y ustedes tampoco. Más bien parece como si no hubiera qué encontrar, ¿no cree? Nuestra suposición de que Rawlinson colocó las piedras entre las pertenencias de su hermana empieza a no tener fundamento.

—A otros parece habérseles ocurrido también la misma idea.

—Es bastante obvio, en realidad... Tal vez se proponían que nos tragáramos el anzuelo.

—Quizá sí. ¿Alguna otra posibilidad?

—A montones. Es posible que el objeto en cuestión se encuentre en Ramat. Acaso escondido en el hotel Ritz Savoy. O que Rawlinson se lo entregara a alguien de camino al aeródromo. O a lo mejor hay algo de verdad en esa insinuación del señor Robinson: que una mujer desconocida le haya echado la zarpa. O puede que durante todo el tiempo la señora Sutcliffe no hubiera sido consciente de lo que llevaba y lo tirase por la borda en el mar Rojo con cualquier otra cosa inservible. Y esto último —añadió meditabundo— tal vez sería lo mejor de todo.

—Vamos, señor. ¡Si valen un dineral!

—La vida humana también vale mucho —sentenció el coronel Pikeaway.

Capítulo 5

Cartas de Meadowbank

Carta de Julia Upjohn a su madre:

Querida mamá:
Ya estoy completamente instalada y el colegio me gusta mucho. Este trimestre hay una niña que también es nueva; se llama Jennifer, nos llevamos muy bien y estamos casi siempre juntas. A las dos se nos da fenomenal el tenis. Es estupenda. Tiene un saque formidable, cuando le sale bien, pero no lo consigue casi nunca. Dice que se aflojaron las cuerdas de su raqueta cuando estuvo por el golfo Pérsico, porque allí hace muchísimo calor. Ella estuvo cuando toda esa revolución que hubo. Yo le pregunté si fue muy emocionante, pero ella me dijo que no porque no vieron nada en absoluto. Se las llevaron a la embajada o no sé dónde y se lo perdieron todo.

La señorita Bulstrode es un pedazo de pan, pero algunas veces puede llegar a impresionar. A las que somos nuevas nos trata con benevolencia. A sus espaldas todo el mundo la llama «Bull» o «Bully». Damos clase de literatura inglesa con la señorita Rich, que es formidable. Cuando se enfada por algo, se le suelta el pelo del moño. Tiene una cara muy rara, pero interesante, y cuando nos lee trozos de Shakespeare lo recita de un modo diferente a como lo hace todo el mundo y parece que lo estamos viviendo. El otro día nos habló de Yago, y de lo que él sentía... Y muchas cosas más sobre los celos, de cómo estos le devoraban a uno y de cuánto se sufría hasta volverse uno loco queriendo hacer daño al ser amado. Nos dio escalofríos a todas, excepto a Jennifer, porque no existe nada capaz de conmoverla. La señorita Rich también nos da clases de geografía. Yo siempre creí que era una asignatura muy rollo, pero de la manera que la enseña ella no lo es en absoluto. Esta mañana nos ha explicado todo lo referente al tráfico de especias y por qué eran necesarias para evitar que los alimentos se echaran a perder fácilmente.

Estoy empezando a dar clase de arte con la señorita Laurie. Viene dos veces por semana y, además, nos lleva a Londres para visitar los museos de pintura. El francés lo tenemos con mademoiselle Blanche, que no es capaz de mantener el orden. Jennifer dice que los franceses no saben hacerlo. No se enfada con nosotras, pero se le nota que se aburre soberanamente, y nos dice: «Enfin, vous m'ennuyez, mes enfants». *La señorita Springer es de espanto. Es la profesora de gimnasia y deportes. Es pelirroja y cuando suda, apesta a perro mojado. También tenemos a la señorita Chadwick (Chaddy), que lleva aquí desde que se fundó el colegio. Enseña matemáticas y es un hueso, pero bastante simpática. Después está la señorita Vansittart, que enseña historia y alemán. Es una especie de segunda señorita Bulstrode, pero sin la personalidad de esta.*

Aquí hay una multitud de chicas extranjeras, dos italianas y varias alemanas y una sueca que es de lo más divertida (es princesa o algo por el estilo) y una chica que es mitad turca y mitad persa, que dice que se iba a casar con su primo, el príncipe Alí Yusuf, el que se estrelló en aquel accidente de aviación, pero Jennifer dice que no es verdad, que Shaista solo dice eso porque ella era medio prima suya y en aquellos países parece que es costumbre que los primos se casen unos con otros. Jennifer dice que él no pensaba casarse con ella porque a él le gustaba otra persona. Jennifer está enterada de muchas cosas, pero rara vez las cuenta.

Me imagino que pronto te pondrás en marcha para tu viaje.

¡No te vayas a dejar el pasaporte en casa, como hiciste la última vez! Y llévate tu pequeño botiquín de urgencia por si sufres algún accidente.

Con todo mi cariño,

Julia

Carta de Jennifer Sutcliffe a su madre:

Querida mami:

Resulta que aquí no lo pasa una mal del todo. Estoy disfrutando mucho más de lo que esperaba. El tiempo ha sido muy bueno. Ayer tuvimos que escribir una redacción sobre el tema «¿Se pueden llevar las buenas cualidades hasta su último extremo?», que me parece una tontería.

¿No podrías comprarme una nueva raqueta de tenis? A pesar de que el otoño pasado le mandaste poner cuerdas nuevas a la mía, ya no sirve para nada. A mí me parece que están flojas. Me gustaría mucho aprender griego. ¿Puedo hacerlo? Me encantan los idiomas. La semana que viene algunas de nosotras iremos a Londres a ver un ballet. Es El lago de los cisnes. *La comida aquí es fantástica. Ayer nos pusieron pollo*

en el almuerzo y para la merienda tomamos siempre con el té unos pasteles caseros riquísimos.

Ya no sé qué más contarte. ¿Ha habido más ladrones por casa?

Tu hija que te quiere mucho,

Jennifer

Carta de Margaret Gore-West a su madre:

Querida mamá:

Tengo muy pocas novedades. Este trimestre estoy estudiando alemán con la señorita Vansittart. Circula el rumor de que la señorita Bulstrode piensa retirarse y que la va a suceder la señorita Vansittart, pero ya hace un año que se viene hablando de ello y yo no estoy segura de que sea verdad. Se lo pregunté a la señorita Chadwick (ni que decir tiene que no me habría atrevido a preguntárselo a la señorita Bulstrode) y me contestó muy seca. Me dijo que ni mucho menos era cierto y que no hiciera caso de las habladurías. El martes pasado fuimos a ver un ballet: El lago de los cisnes. Demasiado fantástico para poder expresarlo con palabras.

La princesa Ingrid está siempre de broma. Tiene los ojos de un celeste muy intenso y lleva un aparato de ortodoncia. También hay dos chicas nuevas alemanas que hablan un inglés bastante aceptable.

La señorita Rich ya está de vuelta y tiene muy buen aspecto. El último trimestre la echamos de menos. La nueva profesora de gimnasia y deportes se llama Springer. Es insufriblemente mandona y a nadie le cae muy bien. Sin embargo, es una entrenadora magnífica de tenis. Una de las chicas nuevas, Jennifer Sutcliffe, llegará a ser una excelente jugadora, a mi entender, aunque tiene un revés algo inseguro. Su mejor amiga es una chica que se llama Julia. Les hemos puesto de nombre «las cotorras».

Que no se te olvide venir a recogerme el día 20. ¿Lo harás? El día de las competiciones deportivas es el 19 de junio.

Tu hija que te quiere,

Margaret

Carta de Ann Shapland a Dennis Rathbone:

Querido Dennis:

No voy a tener ningún día libre hasta la tercera semana del trimestre. Me encantaría ir a cenar contigo entonces. Tendría que ser el sábado o el domingo. Ya te lo haré saber.

Encuentro bastante entretenido esto de trabajar en un colegio. Pero ¡doy gracias a Dios de no ser maestra! Me volvería loca de atar.

Siempre tuya,

Ann

Carta de la señorita Johnson a su hermana:

Querida Edith:

Aquí todo sigue exactamente como de costumbre. El tercer trimestre siempre es muy agradable. El jardín está precioso y hemos contratado a un nuevo jardinero para que le eche una mano al viejo Briggs... Es joven, robusto y, además, bastante guapo, lo que es una contrariedad. Las niñas son tan tontas...

La señorita Bulstrode no ha vuelto a hablar más de retirarse, de momento, de modo que espero que haya desechado la idea. Con la señorita Vansittart no sería ni mucho menos lo mismo. Por lo que a mí respecta, no creo que la haya desechado ella.

Todo mi cariño para Dick y los niños. Dales recuerdos a Oliver y a Kate cuando los veas.

Barbara

Carta de mademoiselle Angèle Blanche a Renée Dupont. Lista de correos, Burdeos:

Querida Renée:
Por aquí todo marcha bien, aunque yo no puedo decir que me divierta gran cosa. Las niñas no son respetuosas ni se portan en clase como es debido. Creo, no obstante, que es preferible no quejarme a la señorita Bulstrode. Una tiene que estar siempre en guardia al tratar con esa...
Por ahora no tengo nada de interés que contarte.

Mouche

Carta de la señorita Vansittart a una amiga:

Querida Gloria:
El último trimestre está siendo muy tranquilo, al menos

de momento. Un conjunto muy satisfactorio de nuevas alumnas. Las extranjeras se van aclimatando bastante bien. Nuestra princesita (la oriental, no la escandinava) parece ser desaplicadilla, pero me imagino que eso era de esperar. Tiene unos modales encantadores.

La nueva profesora de deportes, la señorita Springer, no ha sido ningún acierto. A las niñas no les cae en gracia y es muy déspota con ellas. Después de todo, este no es un colegio cualquiera. El éxito de Meadowbank no estriba en que se haga en él más o menos gimnasia. Es también muy curiosa, y hace demasiadas preguntas de índole personal. Su forma de ser se me hace insoportable y denota muy mala educación. Mademoiselle Blanche, la nueva profesora de francés, no puede ser más afectuosa, pero no llega a lo que era mademoiselle Depuy.

El día de la apertura nos libramos por los pelos de tener un buen conflicto. Lady Veronica Carlton-Standways se nos presentó completamente embriagada. Si no hubiera sido porque la señorita Chadwick se dio cuenta al vuelo y la quitó de en medio, habríamos podido tener un incidente muy desagradable. Y, además, las gemelas son unas chicas tan monas...

La señorita Bulstrode todavía no ha dicho nada respecto al futuro..., pero, a juzgar por su actitud, creo que ya debe de haber tomado una decisión. Meadowbank es realmente una gran institución y yo me sentiré muy orgullosa de continuar sus tradiciones.

Saluda con cariño a Marjorie cuando la veas. Siempre tuya,

Eleanor

Carta dirigida al coronel Pikeaway, mediante los conductos acostumbrados:

¡Y luego dirán que esta misión no es peligrosa! Yo soy el único varón físicamente capaz en un edén de ciento noventa mal contadas Evas.

Su Alteza, vestido con sus atavíos orientales, llegó con todo boato en un Cadillac color fresa despachurrada y azul pastel. Le acompañaba la esposa (qué lástima de modas de París) y la edición infantil de esta, Su Alteza Real.

Al día siguiente, a duras penas la reconocí con el uniforme escolar. No habrá dificultad alguna en acercarme a ella. Ella misma ha comenzado ya. Me estaba preguntando los nombres de varias flores de una manera cándida y melosa cuando una espía con pecas, pelirroja y con una voz como una abubilla, se presentó inesperadamente y se la llevó de mi lado. Ella no tenía ningunas ganas de irse. Siempre había creído que estas chicas orientales se criaban recatadamente tras un velo. Esta debe de haber tenido un poco de experiencia mundanal durante sus días de colegio en Suiza, me parece.

La arpía, alias señorita Springer, profesora de deportes, volvió para echarme un rapapolvo. Al personal del jardín no le estaba permitido conversar con las alumnas, etcétera. Yo a mi vez expresé una inocente sorpresa: «Lo siento de veras. La señorita me estaba preguntando qué clase de planta eran estos Delphinium. *Me imagino que no las tendrá en la parte del mundo de donde ella procede». Apacigüé a la arpía con gran facilidad y al final por poco acaba lanzándome una sonrisita y todo. Con la secretaria de la señorita Bulstrode tuve menos éxito. Es una de esas chicas provincianas con aires de grandeza. La profesora de francés se presta más a cooperar. Recatada en apariencia, pero no creo que sea precisamente una mosquita muerta. También he trabado amistad con tres chicas muy agradables, que todavía no han salido de la edad del pavo, llamadas Pamela, Lois y Mary; desconozco sus apellidos, pero me he enterado de que pertenecen a la aristocracia. Un impetuoso y vetusto caballo de batalla, que responde al nombre de Chadwick, tiene puesto en mí sus ojos suspicaces, así es que he de tener cuidado para no emborronar este cuaderno.*

Mi jefe, el viejo Briggs, es un tipo más bien áspero, cuyo principal tema de conversación es cómo solían ser las cosas en los buenos viejos tiempos cuando él era, posiblemente, el cuarto entre una plantilla de cinco jardineros. Se pasa el día gruñendo por la mayoría de las cosas y criticando a todo el mundo, pero siente un edificante respeto por la señorita Bulstrode. Yo también se lo tengo. Intercambié unas cuantas palabras con ella, muy agradable, por cierto, pero experimenté la horrible sensación de que estaba viendo mi interior como si yo fuera transparente y de que estaba enterada de todo lo que a mí se refería.

No hay el menor signo hasta el momento de nada siniestro, pero no pierdo la esperanza...

Capítulo 6

Los primeros días

I

En la sala de profesoras, estas intercambiaban puntos de vista sobre viajes por el extranjero, obras de teatro que habían visto y exposiciones de arte que habían visitado. Las instantáneas circulaban de mano en mano. Se cernía la amenaza de las diapositivas en color, porque todas querían enseñar las suyas propias para librarse de la obligación de ver las de las demás. De pronto, la conversación se hizo menos personal. El nuevo pabellón de deportes fue tan criticado como elogiado. Se concedió que era un hermoso edificio, pero, naturalmente, a todas les habría gustado modificar su perfil en un sentido u otro. Después pasaron revista a las nuevas alumnas y el veredicto fue en conjunto favorable.

Sostuvieron entonces una breve pero sustanciosa conversación con las dos nuevas componentes del cuadro de profesoras. ¿Había estado mademoiselle Blanche en Inglaterra antes? ¿De qué parte de Francia procedía?

Mademoiselle Blanche respondió adecuadamente,

pero con cierta reserva. La señorita Springer fue más explícita.

Habló con énfasis y decisión. Incluso podría decirse que estaba pronunciando una conferencia. El tema: las excelencias de la señorita Springer. Lo que la habían apreciado como colega, hasta qué punto sus estudiantes habían aceptado sus consejos con agradecimiento y habían reorganizado sus planes de estudio con las sugerencias que ella había hecho.

La señorita Springer carecía de sutileza. No supo interpretar qué impresión había causado en su auditorio.

A la señorita Johnson se le ocurrió preguntarle, con suave entonación:

—Aun así, supongo que sus ideas no fueron siempre aceptadas del modo que... debían haberlo sido.

—Una debe estar preparada para la ingratitud —respondió la señorita Springer. Su voz, de por sí chillona, se volvió aún más potente—. Lo que me indigna es que la gente sea tan cobarde... y no se atreva a afrontar los hechos. Muchas veces prefieren no enterarse de lo que tienen ante sus propias narices. Yo no soy así. Yo voy directa al asunto. Más de una vez he desenterrado un escándalo nauseabundo. Lo he sacado a la luz. Tengo muy buen olfato. Una vez que estoy sobre la pista, no cejo hasta tener bien segura mi presa. —Dio rienda suelta a una alegre carcajada—. En mi opinión, nadie cuya vida no sea como un libro abierto debería enseñar en un colegio. Si alguien tiene algo que ocultar, yo lo descubro enseguida. ¡Oh! Ustedes se quedarían estupefactas si les contara algunas de las cosas que he descubierto de varias personas. Cosas que nadie habría llegado a soñar.

—Y usted disfrutó con la experiencia, ¿verdad? —dedujo mademoiselle Blanche.

—Desde luego que no. Solo cumplía con mi deber. Pero no contaba con el respaldo necesario. Una apatía vergonzosa. Así pues, dimití en señal de protesta. —Miró a su alrededor y lanzó de nuevo su alegre risa deportiva—. Espero que aquí nadie tenga nada que ocultar —añadió con desenfado.

A ninguna de las presentes les hizo gracia esta observación, pero la señorita Springer no era la clase de mujer que pudiera darse cuenta.

II

—¿Puedo hablar con usted, señorita Bulstrode?

La señorita Bulstrode dejó a un lado su pluma para mirar la cara arrebatada de la gobernanta.

—Diga, señorita Johnson.

—Se trata de esa chica llamada Shaista..., la egipcia o lo que sea...

—Sí.

—Es referente a su... ropa interior.

La señorita Bulstrode alzó las cejas con una expresión de resignada sorpresa.

—Bueno..., de su... sostén.

—¿Qué es lo que ocurre con su *brasière*?

—Pues que... no es un modelo corriente... Quiero decir que no le sostiene nada, exactamente... Más bien le... empuja el busto hacia arriba... de una forma completamente innecesaria.

La señorita Bulstrode se mordió el labio para reprimir

una sonrisa, como solía ocurrirle cuando dialogaba con la señorita Johnson.

—Creo que lo mejor será que vaya a echar una ojeada —decidió seriamente.

Entonces tuvo lugar una especie de interrogatorio respecto a la pecaminosa prenda mientras la señorita Johnson la sostenía en alto y Shaista la miraba con vivo interés...

—Es esta especie de alambre y... la colocación de las ballenas —señaló la señorita Johnson, con tono reprobador.

Shaista prorrumpió en una animada explicación.

—Pues... verá usted, es que mi pecho no está lo bastante desarrollado... No tiene el suficiente volumen. No tengo mucho aspecto de mujer. Y eso es muy importante para una chica..., que se advierta que es una chica y no un muchacho.

—Dispone de mucho tiempo por delante para eso. Solamente tiene quince años —repuso la señorita Johnson.

—¡Quince años! ¡A esa edad ya se es una mujer! Y yo tengo aspecto de mujer. ¿Es que no se me nota? —Apeló a la señorita Bulstrode, que meneó la cabeza con gravedad—. Solo que mi busto está poco desarrollado. Y no quiero que dé esa impresión, ¿me entiende?

—La entiendo perfectamente —concedió la directora—. Me hago cargo de su punto de vista. Pero tenga presente que en este internado usted se encuentra entre chicas que son, en su mayor parte, inglesas, y son pocas las chicas inglesas que están desarrolladas como una mujer a los quince años. Me gusta que mis alumnas usen el maquillaje de una manera discreta y que lleven ropa apropiada a su edad. Sugiero que se ponga ese sostén cuando se vista para una fiesta, o cuando vaya a Londres, pero no para el día a día en el colegio. Aquí se hace mucho deporte y se practican toda clase de juegos, y para eso su cuerpo necesita tener libertad de movimientos.

—Tantas carreras y tantos brincos son excesivos —refunfuñó Shaista—. Y no hablemos de la gimnasia. No me cae nada bien la señorita Springer... No hace más que decir: «Más deprisa, más deprisa, no se desanimen...». Me llego a agotar.

—Ya está bien, Shaista —atajó la señorita Bulstrode con voz autoritaria—. Su familia la ha enviado aquí para que se eduque a la inglesa. Todo este ejercicio será muy conveniente para su complexión y para el desarrollo de su busto.

Despidió a Shaista y después sonrió a la agitada señorita Johnson.

—Eso es muy cierto —declaró—. Esta chica ya está complemente formada. A juzgar por las apariencias, podría tomársela fácilmente por una mujer de más de veinte años. Y ella se comporta como si los tuviera. No podemos esperar de esa chica que se sienta de la misma edad que Julia Upjohn, por ejemplo. Intelectualmente, Julia está mucho más adelantada que Shaista, pero físicamente todavía podría llevar un sostén de seda sin ballenas.

—Me gustaría mucho que todas ellas fueran como Julia Upjohn —contestó la señorita Johnson.

—A mí no —replicó la señorita Bulstrode, firme—. Resultaría muy aburrido el colegio si las alumnas fueran todas iguales.

«Aburrido», pensó al reanudar la corrección de las

redacciones sobre las Sagradas Escrituras. Esa palabra había estado repitiéndose en su mente de un tiempo a esta parte. Aburrido... Si de algo carecía su internado era precisamente de momentos aburridos. Durante su carrera como directora jamás había experimentado lo que era el aburrimiento. Habían existido dificultades que vencer, crisis imprevistas, conflictos con los padres y con las niñas, trastornos domésticos. Había sufrido muchas calamidades con las que había tenido que lidiar, y había logrado convertirlas en otros tantos triunfos. Todo ello había sido estimulante, emocionante, había merecido la pena. E incluso ahora, aun cuando ya había tomado la decisión de retirarse, no deseaba hacerlo.

Disfrutaba de una excelente salud, casi tan resistente como cuando ella y Chaddy (¡la fiel Chaddy!) habían puesto en marcha el internado con apenas un puñado de niñas, respaldadas por un banquero de visión poco común. Las distinciones académicas de Chaddy eran superiores a las suyas, pero fue ella quien tuvo la inspiración de hacer del colegio un lugar de tal distinción que destacó por su fama en toda Europa. Nunca le habían asustado los experimentos, mientras que Chaddy se había contentado con enseñar a conciencia, pero de una manera nada amena, todo lo que sabía. El gran logro de Chaddy había sido estar allí, a mano, parando los golpes, siempre dispuesta para prestar ayuda en todos los casos en que la necesitaban, como en el primer día de este trimestre con lady Veronica. Fue sobre la base de su sentido práctico de la vida, reflexionó la señorita Bulstrode, a partir de lo cual se había cimentado el edificio.

Bueno, desde el punto de vista material, las dos habían sacado provecho. Si se retiraban ahora, ambas tendrían asegurada una renta para el resto de sus vidas. La señorita Bulstrode se preguntaba si Chaddy querría jubilarse cuando ella lo hiciera. Probablemente no, porque para esta el colegio era como su hogar. Continuaría fiel y digna de confianza para respaldar a la sucesora de la señorita Bulstrode.

Porque la señorita Bulstrode ya había tomado la decisión: tenía que dejar una sucesora. Al principio asociada a ella, compartiendo la autoridad, y después para regirlo por sí sola. Saber cuándo hay que retirarse... Esa era una de las exigencias indispensables de la vida: retirarse antes de empezar a perder facultades, de que se debilitara la capacidad intelectual, de llegar a probar en sí la rancia pusilanimidad, la desgana de continuar realizando el esfuerzo.

La señorita Bulstrode terminó de poner las notas a las redacciones y observó que Upjohn poseía una mente original mientras que Jennifer Sutcliffe carecía de la más mínima imaginación pero mostraba una profunda comprensión de los hechos que era muy poco corriente. Y Mary Vyte pertenecía, desde luego, al grupo erudito; una retentiva asombrosa. Pero ¡qué chica tan aburrida!... Otra vez esa palabra. La señorita Bulstrode la expulsó de su mente y tocó el timbre para hacer venir a su secretaria. Empezó a dictarle cartas:

Querida lady Valence:
 Jane ha tenido algunas molestias en los oídos. Le adjunto el diagnóstico del doctor...

Querido barón Von Eisenger:
Ciertamente podremos encargarnos de que Hedwig vaya a la ópera con ocasión de que Hellstern canta la parte de Isolda...

Transcurrió una hora en un santiamén. La señorita Bulstrode rara vez se detenía para buscar una palabra. El lápiz de Ann Shapland se deslizaba vertiginosamente sobre las cuartillas.

Una secretaria magnífica, pensó la directora. Mejor que Vera Lorrimer, que era una chica de lo más molesta. Qué extraño, abandonar su puesto tan de repente. Alegó una crisis nerviosa. Algo relacionado con un hombre, pensó la señorita Bulstrode, resignada. Siempre había un hombre de por medio.

—Eso es todo —dijo al terminar de dictar la última palabra. Soltó un suspiro de alivio—. ¡Cuántas cosas tan aburridas hay que hacer! —observó—. Escribir cartas a los padres es igual que echar de comer a los perros. Hay que administrar pequeñas trivialidades con todos ellos.

Ann rio. La señorita Bulstrode le preguntó:

—¿Qué le hizo decidirse a trabajar como secretaria?

—No puedo decirlo exactamente. No tenía vocación por nada en particular, y esta es la clase de empleo al que casi todo el mundo acaba por dedicarse.

—¿No le parece monótono?

—Me parece que he sido afortunada. He tenido una gran cantidad de empleos diferentes. Trabajé durante un año con sir Mervyn Todhunter, el arqueólogo, y después estuve con sir Andrew Peters en la firma Shell. Durante algún tiempo fui secretaria de Monica Lord, la actriz. ¡Esto último fue lo que se dice agotador! —Sonrió al recordarlo.

—Hoy en día es de lo más corriente entre ustedes las jóvenes esa costumbre de cambiar de empleo cada dos por tres —comentó la señorita Bulstrode con desaprobación.

—Es que, la verdad, a mí no me es posible continuar en el mismo mucho tiempo. Mi madre está inválida. Ella es, digamos..., difícil de llevar algunas veces. Y entonces me veo obligada a volver a casa para cuidarla.

—Ahora comprendo...

—Aun así, me temo que, aunque no fuera por ese motivo, seguiría variando y cambiando. No tengo el don de la perseverancia. Encuentro que la variedad es mucho menos aburrida.

—Aburrida... —murmuró la señorita Bulstrode, al brotar otra vez aquella palabra.

Ann la miró sorprendida.

—No me haga caso —le dijo la señorita Bulstrode—. Es solo que a veces una palabra determinada parece surgir a nuestro alrededor continuamente. ¿Le habría gustado ser profesora en un colegio? —le preguntó con cierta curiosidad.

—Me temo que lo encontraría odioso —respondió Ann con franqueza.

—¿Por qué?

—Me resultaría terriblemente aburrido... ¡Oh! Lo siento. —Pareció consternada.

—La enseñanza no es nada aburrida —arguyó la señorita Bulstrode con convicción—. Puede ser la cosa más emocionante del mundo. La echaré muchísimo de menos el día que me retire.

—Pero seguramente... —dijo Ann, mirándola con fijeza—. ¿Es que tiene la intención de retirarse?

—Sí..., es algo que está decidido. ¡Oh! Dentro de un año o tal vez de dos ya no continuaré aquí.

—Pero... ¿por qué?

—Porque he dedicado al colegio lo mejor de mi vida... y he obtenido lo mejor de él. Y ahora no me resigno a pasar a segundo plano.

—Pero ¿seguirá el colegio en marcha?

—Oh, sí. Tengo una buena sucesora.

—La señorita Vansittart, me imagino.

—¿De modo que usted ya tiene una opinión? —le preguntó la señorita Bulstrode, mirándola sutilmente—. ¡Es interesante!...

—Me temo que no lo he pensado mucho. Es solo que he oído a la plana mayor hablando de ello. Según he podido adivinar, ella continuaría rigiendo el colegio según las pautas que usted ha trazado. Tiene una presencia muy virtuosa, tan guapetona y con un tipo tan estupendo. Me imagino que esto es muy importante, ¿no?

—Sí, sí que lo es. Estoy segura de que Eleanor Vansittart es la persona adecuada.

—Ella continuará donde usted lo dejó —añadió Ann, recogiendo sus útiles de trabajo.

«Pero ¿es que yo deseo semejante cosa? —consideró la señorita Bulstrode cuando Ann salió—. ¿Que continúen mi labor donde yo la dejé? Eso es precisamente lo que hará Eleanor. Ningún experimento nuevo ni nada revolucionario. No fue procediendo de esa forma como yo hice de Meadowbank lo que es hoy en día. Probé suerte. Incomodé a muchísimas personas. Apreté las tuercas, di coba y me negué a copiar moldes preestablecidos de otros colegios. ¿Es que no es esto lo que yo deseo que se haga aquí? Alguien que inyecte nueva vitali-

dad al internado. Una personalidad dinámica... como...,
sí, como Eileen Rich.»

Pero Eileen no tenía edad ni experiencia suficientes.
Sin embargo, era estimulante, sabía enseñar. Tenía ideas
propias. Nunca podría resultar aburrida... ¡Qué tontería!, debía desechar esa palabra de su imaginación. Eleanor Vansittart no era aburrida...

Levantó la vista cuando Chaddy entró.

—¡Oh, Chaddy! —exclamó—. ¡Cuánto me alegra verla a usted!

La señorita Chadwick pareció un poco sorprendida.

—¿Por qué? ¿Es que ocurre algo en particular?

—Se trata de mí misma. No conozco mi propia mente.

—Eso es impropio de usted, Honoria.

—Sí, ¿verdad? ¿Cómo va el trimestre, Chaddy?

—Perfectamente, en mi opinión. —Se podía percibir cierta inseguridad en el tono de voz de la señorita Chadwick.

La señorita Bulstrode la sondeó.

—¡Vamos a ver! No me venga con rodeos. ¿Qué es lo que no marcha bien?

—Nada. De verdad, Honoria, nada en absoluto, solo que... —La señorita Chadwick arrugó la frente, adquiriendo la expresión de un perro bóxer que estuviera perplejo—. Oh, una sensación. Pero, en realidad, no es nada que pueda señalar de un modo claro. Las nuevas alumnas parecen ser muy agradables. Mademoiselle Blanche no me convence gran cosa, pero lo cierto es que tampoco me gustaba Geneviève Depuy. Era falsa.

La señorita Bulstrode no prestó mucha atención a esa crítica. Chaddy siempre acusaba a las profesoras francesas de ser falsas.

—No es muy buena profesora —admitió la señorita Bulstrode—. En realidad, es sorprendente. ¡Sus referencias eran fantásticas!

—Los franceses no sirven para la enseñanza. No tienen ni idea de disciplina —dijo la señorita Chadwick—. ¡Y realmente la señorita Springer también está hecha un buen elemento! ¡Con qué ímpetu salta! ¡Desde luego, hace honor a su apellido...!*

—Es competente en lo suyo.

—Oh, sí. De primera.

—La llegada de nuevas profesoras causa siempre cierto trastorno —aseguró la directora.

—Sí —concedió la señorita Chadwick—. Estoy segura de que no es más que eso. A propósito, el nuevo jardinero me parece demasiado joven. Una cosa muy poco corriente hoy en día. No hay jardineros de esa edad. Es una verdadera lástima que sea tan guapo. Tendremos que mantener los ojos abiertos.

Las dos asintieron con la cabeza. Sabían, mejor que nadie, los estragos que podría causar en el corazón de aquellas chicas adolescentes un joven tan guapo.

---

* *Springer*, en inglés, significa «saltador», «brincador». *(N. del t.)*

Capítulo 7

Palabras al viento

I

—No está mal del todo, muchacho —dijo, muy a su pesar, el viejo Briggs—. No está del todo mal.

Así expresaba su aprobación por la habilidad con la que su nuevo ayudante cavaba una franja de terreno. Pero no era cuestión de consentir que al joven se le subieran los humos a la cabeza, pensó Briggs.

—Fíjate bien —continuó—; no es preciso que lo hagas con tanta precipitación. Tómatelo con más calma, eso es lo que te digo. Paso a paso es como sale bien.

El joven se percató de que el ritmo al que llevaba su trabajo aventajaba muy favorablemente al de Briggs, si se comparaba uno con otro.

—Ahora, a lo largo de este surco —seguía explicando Briggs—, sembraremos unas plantas de aster, que son de lo más vistosas. A ella no le gustan los aster..., pero yo no le hago el menor caso. Las mujeres tienen sus caprichos, pero si no los tienes en cuenta no se enteran. Aunque yo diría que ella es de las que lo notan todo. Como si no le bastara para calentarse los cascos con dirigir un sitio como este.

Adam comprendió que con ese «ella», que aparecía con tanta frecuencia en la conversación de Briggs, se refería a la señorita Bulstrode.

—¿Y quién era esa con la que te vi de palique hace un rato, cuando fuiste al cobertizo donde están los tiestos en busca de los bambúes? —continuó Briggs, con tono suspicaz.

—¡Ah!, era una de las alumnas, simplemente —repuso Adam.

—Ah, una de las orientales, ¿no es eso? Pues bueno, ten mucho cuidado, muchacho. No te vayas a ver en un lío por culpa de alguna de esas orientales. Sé de lo que estoy hablando, las conocí muy bien cuando la guerra del catorce. Si hubiera sabido entonces lo que ahora sé, habría tenido más cuidado, ¿comprendes?

—No había nada de malo en ello —replicó Adam, fingiendo estar molesto—. Solo que se pasó casi todo el día conmigo; eso es lo que hizo, y me preguntó los nombres de una o dos cosas.

—¡Ah! —exclamó Briggs—. Pero tú ten cuidado. No puedes andar conversando con ninguna de las señoritas. A ella no le haría mucha gracia.

—No hacía nada malo, ni tampoco dije ninguna cosa que no debiera.

—Yo no digo que lo hicieras, hijo. Pero lo que sí te digo es que aquí hay una buena porción de muchachitas encerradas sin un mal profesor de dibujo siquiera que las distraiga un poco... Bueno, lo mejor que puedes hacer es andarte con pies de plomo. Es todo lo que te recomiendo. ¡Anda! Aquí llega ahora la vieja. Que me ahorquen si no viene con una de las suyas.

La señorita Bulstrode se aproximaba con paso rápido.

—Buenos días, Briggs —saludó—. Buenos días...

—Adam, señorita.

—Ah, sí, Adam. Bueno, parece haber cavado usted esta parcela muy satisfactoriamente. La tela metálica de la última pista de tenis se está cayendo, Briggs. Creo que debería ocuparse de eso.

—Por supuesto, señora. De acuerdo. Se hará como dice.

—¿Qué está usted plantando aquí?

—Verá, señora, yo había pensado que...

—Nada de aster —ordenó la señorita Bulstrode, sin darle tiempo para terminar—. Dalias. —Y se alejó con presteza.

—Se presenta..., da las órdenes —dijo Briggs—. Y luego no tiene un pelo de tonta. Se da cuenta enseguida si uno no ha hecho el trabajo en condiciones. Y no olvides lo que te he advertido, muchacho. De las orientales y de todas las otras...

—Si ella va a estar buscándome las cosquillas, yo sabré bien lo que hacer —dijo Adam, huraño—. Hay trabajo de sobra por ahí.

—¡Oh! Así es como sois los jóvenes de hoy en día en todas partes. No aguantáis una palabra de nadie. Todo lo que te digo es que te andes con pies de plomo.

Adam continuó haciéndose el huraño, si bien se encorvó de nuevo para seguir trabajando.

La señorita Bulstrode regresaba a la casa a lo largo del sendero. Caminaba con el ceño fruncido.

La señorita Vansittart venía en dirección opuesta.

—¡Qué tarde tan calurosa! —comentó esta última.

—Sí, muy bochornosa y sofocante. —Su rostro se relajó un poco al dirigirse a ella—. ¿Se ha fijado en ese joven..., en el nuevo jardinero?

—No, no de un modo especial.

—Me da la impresión de que es..., bueno..., un tipo raro —comentó meditabunda la señorita Bulstrode—. No es la clase de jardinero que acostumbramos a ver por aquí.

—Tal vez esté recién salido de Oxford y necesite un poco de dinero.

—Es atractivo. Las chicas se fijan en él.

—El problema de costumbre.

La señorita Bulstrode sonrió.

—Combinar la libertad de las chicas con el más estricto control. ¿No es eso a lo que se refiere, Eleanor?

—Sí.

—Lo conseguimos bastante bien —aseveró la señorita Bulstrode.

—Sí, en efecto. Nunca ha habido un escándalo en Meadowbank, ¿verdad?

—Una o dos veces hemos estado a punto de tenerlo —confesó la señorita Bulstrode, y se rio—. No he conocido un solo instante de aburrimiento dirigiendo el colegio —prosiguió—. ¿Ha encontrado que la vida aquí sea en algún momento aburrida, Eleanor?

—De ninguna manera —respondió la señorita Vansittart—. A mi entender, el trabajo aquí es estimulante y muy satisfactorio. Debe sentirse orgullosa y feliz, Honoria, por el gran éxito que ha logrado.

—Creo que las cosas me han salido bien —declaró la directora—. Aunque ya se sabe que nunca sale todo exactamente como lo proyectas en un principio. —Calló un momento, pensativa—. Dígame, Eleanor —preguntó de improviso—. Si rigiera este internado en lugar de hacerlo yo, ¿qué haría usted? No le importe decir lo que piense. Me interesa oír su opinión.

—No creo que necesitara hacer cambios de ninguna clase —dijo la señorita Vansittart—. Me parece que el espíritu y la organización del colegio son perfectos.

—¿Quiere usted decir que continuaría dirigiéndolo según las mismas pautas?

—Sí, naturalmente. No creo que se puedan mejorar.

La señorita Bulstrode guardó silencio un momento.

Pensaba: «A lo mejor lo ha dicho para halagarme. Nunca se llega a conocer a la gente, por muchos años de intimidad que hayamos tenido. Con toda seguridad, ella no siente lo que está diciendo. Cualquiera que posea el más mínimo sentido creador tendría que experimentar el deseo de hacer cambios. Aunque también es cierto que manifestarlo habría parecido una gran falta de tacto. ¡Y es tan importante tener tacto! Es esencial con los padres, con las alumnas, con el profesorado. Eleanor lo posee, sin duda».

Luego dijo en voz alta:

—Pero, aun así, siempre tiene que haber algo susceptible de reformarse, ¿no le parece? Me refiero a que hay que adaptarse a las ideas que evolucionan y a las circunstancias de la vida en general.

—¡Oh, eso sí! —convino la señorita Vansittart—. Hay que ir con los tiempos, como dicen. Pero se trata de su colegio, Honoria. Usted lo ha hecho tal cual es y sus tradiciones constituyen su esencia. Yo creo que la tradición es muy importante. ¿No está usted de acuerdo?

La señorita Bulstrode no respondió. Vacilaba al borde de las palabras irrevocables. El ofrecimiento flotaba en el aire. La señorita Vansittart, si bien con sus refinados modales aparentaba no haberlo captado, tenía que ser consciente de lo que había implícito en esa conversación. La señorita Bulstrode no habría podido decir qué era lo que en realidad la retenía. ¿Por qué le gustaba tan poco comprometerse? Probablemente, admitió con pesar, porque aborrecía la idea de abandonar el mando. Sin duda, en su fuero interno deseaba seguir, continuar rigiendo su colegio. Pero, con toda seguridad, no había nadie que reuniera más méritos que Eleanor para sucederla. Tan digna de confianza.

Aunque, por supuesto, en lo que concernía a esto, así era también la querida Chaddy...: digna de confianza como la que más. Y, sin embargo, resultaba imposible imaginarse a Chaddy como directora de un colegio tan prominente.

«¿Qué es lo que quiero? —se preguntó la señorita Bulstrode—. ¡Qué tediosa me estoy volviendo! En realidad, hasta ahora la indecisión nunca se ha contado entre mis defectos.»

El sonido de unas campanillas vibró en la distancia.

—Mi clase de alemán —dijo la señorita Vansittart—. Tengo que entrar.

Se dirigió con paso rápido, aunque digno, hacia el edificio del colegio. Siguiéndola con un paso más tranquilo, la señorita Bulstrode por poco chocó con Eileen Rich, que venía apresuradamente por un sendero lateral.

—¡Oh!, cuánto lo lamento, señorita Bulstrode. No la había visto.

Como de costumbre, el cabello se le escapaba de su descuidado moño. La señorita Bulstrode reparó una vez más en las huesudas facciones de su feo rostro, que le conferían un aire interesante; era una joven extraña, con una personalidad vehemente y avasalladora.

—¿Tiene clase ahora? —le preguntó.

—Sí. De inglés...

—A usted le encanta enseñar, ¿verdad? —preguntó la señorita Bulstrode.

—Lo adoro. Es la cosa más fascinante del mundo.

—¿Por qué le gusta?

Eileen Rich se paró en seco. Se deslizó una mano por el cabello.

Arrugó el ceño a causa del esfuerzo.

—Es curioso... Creo que nunca me he detenido a pensar seriamente en ello. ¿Por qué nos gusta enseñar? ¿Es porque hace que nos sintamos ilustres e importantes? No, no obedece a una razón tan interesada. No, es más bien como ir de pesca. Una nunca sabe qué clase de pez va a coger, lo que va a rastrear del mar. ¡Es tan apasionante cuando encontramos una alumna que responde! No ocurre muy a menudo, como es natural.

Con un movimiento de cabeza, la señorita Bulstrode expresó que estaba de acuerdo. No se equivocaba. Esa chica tenía algo.

—Confío en que algún día llegará a dirigir un colegio —le dijo.

—Oh, eso es lo que espero —confesó Eileen Rich—. Nada en el mundo me gustaría más.

—Usted ya tiene algunas ideas, ¿verdad?, de cómo debe dirigirse un colegio.

—Todo el mundo tiene ideas, imagino —repuso la joven—. Y, si me permite decirlo, muchas de ellas son descabelladas; de llevarlas a cabo, podrían resultar completamente catastróficas. Eso, claro está, significaría un riesgo. Pero habría que ponerlas a prueba. Se aprende a fuerza de experiencia; por desgracia, no siempre podemos guiarnos por la experiencia ajena, ¿no le parece?

—Por supuesto que no. En esta vida todos tenemos que cometer nuestros propios errores —sentenció la señorita Bulstrode.

—Eso está muy bien cuando se aplica a la vida particular de cada cual —estimó Eileen Rich—. En la vida privada podemos recuperarnos y volver a empezar. —Cerró con firmeza los puños con los brazos colgando a cada lado. La expresión de su rostro se volvió sombría. Entonces, de repente, dio rienda suelta al buen humor—. Pero si un colegio se deshace en pedazos, luego no es tan sencillo recogerlos y empezar de nuevo, ¿no cree?

—Si usted dirigiera un colegio como Meadowbank —sugirió la señorita Bulstrode—, ¿le gustaría hacer cambios..., experimentos?

Esta pregunta pareció turbar a Eileen Rich.

—Eso es..., esa es, bueno, es terriblemente difícil contestar esa pregunta —repuso.

—Me da la sensación de que le gustaría decir que sí, que los haría —se aventuró la directora—. No tenga inconveniente en contarme sin rodeos qué piensa, hija mía.

—A todo el mundo le gusta llevar a cabo sus propias ideas —contestó Eileen Rich—. No sé si daría buen resultado. Tal vez no fuera así.

—Pero usted considera que correr ese riesgo bien valdría la pena.

—Siempre hay algo por lo que merece la pena correr

un riesgo, ¿no? Siempre y cuando tengamos suficiente seguridad respecto a algo, quiero decir.

—Usted no parece poner reparos en llevar una vida llena de peligros. Ya entiendo... —dijo la señorita Bulstrode.

—Creo que he vivido siempre una existencia peligrosa. —Una especie de sombra pareció atravesar el rostro de la chica—. Tengo que irme. Me estarán esperando.

Se marchó apresuradamente. La señorita Bulstrode permaneció inmóvil, mirando cómo se retiraba. Todavía estaba allí, inmersa en sus pensamientos, cuando llegó a toda velocidad la señorita Chadwick buscándola.

—¡Oh! Por fin la encuentro. La hemos estado buscando por todas partes. El profesor Anderson acaba de llamar por teléfono. Desea saber si puede llevarse a Meroe este fin de semana. Sabe que hacerlo tan pronto va contra el reglamento, pero se marcha a..., un sitio que se llama algo así como Azure Basin.

—Azerbaiyán —la corrigió automáticamente la señorita Bulstrode, todavía ensimismada en sus propios pensamientos.

«No tiene suficiente experiencia —pensó—. Ese es el riesgo.»

Y en voz alta dijo:

—Disculpe, Chaddy, ¿qué me decía?

La señorita Chaddy repitió su recado.

—Le encargué a la señorita Shapland que le comunicara que la volveríamos a llamar y la mandé a buscarla a usted.

—Contéstele que me parece muy bien —resolvió la señorita Bulstrode—. Reconozco que se trata de una ocasión excepcional.

La señorita Chadwick le dirigió una mirada penetrante.

—Está preocupada, Honoria.

—Sí, lo estoy. En realidad, me ocurre que no sé cuál es mi propio estado de ánimo. Es algo poco frecuente y que me tiene fuera de mí... Discierno claramente lo que me gustaría hacer..., pero tengo la sensación de que ponerlo en manos de quien carece de la experiencia necesaria no sería proceder como es debido con el colegio.

—No sabe cuánto desearía que desistiera de esa idea de retirarse. Meadowbank la necesita. Usted pertenece al colegio.

—Este internado significa mucho para usted, ¿verdad, Chaddy?

—No hay otro colegio en Inglaterra que se le pueda comparar —aseguró la señorita Chadwick—. Las dos podemos sentirnos muy orgullosas de haberlo fundado.

La señorita Bulstrode le echó un brazo por los hombros, cariñosamente.

—En efecto, podemos estarlo, Chaddy. Y en cuanto a usted, es el consuelo de mi vida. No hay nada acerca de Meadowbank de lo que no esté enterada. Se preocupa por este centro tanto como yo. Y eso ya es mucho decir, querida.

La señorita Chadwick se sentía animada y satisfecha. Era muy poco común que Honoria Bulstrode rompiera su habitual reserva.

II

—Es solo que no puedo jugar con esta birria. No sirve para nada. —Jennifer arrojó la raqueta al suelo, desesperada.

—Vamos, Jennifer, hay que ver lo que alborotas por nada.

—Es el *swing*. —Jennifer recogió la raqueta del suelo y la agitó ligeramente con mano experta—. No se mueve como es debido.

—Es mucho mejor que la mía, tan vieja. —Julia la comparó con su propia raqueta—. La mía parece una esponja. Fíjate cómo suena. —Punteó las cuerdas—. Pensamos en ponerle cuerdas nuevas, pero mamá se olvidó de hacerlo.

—De todas formas, yo la preferiría a la mía. —Jennifer la cogió y comenzó a blandirla.

—Pues a mí me gusta mucho más la tuya. Con esa sí que podría dar buenos golpes. Si tú quieres, nos las cambiamos.

—De acuerdo, trato hecho.

Las dos muchachas despegaron las tiras de cinta adhesiva en las que estaban escritos sus nombres y volvieron a pegarlas en las otras raquetas.

—No pienso volver a cambiar otra vez —le advirtió Julia—. Así que será inútil que luego me digas que no te convence esa vieja esponja.

III

Adam silbaba alegremente mientras hincaba en el suelo el cerco de tela metálica alrededor de la pista.

La puerta del pabellón de deportes se abrió y mademoiselle Blanche, la profesora de francés, con su aspecto de mosquita muerta, se asomó al exterior. Pareció sobrecogerse al ver a Adam. Titubeó un momento y volvió a entrar.

—No sé qué es lo que se traerá entre manos —se dijo Adam.

No se le habría pasado por la imaginación que mademoiselle Blanche estuviera tramando algo de no haber sido por la forma en que esta reaccionó. Tenía un aire de culpabilidad que despertó sus sospechas. Enseguida volvió a aparecer, cerrando la puerta detrás de sí, y se detuvo a hablar con él al pasar por donde se encontraba.

—¡Ah! Veo que está reparando la tela metálica.

—Sí, señorita.

—Hay muy buenas pistas aquí, y la piscina y el pabellón también están muy bien. ¡Oh! *Le sport!* Ustedes los ingleses piensan muchísimo en *le sport*, ¿verdad?

—Pues eso parece, señorita.

—¿Juega usted al tenis?

Sus ojos le lanzaron una mirada femenina llena de intención, con una ligera insinuación en sus destellos. Una vez más, Adam volvió a hacer cábalas respecto a ella. Se le vino a la mente que mademoiselle Blanche no era la profesora de francés más indicada para Meadowbank.

—No —repuso él, mintiendo—. No juego al tenis. No tengo tiempo para ello.

—¿Juega al críquet, entonces?

—Bueno, jugaba de pequeño. Igual que la mayoría de los muchachos.

—Hasta hoy no he tenido mucho tiempo para echar una ojeada a todo esto —dijo Angèle Blanche—. Pero hacía tan buen tiempo que se me ha ocurrido visitar el pabellón de deportes. Quiero escribir sobre ello a unos amigos que dirigen un colegio en Francia.

A Adam eso le dio de nuevo en que pensar. Le parecieron unas explicaciones completamente innecesarias, casi como si mademoiselle Blanche desease justificar su presencia en el pabellón de deportes. Pero ¿por qué habría de hacerlo? Ella estaba en su perfecto derecho de andar por cualquier parte del colegio que se le antojara. Ciertamente no tenía necesidad alguna de presentar excusas a un ayudante del jardinero. Esto hizo surgir nuevas incógnitas en su mente. ¿Qué sería lo que esta joven había estado haciendo en el pabellón de deportes?

Pensativo, contempló a mademoiselle Blanche. Quizá no estuviera mal informarse un poco más acerca de ella. Cambió de táctica de una manera sutil y deliberada. Siguió mostrándose respetuoso, pero no tanto como antes. Dejó que sus ojos le hicieran saber que la consideraba una joven muy atractiva.

—A veces debe de encontrar un poco aburrido trabajar en un colegio de chicas, señorita —le dijo.

—No me divierte gran cosa, no.

—De todas formas —prosiguió Adam—, dispone de tiempo libre, ¿no es así?

Se hizo una pequeña pausa. Parecía como si estuviera debatiendo algo consigo misma. Entonces él notó con cierto pesar que la distancia entre ambos se había ensanchado.

—Oh, sí —repuso—. Dispongo de una razonable parte de tiempo libre. Las condiciones de trabajo aquí son excelentes. —Lo saludó ligeramente con la cabeza—. Buenos días —dijo, y se marchó en dirección al edificio del colegio.

«Tú has estado tramando algo en el pabellón de deportes», pensó Adam.

Esperó hasta que ella se perdió de vista. Entonces abandonó su trabajo, cruzó hacia el pabellón e inspeccionó su interior. Pero nada de lo que pudo ver allí estaba fuera de su sitio. «De todos modos —dijo para sus adentros—, sé que estaba maquinando algo.» Al volver a salir, se encontró de forma inesperada frente a Ann Shapland.

—¿Sabe dónde está la señorita Bulstrode? —le preguntó ella.

—Me parece que ha vuelto a la casa, señorita. Hace un segundo estaba hablando con Briggs.

Ann lo miró con el ceño fruncido.

—¿Qué está usted haciendo en el pabellón de deportes?

Adam se quedó un poco sobrecogido. «Qué mentalidad tan desagradablemente suspicaz tiene esta mujer», se dijo. Con un tono de voz algo insolente, le contestó:

—He pensado que tal vez sería interesante que echara un vistazo. No hay ningún mal en mirar, me parece a mí.

—¿No sería mejor que continuara usted con su trabajo?

—En este momento estoy acabando de colocar la tela metálica alrededor de la pista de tenis. —Se volvió, mirando al edificio del pabellón, situado a su espalda—. Esto es nuevo, ¿verdad? Debe de haber costado un dineral. Aquí sus estudiantes tienen lo mejor de todo.

—Por eso lo pagan —le replicó Ann secamente.

—Y, por lo que he oído decir, a peso de oro —comentó él.

Sintió el deseo, que él mismo apenas podía comprender, de herir o molestar a esa chica. Era siempre tan fría y daba tal impresión de autosuficiencia... Sería fantástico sacarla un poco de quicio.

Sin embargo, Ann no le concedió tal satisfacción. Se limitó a ordenarle:

—Creo que lo mejor será que siga poniendo la tela metálica.

Y se dirigió de vuelta a la casa. A mitad de camino, aflojó el paso y miró atrás. Adam estaba ocupado con la tela metálica. Primero le echó una mirada a él y luego lanzó un vistazo al pabellón de deportes. Había algo que la tenía intrigada...

Capítulo 8

Asesinato

I

El sargento Green bostezaba en su servicio nocturno en la comisaría de policía de Hurst St. Cyprian cuando sonó el teléfono. Descolgó el auricular y un instante después sus modales habían cambiado por completo. Empezó a garabatear rápidamente en un folio.

—¿Diga? ¿Meadowbank? Sí... ¿Y el nombre? Deletréelo por favor. «S» de Suiza, «P» de Polonia, «R» de Rusia, «I» de Italia, Springer. Sí, sí, por favor, encárguese de que nadie toque nada. «N» de Noruega, «G» de Grecia, «E» de Egipto y «R» de Rumanía. Les mandaré a alguien en breve.

Después, rápida y metódicamente se ocupó de poner en movimiento los diversos procedimientos judiciales indicados.

—¿Meadowbank? —inquirió el inspector Kelsey cuando se enteró de la noticia—. Ese es el colegio de chicas, ¿no? ¿A quién han asesinado?

—Al parecer se trata de la señorita Springer, la profesora de deporte —informó el sargento Green.

—«Muerte de una profesora de deporte» —dijo pensativo Kelsey—. Suena a título de novela de detectives de las que puedes comprar en un quiosco de estación.

—¿Quién, en su opinión, podría haberla despachado? —preguntó el sargento—. Parece poco natural.

—También las profesoras de deporte tienen derecho a la vida amorosa —observó el inspector detective Kelsey—. ¿Dónde dicen que han encontrado el cadáver?

—En el pabellón de deportes. Me imagino que es una forma más elegante de llamar al gimnasio.

—Puede que sí —admitió Kelsey—. «Muerte de una profesora de deporte en el gimnasio.» Suena a gran crimen atlético, ¿no le parece? ¿Dijo usted que la mataron de un disparo?

—Sí.

—¿Se encontró la pistola?

—No.

—Interesante —comentó el inspector detective Kelsey, y, tras haber reunido al resto de sus hombres, se marchó para cumplir con sus obligaciones.

II

La puerta principal de Meadowbank, por la que salía la luz a raudales, se encontraba abierta. Fue allí donde la señorita Bulstrode recibió personalmente al inspector Kelsey. Este la conocía de vista, igual que la mayoría del vecindario. Incluso en estos momentos de confusión e incertidumbre la señorita Bulstrode seguía siendo la de siempre: dominaba con maestría la situación y a sus subordinadas.

—Soy el inspector detective Kelsey, señora —se presentó él.

—¿Qué es lo primero que le gustaría hacer, inspector Kelsey? ¿Desea ir al pabellón de deportes o prefiere oír un relato detallado de los hechos?

—El doctor me ha acompañado —dijo Kelsey—. Si quiere mostrarles a él y a dos de mis hombres dónde se encuentra el cadáver, yo preferiría que intercambiáramos unas palabras.

—Por supuesto, iremos a mi despacho. Señorita Rowan, ¿quiere indicar al doctor y a sus acompañantes el camino? —Al cabo de un instante, añadió—: Una de mis profesoras está allí para impedir que se toque nada.

—Gracias, señora.

Kelsey siguió a la señorita Bulstrode hasta su despacho.

—¿Quién descubrió el cadáver?

—La señorita Johnson, la gobernanta. A una de las chicas le dolían los oídos y la señorita Johnson estaba arriba, cuidando de ella, cuando advirtió que las cortinas estaban descorridas. Al acercarse ella misma a cerrarlas como era debido, se dio cuenta de que había una luz encendida en el pabellón de deportes, y no tenía por qué estarlo a la una de la madrugada —finalizó, adusta, la señorita Bulstrode.

—Muy bien —dijo Kelsey—. ¿Dónde se encuentra ahora la señorita Johnson?

—Está aquí. Si desea verla...

—Cuanto antes. ¿Le importaría continuar, señora?

—La señorita Johnson fue a despertar a la señorita Chadwick, otro miembro del claustro. Decidieron bajar e ir a investigar allí. En el momento en que salían por la puerta lateral, oyeron el sonido de un disparo y echaron a correr hacia el pabellón de deportes lo más deprisa que pudieron. Al llegar allí...

El inspector la interrumpió.

—Gracias, señorita Bulstrode. Si, como usted dice, la señorita Johnson está disponible, oiré de sus labios el detalle de lo que sigue. Pero tal vez sería mejor que antes me contara usted algo acerca de la víctima.

—Su nombre es Grace Springer.

—¿Llevaba mucho tiempo con usted?

—No, llegó este trimestre. La anterior profesora de deporte se marchó a trabajar a Australia.

—¿Y qué sabía usted sobre esta señorita Springer?

—Sus referencias eran excelentes —aseguró la señorita Bulstrode.

—Usted no la conocía personalmente antes de eso, ¿verdad?

—No.

—¿Tiene alguna idea, por remota que sea, de qué pudo haber precipitado esta tragedia? ¿Se sentía desdichada? ¿Alguna complicación desafortunada?

La señorita Bulstrode negó con la cabeza.

—Nada que yo sepa. Si me lo permite —continuó—, le diré que me parece de lo más inverosímil. No era ese tipo de mujer.

—¡De cuántas cosas se sorprendería usted! —suspiró el inspector Kelsey sombríamente.

—¿Desea que llame a la señorita Johnson?

—Si es tan amable... Cuando haya escuchado su relato saldré hacia el gim... ¿Cómo lo llaman ustedes, pabellón de deportes...?

—Es una nueva edificación del colegio que hemos inaugurado este año —explicó la señorita Bulstrode—. La construimos junto a la piscina e incluye una pista de squash y otras instalaciones. Las raquetas de tenis y de lacrosse, así como los palos de hockey, se guardan allí; hay también un secadero para los trajes de baño.

—¿Había alguna razón por la cual la señorita Springer debiera estar en el pabellón de deportes a esa hora de la noche?

—Absolutamente ninguna —repuso ella, tajante.

—Está bien, señorita Bulstrode. Ahora me gustaría hablar con la señorita Johnson.

La directora abandonó la habitación para después regresar junto con la gobernanta. A la señorita Johnson le habían hecho beber una considerable dosis de brandy para que reaccionara después de haber descubierto el cadáver. El resultado fue un ligero aumento de su locuacidad.

—Le presento al inspector detective Kelsey —dijo la señorita Bulstrode—. Haga acopio de fuerzas, Barbara, y cuéntele exactamente lo ocurrido.

—¡Es espantoso! —exclamó la señorita Johnson—. Es realmente espantoso. No he pasado por experiencia semejante en mi vida. ¡Jamás! No podía dar crédito a lo que veían mis ojos. De veras, no podía creerlo. Y sobre todo... ¡tratándose de la señorita Springer...!

El inspector Kelsey era un hombre perspicaz. Estaba dispuesto a desviarse de los métodos rutinarios siempre que le llamara la atención algún detalle insólito que hubiera que tener en consideración.

—Creo entender que usted encuentra sumamente extraño que fuera la señorita Springer a quien asesinaran.

—Pues sí, inspector; sí que lo encuentro extraño. Era tan..., bueno, tan fuerte, ¿sabe? Tan vigorosa... El tipo de mujer que podemos imaginarnos plantando cara a un ladrón nocturno..., o incluso a dos, sin ayuda de nadie.

—¡Oh! ¿Ladrones nocturnos? —murmuró el inspector Kelsey—. ¿Es que había algo que robar en el pabellón de deportes?

—Bueno, no... En realidad, no sé qué es lo que iban a poder robar allí. No había más que trajes de baño y, claro está, material deportivo.

—La clase de objetos que se habría llevado un vulgar ratero —decidió Kelsey—. No habría valido la pena tomarse el trabajo de forzar la puerta por tan poca cosa. A propósito, ¿la forzaron?

—Bueno, la verdad es que no se me ocurrió fijarme en eso —aclaró la señorita Johnson—. Quiero decir que la puerta estaba abierta cuando llegamos allí y...

—No la forzaron —intervino la señorita Bulstrode.

—Entiendo —dijo Kelsey—. Usaron una llave. ¿Gozaba de muchas simpatías la señorita Springer? —inquirió, mirando a la señorita Johnson.

—Pues en realidad no podría contestarle. Pero, después de todo, ya ha muerto.

—Así que a usted no le caía bien —dedujo Kelsey, observador, haciendo caso omiso de los nobles sentimientos de la señorita Johnson.

—No creo que pudiera caerle bien a nadie —confesó la aludida—. Era muy autoritaria, ¿sabe? No le importaba en absoluto contradecir a la gente de una manera tajante. Aunque hay que reconocer que era competente y se tomaba su trabajo muy en serio. ¿No opina usted lo mismo, señorita Bulstrode?

—Coincido, sí —acordó esta.

Kelsey cambió de rumbo, retomando el interrogatorio más ortodoxo del principio.

—Ahora, señorita Johnson, si es tan amable, oigamos lo sucedido.

—Pues resulta que Jane, una de nuestras alumnas, tenía dolor de oídos. Se despertó con unas punzadas bastante fuertes y vino a buscarme. Le apliqué unos remedios y cuando la dejé en su cama me di cuenta de que el aire hacía ondear las cortinas de la ventana, así que decidí cerrarla, pues el viento soplaba en aquella dirección. Por descontado que las niñas duermen siempre con las ventanas abiertas. A veces tenemos que vencer objeciones por parte de las extranjeras, pero yo siempre insisto en que...

—En realidad, eso ahora mismo no tiene importancia —intervino la señorita Bulstrode—. Nuestras medidas generales de higiene no interesarán al inspector Kelsey.

—No, no, claro que no —admitió la señorita Johnson—. Bueno, como iba diciendo, fui a cerrar la ventana, y cuál sería mi sorpresa al ver una luz en el pabellón de deportes... Se distinguía perfectamente; no podía equivocarme. Parecía como si hubiera estado moviéndose de un lado para otro.

—¿Quiere decir que no se trataba de una luz eléctrica que hubiesen encendido, sino de la proyectada por una linterna o por una vela?

—Sí, sí, eso es lo que debía de ser. Enseguida pensé: «¡Madre mía!, ¿qué es lo que estarán haciendo allí a estas horas de la noche?». Desde luego, no se me ocurrió pensar que fueran ladrones. Esa habría sido una suposición demasiado fantasiosa, como a usted le pareció hace un momento.

—¿Qué pensó usted que pudiera ser? —preguntó Kelsey.

La señorita Johnson dirigió la mirada hacia la señorita Bulstrode y la volvió a desviar.

—Pues, sinceramente, no pensé que fuera nada de particular. Quiero decir... que..., pues que..., en realidad lo que quiero decir es que no podía imaginarme...

La directora la interrumpió:

—Me imagino que a la señorita Johnson le asaltó la idea de que una de nuestras alumnas pudiera haber ido allí para acudir a una cita con alguien —apuntó—. ¿No es así, Barbara?

La señorita Johnson contestó con voz entrecortada:

—Pues... la idea se me vino a la cabeza, sí. Tal vez una de nuestras alumnas italianas... Las chicas extranjeras son mucho más precoces que las inglesas.

—No sea tan insular —la reconvino la señorita Bulstrode—. Hemos tenido una gran cantidad de chicas inglesas que han tratado de concertar entrevistas inoportunas; es muy natural que usted sospechara, y a mí me habría ocurrido lo mismo.

—Continúe —rogó el inspector Kelsey.

—De modo que pensé que lo mejor —prosiguió la señorita Johnson— sería ir a buscar a la señorita Chadwick y decirle que saliera conmigo para ver qué es lo que pasaba.

—¿Por qué la señorita Chadwick? —interpeló Kelsey—. ¿Tiene alguna razón particular para elegir precisamente a esa profesora?

—Pues, la verdad, no quería preocupar a la señorita Bulstrode —explicó la señorita Johnson—. Y me temo que es casi un hábito en nosotras recurrir siempre a la señorita

Chadwick cuando no queremos molestar a la señorita Bulstrode. Verá usted, la señorita Chadwick hace muchísimo tiempo que trabaja aquí y tiene una gran experiencia.

—Sea como sea —insistió Kelsey—, usted fue a despertar a la señorita Chadwick, ¿verdad?

—Sí. Ella estuvo de acuerdo conmigo en que deberíamos ir al pabellón de inmediato. No perdimos tiempo en vestirnos ni en nada; solo nos pusimos un jersey y un chaquetón y salimos por la puerta lateral. Y fue entonces, al salir, cuando oímos una detonación en el pabellón de deportes. Cometimos la gran torpeza de no llevar una linterna, por lo que nos fue difícil distinguir por dónde íbamos. Tropezamos una o dos veces, pero conseguimos llegar bastante deprisa. La puerta estaba abierta. Encendimos la luz y...

Kelsey interrumpió:

—¿No había entonces ninguna luz cuando llegaron? ¿No había una linterna u otra clase de luz?

—No. Aquello estaba a oscuras. Encendimos la luz y allí nos la encontramos, muerta. Estaba...

—Está bien —dijo el inspector con amabilidad—. No es necesario describir nada. Prefiero verlo todo por mí mismo. ¿No se encontraron con nadie por el camino?

—No.

—¿Ni oyeron los pasos de alguien que huyera?

—No. No oímos nada.

—En el edificio del colegio, ¿nadie más oyó el disparo? —preguntó Kelsey, mirando a la señorita Bulstrode.

Esta hizo un ademán negativo.

—No. No, que yo sepa. Nadie ha dicho nada, al menos. El pabellón de deportes está bastante alejado y dudo mucho que pudiera oírse la detonación.

—¿Ni siquiera desde uno de los cuartos situados en el ala del edificio que mira hacia el pabellón?

—Me parece difícil, a menos que se supiera de antemano que se iba a producir tal cosa. Tengo la convicción de que no sonaría lo suficientemente fuerte como para poder despertar a nadie.

—Bien, gracias —dijo el inspector—. Ahora iré al pabellón de deportes.

—Yo le acompañaré —decidió la señorita Bulstrode.

—¿No le importa que vaya yo también? —solicitó la señorita Johnson—. Me gustaría, si me lo permiten. Soy del parecer de que no está bien desentenderse de las cosas, ¿no creen? Siempre fui de la opinión de que hay que hacer frente a todo lo que se pretende y...

—Gracias —repuso el inspector Kelsey—, pero no hace falta, señorita Johnson. No quiero ser yo quien la exponga a un nuevo ataque de nervios.

—¡Qué espantoso! —se lamentó la señorita Johnson—. Y lo que empeora todavía más la situación es que reconozco que no me era nada simpática. Incluso anoche tuvimos una discusión en la sala de profesoras. Yo sostenía que el exceso de ejercicios gimnásticos era perjudicial para las chicas..., para las más débiles. La señorita Springer replicó que eso eran pamplinas; que esas chicas eran precisamente las que más lo necesitaban, que las tonificaba y hacía de ellas mujeres nuevas. Yo le respondí que, en realidad, ella no lo sabía todo, aunque creyera que sí.

»Al fin y al cabo, por mi formación, entiendo muchísimo más de padecimientos y enfermedades de lo que entiende la señorita Springer... o entendía, aunque no me cabe duda de que la señorita Springer estaba dotadísima de todo lo que se refiere a las paralelas, al salto del potro y al entrenamiento de tenis. Pero, ¡válgame Dios!, ahora que pienso en lo ocurrido preferiría no haber dicho nada. Me imagino que una siempre se encuentra de este ánimo después de un suceso tan horroroso. De veras, me lo reprocho a mí misma.

—Vamos, siéntese ahí, querida —indicó la señorita Bulstrode acomodándola en el sofá—. Lo único que tiene que hacer es descansar y hacer caso omiso de cualquier discusión sin importancia que pueda haber ocurrido. La vida sería muy monótona si todos estuviéramos de acuerdo unos con otros en todos los aspectos.

La señorita Johnson se sentó, negando con la cabeza, y bostezó. La señorita Bulstrode siguió a Kelsey hasta el vestíbulo.

—Le suministré una buena cantidad de brandy —confesó, excusándose—. Estaba un poco más locuaz de lo habitual, pero se ha explicado bastante bien, ¿no le parece?

—Sí —convino el detective—, ha dado una clara información de lo sucedido.

La señorita Bulstrode le mostró el camino hacia la puerta lateral.

—¿Fue por aquí por donde salieron la señorita Johnson y la señorita Chadwick?

—Sí. Como puede usted ver, el camino atraviesa esos rododendros y sigue en línea recta hasta llegar al pabellón de deportes.

El inspector llevaba una potente linterna. Acompañado de la señorita Bulstrode, llegó muy pronto al edificio donde ahora resplandecían las luces.

—Bonita construcción —dijo, tras haberle echado un largo vistazo.

—Nos costó nuestros buenos peniques —explicó la señorita Bulstrode—, pero podemos permitírnoslo —añadió en tono sereno.

La puerta abierta daba acceso a una sala de amplias proporciones. Había taquillas de vestuario con los nombres de diversas chicas en ellos. Al fondo de la habitación se encontraba una estantería para colocar las raquetas de tenis y otra para las de lacrosse. La puerta de la izquierda conducía a las duchas y a las casetas para cambiarse de ropa. Kelsey se detuvo antes de entrar. Dos de sus hombres habían estado atareados. Un fotógrafo acababa de terminar con su cometido y otro agente, que estaba examinando las huellas dactilares, alzó la vista y dijo:

—Puede pisar el suelo y cruzar allí sin cuidado. Por este extremo no hemos terminado todavía.

Kelsey avanzó hacia el forense, que estaba arrodillado junto al cadáver. El médico levantó la mirada al aproximarse el inspector.

—Le dispararon desde una distancia de poco más de dos pasos —dictaminó—. La bala le penetró en el corazón. Sin duda, la muerte fue instantánea.

—¿Cuánto tiempo hará?

—Digamos una hora, poco más o menos.

Kelsey asintió con la cabeza. Se aproximó dando un rodeo hacia la señorita Chadwick para contemplar su alta figura; estaba apoyada contra un muro igual que un perro guardián, con una expresión de espanto en el rostro. Tendría unos cincuenta y cinco años, calculó; la frente despejada y las líneas de su boca denotaban tenacidad; tenía el pelo gris descuidado y no se percibía en ella el menor indicio de histeria. La clase de mujer, pensó, con la que podía contar en un momento de crisis, aun cuando pasase inadvertida en cualquier otra ocasión de la vida diaria.

—¿La señorita Chadwick? —le preguntó—. ¿Fue usted quien salió con la señorita Johnson y descubrió el cadáver?

—Sí. La encontré exactamente en la misma posición que ahora. Estaba muerta.

—¿Y a qué hora sería eso?

—Eché una mirada a mi reloj cuando la señorita Johnson me despertó. Marcaba la una menos diez.

Kelsey asintió. Eso coincidía con la hora que la señorita Johnson le había dicho. Observó a la víctima. Su pelo era corto y de un llamativo matiz rojizo. Tenía la cara llena de pecas, con un mentón prominente y firme, y su figura resultaba atlética y enjuta. Llevaba puesta una falda de lana escocesa y un grueso jersey de un color oscuro. Calzaba unas zapatillas de deporte y no llevaba medias.

—¿Hay algún indicio del arma? —preguntó Kelsey.

Uno de sus hombres negó con la cabeza.

—Ninguno en absoluto, señor.

—¿Han dado con la linterna?

—Hay una en aquel rincón.

—¿Tiene marcadas algunas huellas?

—Sí, las de la víctima.

—Así que fue ella quien la trajo —musitó Kelsey, pensativo—. Vino aquí con una linterna... ¿Por qué? —Formuló esta pregunta en parte a sí mismo, en parte a sus hombres, y en parte también a las señoritas Bulstrode y Chadwick. Finalmente, pareció concentrarse en esta última—. ¿Tiene alguna idea?

La señorita Chadwick negó con la cabeza.

—Ni la más remota. Me imagino que se habría dejado alguna cosa... olvidada aquí esta tarde o esta noche... y volvería para recogerla, pero eso resulta extraño teniendo en cuenta la hora que era.

—Debía de ser algo de importancia —supuso Kelsey.

Dirigió una mirada a su alrededor. Nada parecía haber sido alterado, a excepción de la estantería donde se colocaban las raquetas, situada al fondo, que daba la impresión de haber sido golpeada con violencia, pues algunas de las raquetas estaban tiradas por el suelo.

—Claro está —opinó la señorita Chadwick— que podría haber visto una luz aquí, igual que más tarde la vio la señorita Johnson, y haber salido para investigar de qué se trataba. Es la explicación que parece más verosímil.

—Creo que está usted en lo cierto —convino Kelsey—. Solo hay un pequeño detalle. ¿Habría venido ella sola?

—Sí —repuso la señorita Chadwick sin dudarlo un solo momento.

—La señorita Johnson —le recordó Kelsey— fue a despertarla a usted.

—Ya lo sé, y eso es lo que yo habría hecho de haber visto la luz. Habría despertado a la señorita Bulstrode o a la señorita Vansittart o a alguien. Pero la señorita Springer no lo habría hecho. Habría confiado en sí misma; incluso habría preferido vérselas con un intruso sin ayuda de nadie.

—Otro detalle —recordó el inspector—. Usted salió con la señorita Johnson por la puerta lateral. ¿No tenía esa puerta la llave echada?

—No, no la tenía.

—¿Cree que la dejó abierta la señorita Springer?

—Esa parece la conclusión natural —decidió la señorita Chadwick.

—Así es que damos por sentado —reanudó Kelsey— que la señorita Springer reparó en una luz que había en el gimnasio..., pabellón de deportes o comoquiera que ustedes lo llamen; que se encaminó aquí y que quienquiera que estuviese dentro disparó contra ella. —Se volvió hacia la señorita Bulstrode, que se hallaba inmóvil en la puerta y le preguntó—: ¿Le parece que estoy en lo cierto?

—No del todo —contestó la señorita Bulstrode—. Coincido en la primera parte. Digamos que la señorita Springer vio que había luz aquí y que salió para hacer sus pesquisas sin ayuda de nadie. Eso puede ser, sí. Pero que la persona a quien ella sorprendiera aquí le disparase, eso me parece completamente desacertado. Si hubiera habido aquí alguien que no tenía motivo alguno para estar en este lugar, sería más verosímil que la persona o personas en cuestión hubieran tratado de huir. ¿Qué explicación tiene que viniera alguien a este lugar a esas horas de la noche con una pistola? ¡Es ridículo! Aquí no hay nada que robar y, mucho menos, nada por lo que valga la pena cometer un asesinato.

—¿Considera más probable que la señorita Springer interrumpiera una cita?

—Esa es la explicación natural y más probable —dijo la señorita Bulstrode—. Pero no explica la razón por la que la asesinaron, ¿no le parece? Las chicas de mi colegio no llevan armas encima, y tampoco parece demasiado probable que ningún joven con quien pudieran haberse citado llevara consigo una pistola.

Kelsey estuvo de acuerdo.

—En el peor de los casos, una navaja —opinó—. Existe una posibilidad más: que la señorita Springer viniera aquí a verse con un hombre...

La señorita Chadwick rio entre dientes sin poderlo remediar.

—¡Oh, no! —disintió—. La señorita Springer no.

—No quiero decir que se tratase de una cita amorosa —repuso el inspector—. Lo que sugiero es que el crimen fue deliberado: que alguien quería asesinar a la señorita Springer, que se las apañaó para citarse aquí con ella y que la mató de un disparo.

Capítulo 9

Un gato en el palomar

I

Carta de Jennifer a su madre.

Querida mamá:
Anoche hubo un asesinato. La víctima fue la señorita Springer, la profesora de gimnasia. Ocurrió a medianoche, y vino la policía, y esta mañana están friendo a preguntas a todo el mundo.
La señorita Chadwick nos recomendó que no le contáramos a nadie nada de esto, pero a mí me pareció que te gustaría enterarte.
Con todo mi cariño,

Jennifer

II

Meadowbank era una institución lo bastante importante como para merecer la atención personal del comisario de policía.

Mientras la investigación seguía su curso, la señorita

Bulstrode no había permanecido inactiva. Telefoneó a un magnate de la prensa y al secretario del Ministerio del Interior, ambos amigos personales suyos. Como resultado de tales gestiones, muy poca cosa apareció en los periódicos con relación al suceso. Una profesora de deporte había aparecido muerta en el gimnasio del colegio a consecuencia de un disparo, pero aún no se había esclarecido si se trataba o no de un accidente. La mayoría de las informaciones contenían implícito un carácter poco menos que de excusa, como si el hecho de que una profesora de gimnasia muriera en tales circunstancias fuera una completa falta de tacto por su parte.

Ann Shapland tuvo un día muy atareado transcribiendo cartas para enviarlas a los padres. La señorita Bulstrode no perdió el tiempo y recomendó de inmediato a sus alumnas que mantuvieran silencio respecto al suceso, aunque sabía que ello equivaldría a predicar en el desierto. Era seguro que escribirían dando informaciones más o menos espeluznantes a sus inquietas familias, por lo que determinó redactar su propia relación equilibrada y razonable de la tragedia para que la recibieran al mismo tiempo.

Aquel mismo día por la tarde estaba sentada en cónclave con el señor Stone, comisario de policía, y el inspector Kelsey. La policía estaba de acuerdo en que lo mejor era que la prensa restara al asunto la mayor importancia posible. Eso les permitiría seguir las pesquisas tranquilamente y sin interferencias.

—Lo lamento muchísimo, señorita Bulstrode —le dijo el comisario—. Lo lamento de veras. Me imagino que esto es..., bueno..., algo muy desagradable para usted.

—Un asesinato es un mal asunto para cualquier colegio, sí —dijo la señorita Bulstrode—. Sin embargo, considero que no merece la pena detenerse ahora a reflexionar sobre ello. Lo sortearemos, sin duda, como hemos sorteado otros temporales. Lo que espero es que los hechos se aclaren a la mayor brevedad.

—No veo por qué no ha de ser así —replicó Stone, echando una mirada a Kelsey.

—Nos servirá de gran ayuda conocer su pasado —respondió este.

—¿De verdad cree que tiene importancia? —preguntó secamente la directora.

—Es muy posible que alguien tuviera alguna deuda que saldar con ella —sugirió Kelsey.

La señorita Bulstrode no replicó.

—¿Infiere usted que el motivo del crimen tiene alguna conexión con este lugar? —preguntó el comisario.

—El inspector Kelsey así lo cree —dijo la señorita Bulstrode—. A mi juicio, solo trata de no preocuparme.

—En efecto, creo que tiene relación con Meadowbank —confirmó el inspector—. Después de todo, la señorita Springer tenía sus horas libres, al igual que los otros miembros del profesorado. Podría haberse citado con quien fuera si hubiera querido hacerlo, en cualquier lugar de su elección. ¿Por qué escogió este gimnasio y a medianoche?

—¿Tiene usted algún inconveniente en que se realice una investigación en todas las dependencias del colegio, señorita Bulstrode? —preguntó el comisario.

—Absolutamente ninguno. Me imagino que intentan encontrar la pistola, el revólver... o lo que sea.

—Sí. Se trata de una pequeña pistola de fabricación extranjera.

—Extranjera —repitió la señorita Bulstrode, perpleja.

—¿Está usted enterada de si entre sus profesoras o sus alumnas hay alguna que posea un arma de esas características?

—Que yo sepa, indudablemente no —contestó la señorita Bulstrode—. Tengo la más absoluta certeza de que ninguna de las alumnas guarda semejante objeto. Cuando llegan, se les examina el equipaje, y algo así no se nos habría pasado por alto; habría dado pábulo a considerables comentarios. Pero, por favor, inspector Kelsey, obre como le plazca a este respecto. Tengo entendido que sus hombres han estado rebuscando por todos los terrenos del colegio hoy mismo.

—Así es —confirmó el inspector asintiendo con la cabeza—. También desearía entrevistarme con los demás miembros del claustro. Es posible que alguna de las profesoras pueda haber oído algún comentario que la señorita Springer haya hecho y que pudiera proporcionarnos una pista, o que hayan advertido algún detalle singular en su modo de comportarse. —Hizo una pausa, tras lo cual continuó—: Esto podría aplicarse igualmente a sus alumnas.

La señorita Bulstrode dijo:

—Yo tenía la intención de dirigir unas breves palabras a las chicas esta tarde, después de las oraciones. Pensaba decirles que si alguna de ellas sabe algo que pueda estar relacionado con la muerte de la señorita Springer, debería acudir a mí de inmediato.

—Una idea muy sensata —dijo el comisario.

—Pero deben ustedes tener en cuenta —añadió la directora— que es muy posible que alguna de las chicas quiera darse importancia exagerando algún incidente, o incluso inventándoselo. Las chicas hacen cosas muy extrañas, pero presumo que ustedes ya estarán habituados a tratar con esa clase de exhibiciones.

—Ya he tropezado con eso antes —afirmó el inspector Kelsey—. Ahora, por favor, deme una lista de su personal, incluido el servicio.

III

—He registrado todas las taquillas del pabellón, señor.

—¿Y no ha encontrado usted nada? —preguntó Kelsey.

—No, señor, nada de importancia. Cosas chocantes en algunas de ellas, pero nada de lo que a nosotros nos interesa.

—No estaba ninguna cerrada con llave, ¿verdad?

—No, señor, pero pueden cerrarse. Tenían puestas las llaves, pero ninguna estaba cerrada.

Kelsey echó una mirada por el suelo desnudo, absorto en sus pensamientos. Las raquetas de tenis y lacrosse estaban otra vez cuidadosamente colocadas en sus estantes.

—Bueno —dijo—, voy a intercambiar unas palabras con el personal del centro.

—¿Cree usted que puede haber sido cosa de alguien del colegio, señor?

—Pudiera ser —repuso Kelsey—. Nadie tiene una coartada excepto esas dos profesoras, las señoritas Johnson y Chadwick, y Jane, la niña con dolor de oídos. En teoría, todas las restantes se hallaban en la cama, durmiendo, pero no hay nadie que pueda atestiguarlo. Todas las chicas tienen habitaciones individuales, y también las profesoras. Cualquiera de ellas, incluida la propia señorita Bulstrode, podría haberla seguido hasta aquí. Entonces, después de matarla de un tiro, quienquiera que fuese pudo escabullirse tranquilamente de vuelta a la casa a través de los matorrales hasta la puerta lateral, y encontrarse en su cama cuando se dio la señal de alarma. Es el motivo lo que es difícil de averiguar. Sí —repitió—, es el motivo. A menos que aquí esté ocurriendo algo de lo que nosotros no tenemos conocimiento alguno, no parece que exista ninguna razón.

Salió del pabellón y se encaminó a la casa, andando lentamente. Aunque su jornada ya había terminado, el viejo Briggs, el jardinero, estaba atareado en una parcela del jardín. Cuando vio pasar al inspector, se alzó.

—Veo que trabaja hasta muy tarde —le dijo Kelsey, sonriendo.

—¡Ah! —exclamó Briggs—. Los jóvenes no tienen ni idea de lo que es la jardinería. Se presentan a las ocho de la mañana y terminan a las cinco... Así son. Uno tiene que estudiar el tiempo que hace; algunos días sería mejor no salir al jardín para nada; hay otros en que es preciso trabajar desde las siete de la mañana hasta las ocho de la tarde. Eso es si uno tiene cariño al sitio y se enorgullece al contemplar el fruto de su esfuerzo.

—Usted debería estar orgulloso —comentó Kelsey—. En estos tiempos, no he visto un lugar mejor cuidado.

—En estos días la cosa marcha bien —afirmó convencido Briggs—. Yo tengo suerte, sí, señor. Tengo un joven muy fuerte trabajando conmigo. También un par de muchachos, pero esos no valen gran cosa. A la mayoría de esos chicos no les interesa aprender esta clase de trabajo. No piensan más que en irse a trabajar a fábricas, eso es, o a oficinas, con sus cuellos blancos. No les gusta ensuciarse las manos con un puñado de tierra. Pero yo tengo suerte, ya le digo. Dispongo de un buen hombre que me ayuda, y él solito vino a ofrecerse.

—¿Hace mucho de eso? —preguntó el inspector Kelsey.

—Al principio del trimestre —respondió Briggs—. Se llama Adam. Adam Goodman.

—No recuerdo haberlo visto por aquí —comentó Kelsey.

—Me pidió permiso para salir —aclaró Briggs—, y yo se lo di. No parecía haber mucho que hacer hoy, con todos ustedes andando de aquí para allá por el jardín.

—Deberían haberme hablado de él —dijo el inspector, incisivo.

—¿Qué quiere decir con eso de hablarle de él?

—No está en mi lista —reparó el inspector—. Me refiero a que no figura en mi lista de empleados.

—Oh, bueno, podrá verlo mañana, señor —respondió Briggs—. Aunque supongo que no podrá decirle gran cosa.

—Eso nunca se sabe.

Un joven fuerte que se había ofrecido personalmente al comenzar el trimestre. Kelsey pensó que eso era lo primero con lo que se había encontrado que podía salirse un poco de lo corriente.

IV

Aquella tarde, como de costumbre, las niñas entraron formando fila en el gran salón para rezar las oraciones. Luego, la señorita Bulstrode demoró la salida alzando la mano.

—Tengo algo que comunicarles a todas ustedes. Ya saben que a la señorita Springer la mataron anoche de un tiro en el pabellón de deportes. Si alguna de ustedes vio u oyó algo la semana pasada..., algo que les extrañara y que guarde relación con la señorita Springer, alguna cosa que la señorita Springer pudiera haber dicho o que alguna otra persona comentara acerca de ella que les parezca a ustedes significativo, me gustaría que me lo comunicaran. Pueden venir a mi sala de estar a cualquier hora de la tarde.

—¡Oh! —suspiró Upjohn, cuando estaban saliendo—. ¡Cómo me gustaría que supiéramos algo! Pero no sabemos nada, ¿verdad, Jennifer?

—No —respondió Jennifer—, claro está que no.

—La señorita Springer parecía tan vulgar —subrayó Julia con tristeza—. Demasiado corriente para que la mataran de un modo misterioso.

—No creo que fuera tan misterioso —opinó Jennifer—. Solo se trató de un ladrón.

—Que vino a robar nuestras raquetas de tenis, supongo —replicó Julia con sarcasmo.

—A lo mejor alguien le estaba haciendo chantaje —sugirió, esperanzada, otra de las chicas.

—¿Por qué motivo?

Pero ninguna de ellas imaginó una razón por la que la señorita Springer pudiera ser víctima de un chantaje.

V

El inspector Kelsey comenzó su entrevista a las profesoras con la señorita Vansittart. «Una mujer hermosa», pensó, haciendo inventario de su persona. Debía de tener unos cuarenta años, o quizá alguno más; era alta y bien proporcionada, con el pelo gris arreglado con gusto. Poseía dignidad y compostura, con cierta conciencia de su propia importancia, observó Kelsey. En cierto modo, le recordaba a la misma señorita Bulstrode: era la pedagogía hecha persona. Aun así, reflexionó, la señorita Bulstrode poseía algo de lo que la señorita Vansittart carecía. Aquella tenía el don de lo inesperado. En cambio, no creía que la señorita Vansittart pudiera reaccionar de una manera imprevista.

El interrogatorio se desarrolló siguiendo la rutina habitual. En efecto, la señorita Vansittart no había visto nada, no había advertido nada ni había oído nada. La señorita Springer había desempeñado su trabajo de un modo excelente. Sus modales, es cierto, quizá fueran un poco bruscos, pero, a su juicio, no más de lo debido. Tal vez careciera de una personalidad atractiva, pero eso no era un factor indispensable en una profesora de gimnasia.

Era preferible, en efecto, no tener profesoras con una personalidad atractiva. Así se evitaba que impresionaran demasiado a las chicas. Sin haber contribuido con ninguna información interesante, la señorita Vansittart hizo mutis.

—No vio nada malo, no oyó nada malo, no dijo nada malo. Igual que los monos del proverbio —comentó el sargento Percy Bond, que estaba ayudando al inspector con los interrogatorios.

Kelsey hizo una mueca burlona.

—En eso casi le doy la razón, Percy —concedió.

—No sé qué es lo que tienen las profesoras que me pone de mal humor —confesó el sargento Bond—. Me han dado miedo desde que era un crío. Tuve una que era el terror personificado, tan teatral y tan amanerada en su pronunciación que nunca sabía uno qué era lo que estaba tratando de enseñar.

La siguiente profesora en aparecer fue Eileen Rich. Más fea que el pecado, pensó el inspector Kelsey en cuanto la vio. Pero después no le quedó más remedio que reconocer que poseía cierto atractivo. Puso en marcha su acostumbrada rutina de preguntas, pero las respuestas no fueron todo lo rutinarias que él había esperado. Después de declarar que no, que ella no había oído ni observado nada especial que alguien hubiera dicho de la señorita Springer o que la misma señorita Springer hubiera podido decir, la siguiente observación de Eileen Rich le sorprendió.

Le preguntó:

—Que usted sepa, ¿no había nadie que tuviera algún problema personal con ella?

—Oh, no —repuso Eileen Rich rápidamente—. Nadie podría haberlo tenido. Yo pienso que esa fue su tragedia, ¿sabe usted?, la de que ella no era la clase de persona a quien uno pudiera odiar.

—Dígame, señorita Rich, ¿qué es precisamente lo que quiere dar a entender con eso?

—Me refiero a que no era una persona a quien nadie deseara jamás hacer daño. Todo cuanto ella hacía o decía era superficial. Causaba fastidio a la gente. A veces le dedicaban alguna palabra mordaz, pero eso no significa gran cosa. Estoy convencida de que no la mataron por ella misma, no sé si entiende lo que quiero decir.

—No estoy muy seguro de entenderla, señorita Rich.

—Quiero decir que si ocurriera, por ejemplo, un robo

en un banco, ella podría ser la cajera a quien disparan, pero lo harían precisamente por tratarse de una cajera, y no de Grace Springer. No creo que nadie la amase u odiase lo suficiente como para desear matarla. A mí me parece que ella, sin pensarlo, se daba cuenta, y eso es lo que la movía a ser tan entrometida, a buscarle faltas a todo el mundo y averiguar si la gente hacía lo que no debía hacer, y desenmascararlos.

—¿Se dedicaba a husmear en los asuntos ajenos? —preguntó Kelsey.

—No, no husmeaba exactamente —consideró Eileen Rich—. Ella no iba de puntillas siguiendo por todas partes a la gente sospechosa ni nada por el estilo. Pero si encontraba alguna cuestión que no veía muy clara, tomaba la determinación de llegar al fondo del asunto. Y llegaba al fondo si se lo proponía.

—Comprendo. —El inspector se detuvo un momento—. Usted no le tenía mucha simpatía, ¿verdad, señorita Rich?

—No creo que pensara mucho en ella. No era más que la profesora de gimnasia. ¡Oh, qué horrible es tener que decir eso de alguien! «No era más que esto..., no era más que aquello...», así es como ella sentía su trabajo. Y se enorgullecía de hacerlo bien, pero no le parecía ameno. No se entusiasmaba cuando descubría una chica que pudiera ser buena en el tenis o que destacara en alguna modalidad atlética. No disfrutaba con ello ni experimentaba placer en el triunfo.

Kelsey la contempló con curiosidad. Pensó que era una joven extraña.

—Usted parece tener ideas con respecto a algunas cosas —observó.

—Sí. Sí. Imagino que así es.
—¿Cuánto tiempo lleva en Meadowbank?
—Algo más de un año y medio.
—¿No ha pasado nada extraño anteriormente?
—¿En Meadowbank? —pareció sobresaltarse—. Oh, no. Todo ha marchado siempre de maravilla hasta este último trimestre.

Kelsey consideró sus palabras.

—¿Qué es lo que no ha marchado como debiera en este trimestre? Usted no se refiere al asesinato, si no me equivoco. Se refiere a otra cosa...

—No sé... —Eileen titubeó—. Sí, tal vez me refiera a otra cosa..., pero es todo tan nebuloso...

—Continúe.

—Últimamente, la señorita Bulstrode no ha parecido estar satisfecha. Esa es una de las cosas. Pero lo oculta muy bien. Yo creo que no lo ha notado nadie más, pero yo sí me he dado cuenta. Y ella no es la única que se siente desgraciada. Sin embargo, no es a eso a lo que usted hacía alusión, ¿verdad? Eso son solo los sentimientos personales. La clase de cosas que una piensa cuando está enjaulada como las gallinas y empieza a pensar en un tema hasta que se convierte en una obsesión. Usted a lo que se refería es a si había algo que no marchara bien este trimestre. Era eso, ¿no?

—Sí —respondió Kelsey mirándola con curiosidad—, sí, eso es. Bueno, ¿se le ocurre algo?

—Creo que aquí hay algo que no marcha como debiera —aseguró pausadamente Eileen Rich—. Es como si entre nosotras hubiera alguien que no perteneciera a este ambiente. —Le miró y sonrió, diciendo casi con una carcajada—: Un gato en el palomar. Esa es la clase de sensación que yo experimento. Nosotras somos las palomas, y el gato está entre nosotras, pero nosotras no sabemos quién es el gato.

—Eso es muy confuso, señorita Rich.

—Sí que lo es. Parece una tontería. Yo misma puedo darme cuenta. Imagino que a lo que realmente me refiero es a que ha ocurrido algo, un pequeño detalle que he notado, pero que no sé explicar.

—¿Respecto a alguien en particular?

—No. Ya le digo que es solo eso, una sensación. No tengo ni idea de quién podría ser. Tan solo puedo decir que aquí hay alguien que, en cierto modo, no encaja en el ambiente. Aquí hay una persona..., aunque no sé quién..., que hace que me intranquilice. No cuando la miro a ella, sino cuando ella me mira a mí, porque es cuando ella me está mirando a mí cuando me viene esta sensación, sea lo que sea. Oh, estoy diciendo cada vez más incoherencias. Y, de todos modos, es solo una sensación. No es lo que usted necesita. No es una prueba.

—No —dijo Kelsey—. No es una prueba. Todavía no. Pero se trata de algo interesante. Si lo que usted siente llegara a perfilarse de una manera más definida, estaría encantado de que me contara algo más sobre ello, señorita Rich.

—Sí —dijo esta—. Porque es algo serio, ¿no? Me refiero a que hayan matado a una persona... sin que sepamos por qué motivo... y a que el asesino pueda que se encuentre muy lejos, o, por el contrario, que esté aquí, en el colegio. De ser así, esa pistola o revólver o lo que quiera que usara debe de hallarse igualmente aquí. No es un pensamiento muy agradable, ¿verdad?

Se marchó haciendo una leve inclinación de cabeza.

El sargento Bond exclamó:

—Está para que la encierren. ¿No le parece?

—No —dijo Kelsey—. No creo. Me parece que es lo que suele llamarse una persona sensitiva. Ya sabe, «yo experimento», «nosotras somos las palomas»... Y luego está el gato. Es como esas personas que advierten la presencia de un gato en una habitación antes de haberlo visto. Si hubiera nacido en África, podría haber llegado a ser hechicera de una tribu.

—Los gatos van por todas partes husmeando el mal, ¿no? —dijo el sargento Bond.

—Así es, Percy —concluyó Kelsey—. Y eso es exactamente lo que yo estoy tratando de hacer. Todavía no hemos dado con nadie que nos proporcione algo concreto, de modo que tengo que ir por ahí olfateándolo todo. Ahora es el turno de la francesa.

Capítulo 10

Una historia fantástica

A simple vista podía apreciarse que mademoiselle Angèle Blanche tenía unos treinta y cinco años. No usaba maquillaje y llevaba arreglada con pulcritud la melena castaña oscura, pero iba peinada de un modo que no le favorecía. Vestía chaqueta y falda de corte sencillo.

Explicó que ese era el primer trimestre que enseñaba en Meadowbank. No estaba segura de que deseara quedarse otro más.

—No resulta agradable vivir en un colegio donde se cometen asesinatos —dijo con desaprobación. Además, al parecer, en ninguna parte de la casa había alarmas en caso de robo; era una negligencia temeraria.

—No hay nada de gran valor que pueda atraer a los ladrones, mademoiselle Blanche.

Ella se encogió de hombros.

—¿Y quién puede afirmar tal cosa? Los padres de algunas de las chicas que estudian aquí son muy ricos. Puede que tengan en su poder algún objeto valioso. Tal vez un ladrón se ha enterado de eso y viene aquí porque le parece que será fácil robarlo.

—Si una de las chicas poseyera algún objeto importante, no es en el gimnasio donde lo guardaría.

—¿Cómo puede asegurar que no? —replicó mademoiselle Blanche—. Las niñas tienen allí sus taquillas.

—Pero solo para guardar sus equipos deportivos y esas cosas.

—Ah, sí. Eso es lo que cree. Pero una chica podría ocultar alguna cosa en la punta de una zapatilla de deporte, o enrollándola en algún jersey viejo, o en una bufanda.

—¿Qué clase de cosa, mademoiselle Blanche?

Pero ella no tenía ni idea de qué clase de cosa pudiera ser.

—Ni siquiera los padres más complacientes regalan a sus hijos collares de brillantes para que se los traigan al colegio.

Mademoiselle Blanche volvió a encogerse de hombros.

—Tal vez se trate de otra clase de joya... Un escarabajo egipcio de oro, por ejemplo, o algo por lo que un coleccionista pagaría una importante suma. El padre de una de las alumnas es arqueólogo.

Kelsey sonrió.

—No me parece muy verosímil que digamos, mademoiselle Blanche.

La mujer volvió a encogerse de hombros.

—Bueno, será como dice; yo solo le estoy sugiriendo una posibilidad.

—¿Ha trabajado usted en algún otro colegio inglés, mademoiselle Blanche?

—En uno del norte de Inglaterra, hace algún tiempo. Pero casi siempre he enseñado en Suiza y en Francia, también en Alemania. Decidí venir a Inglaterra para perfeccionar mi inglés. Tengo una amiga aquí. Ella enfermó y me dijo que yo podría ocupar su puesto en este internado, ya que la señorita Bulstrode se pondría contentísima de encontrar rápido a alguien. Así pues, vine. Pero no me gusta mucho. Ya le digo que no creo que me quede.

—¿Por qué no le gusta? —incidió el inspector Kelsey.

—No me gustan los sitios donde hay disparos —adujo mademoiselle Blanche—. Y las niñas no son nada respetuosas.

—Pero ya no son lo que se dice niñas pequeñas, me parece a mí.

—Algunas de ellas se comportan como si fuesen bebés, y otras podrían muy bien tener veinticinco años. Las hay de todo tipo. Tienen mucha libertad. Prefiero una institución más tradicional.

—¿Conocía bien a la señorita Springer?

—La verdad es que nada en absoluto. Sus modales eran muy rudos y yo le dirigía la palabra lo menos posible. No tenía más que huesos y pecas, y una voz estentórea y horrible. Era exacta a las caricaturas estereotipadas de las mujeres inglesas. Se comportaba conmigo de un modo muy grosero, y este es un defecto que no puedo tolerar.

—¿Por qué se comportaba así con usted?

—No le gustaba que fuera por su pabellón de deportes. Así lo percibe ella..., bueno, lo percibía. Quiero decir que lo consideraba como si fuera suyo. Fui allí un día porque me interesaba verlo. No había estado en él antes, y es una edificación moderna. Está bien dispuesto y planeado, y no hice más que echar una ojeada. Entonces la señorita Springer viene y me dice: «¿Qué está usted haciendo aquí? No tiene por qué estar aquí». Me dijo eso a mí..., a mí, ¡una profesora del colegio! ¿Por quién me había tomado? ¿Por una de las alumnas?

—Sí, sí. Estoy seguro de que debió de ser muy exasperante —concedió Kelsey, tratando de calmarla.

—Tenía peores modales que un cerdo; ya lo creo que los tenía. Y luego me gritó: «¡No se marche llevándose la llave en la mano!». Y me puso nerviosa. Cuando tiré de la puerta para abrirla, la llave cayó al suelo y me agaché a recogerla. Olvidé volver a colocarla en la cerradura. Y entonces va y me grita, como dando por hecho que yo tenía intención de robar la llave. Supongo que se puede decir *su* llave, lo mismo que *su* pabellón de deportes.

—Eso parece un poco extraño, ¿no? —sugirió Kelsey—. Me refiero a que se sintiera así en relación con el gimnasio. Como si fuese de su propiedad, como si temiera que la gente pudiera encontrar algo que había escondido allí.

Fingió empatizar con los sentimientos de mademoiselle Blanche, pero esta soltó una carcajada.

—¿Ocultar algo allí?... ¿Qué se podría ocultar en un sitio como ese? ¿Acaso cree que escondía allí sus cartas de amor? ¡Estoy segura de que no ha recibido una carta de amor en su vida! Las otras profesoras son, al menos, educadas. La señorita Vansittart es muy agradable, *grande dame*, comprensiva. La señorita Rich está un poco tocada, me parece, pero es amable. Y las dos profesoras jóvenes son muy simpáticas.

Despacharon a Angèle Blanche tras hacerle alguna pregunta más que carecía de importancia.

—Quisquillosa —observó Bond—. Todos los franceses son quisquillosos.

—De todos modos, es interesante lo que ha dicho —declaró Kelsey—. A la señorita Springer no le gustaba que la gente rondara por su gimnasio... o pabellón de deportes... No sé cómo llamarlo. Ahora bien, ¿por qué?

—Quizá porque pensaba que esa francesa la estaba espiando —sugirió Bond.

—Bueno, pero ¿por qué había de pensar tal cosa? ¿Por qué iba a preocuparse por que Angèle Blanche la espiara, a menos que hubiera algo que temiera que la otra profesora pudiese descubrir? —Tras una breve pausa, añadió—: ¿Quiénes faltan por interrogar?

—Las dos profesoras más jóvenes, las señoritas Blake y Rowan, y también la secretaria de la señorita Bulstrode.

La señorita Blake era joven y tenía un aspecto serio y una cara redonda y bonachona. Enseñaba botánica y física. No tenía mucho que contar que pudiera servir de alguna ayuda. Había visto a la señorita Springer en muy contadas ocasiones y no tenía la menor idea de nada que pudiera haber ocasionado su muerte.

La señorita Rowan, como correspondía a alguien graduado en Psicología, tenía su opinión respecto a todo esto. Era más que probable, indicó, que la señorita Springer se hubiera suicidado.

El inspector Kelsey alzó las cejas.

—¿Y por qué iba a suicidarse? ¿Es que era desgraciada en algún sentido?

—Era de naturaleza agresiva —puntualizó la señorita Rowan, que se inclinó hacia delante y lo escudriñó a través de sus gafas de gruesos cristales—. Muy agresiva. Considero que esto es significativo. Era su mecanismo de defensa para ocultar un complejo de inferioridad.

—Todo cuanto he oído hasta ahora la caracteriza como muy segura de sí misma.

—Demasiado segura de sí misma —concretó la señorita Rowan, con lúgubre entonación—. Y algunos de los comentarios que hacía corroboran mi teoría.

—Tales como...

—Hacía alusiones a las personas que «no eran lo que parecían». Mencionó que en el último colegio en el que trabajó había «desenmascarado» a alguien, pero que la directora tenía prejuicios contra ella y se negó a tomar en consideración lo que había averiguado. Varias de las otras profesoras se habían puesto también, según decía ella, «en su contra». ¿Comprende usted lo que eso significa, inspector? —Poco faltó para que la señorita Rowan se cayera de la silla, presa de su propia excitación. Largos mechones de pelo lacio le enmarcaban el rostro—. El principio de una manía persecutoria.

El inspector Kelsey manifestó que tal vez la señorita Rowan pudiera explicarle de qué medios se había valido la señorita Springer para dispararse a sí misma desde una distancia de más de un metro y cómo se las había ingeniado para volatilizar después el arma.

Mordazmente, ella replicó a su vez que era cosa bien sabida que la policía tenía prejuicios contra la psicología.

La señorita Rowan cedió el turno a Ann Shapland.

—Veamos, señorita Shapland —dijo el inspector Kelsey, al contemplar con agrado su pulcro aspecto, de eficiencia burocrática—, ¿qué luz puede usted arrojar sobre este asunto?

—Me temo que absolutamente ninguna. Tengo un pequeño despacho para mí sola y no veo mucho a ninguna de las profesoras. Este asunto me parece algo inconcebible.

—¿En qué sentido?

—Pues, en primer lugar, está el hecho de que hayan matado de un disparo a la señorita Springer. Pongamos que alguien forzó la puerta del gimnasio y que ella salió para averiguar qué sucedía. Bueno, eso es algo verosímil, pero ¿qué necesidad tenía nadie de forzar la puerta del gimnasio?

—Posiblemente, muchachos del pueblo que querrían procurarse gratis algún equipo de deporte, o que lo hicieron por gastar una broma.

—De ser como dice, no puedo menos que pensar en lo que la señorita Springer les habría dicho: «Vamos, ¿qué es lo que estáis haciendo aquí? Largo de aquí inmediatamente», y se habrían marchado.

—¿Nunca se le ocurrió pensar que la señorita Springer adoptaba una actitud muy particular respecto al gimnasio?

Ann Shapland pareció un poco perpleja.

—¡¿Una actitud muy particular?!

—Lo que quiero decir es si cree que ella lo consideraba como de su exclusiva incumbencia y le disgustaba que otras personas fueran por allí.

—No, que yo sepa. ¿Por qué iba a disgustarle? Forma parte de las instalaciones del colegio.

—¿No advirtió usted nada? ¿No percibió que si usted iba por allí, ella veía con desagrado su presencia?... ¿No notó nada por el estilo?

Ann Shapland negó con la cabeza.

—No he estado allí más que un par de veces. No tengo tiempo para esas cosas. Fui una vez o dos con un recado de la señorita Bulstrode para una de las chicas. Eso es todo, y no tiene interés alguno.

—¿No sabía usted que la señorita Springer se oponía a que mademoiselle Blanche anduviera rondando por allí?

—No, no he oído nada de eso... Aunque, ahora que lo dice, sí recuerdo que mademoiselle Blanche se enfadó muchísimo por no sé qué cosa, pero es que ella es un poquito quisquillosa. También se cuenta que un día entró en la clase de dibujo y se molestó por algo que le dijo la profesora. Claro está que realmente no tiene mucho que hacer..., me refiero a mademoiselle Blanche. Únicamente enseña una asignatura..., francés, y tiene muchísimo tiempo libre. A mi entender —titubeó—, creo que es una persona inquisitiva.

—¿Cree posible que cuando ella estuvo en el pabellón de deportes se dedicara a fisgar en algunas de las taquillas?

—¿En las taquillas de las alumnas? Pues no me sorprendería en ella. Es más que posible que eso la divirtiera.

—¿Tenía la señorita Springer una taquilla así?

—Sí, claro.

—Entonces, en el caso de que la señorita Springer sorprendiera a mademoiselle Blanche *in fraganti* husmeando en su taquilla, ¿estoy en lo cierto al imaginarme que se habría enfadado bastante?

—Indudablemente que sí.

—¿No sabe usted nada relativo a la vida privada de la señorita Springer?

—Ni yo ni nadie de por aquí. Pero ¿es que tenía vida privada?

—¿No hay nada más..., ninguna otra cosa relacionada con el pabellón de deportes, por ejemplo, que se le haya pasado por alto mencionarme?

—Pues... —dudó Ann.

—Siga, señorita Shapland, no tenga reparos.

—No es nada, en realidad —respondió ella lentamente—. Pero uno de los jardineros, no Briggs, sino el joven..., lo vi salir un día del pabellón de deportes, y él no tenía nada que hacer allí. Desde luego que se trataría de mera curiosidad por su parte... o quizá solo fuera un pretexto para holgazanear un poco... Se suponía que tenía que estar colocando la tela metálica en la pista de tenis. No creo que esto tenga relación alguna con el caso.

—A pesar de todo, usted lo ha recordado —puntualizó Kelsey—. ¿Por qué?

—Creo que... —respondió ella frunciendo el ceño—. Sí, porque su manera de comportarse era algo extraña. Desafiante. Y hacía mofa del dinero que se gastaban aquí las chicas.

—Así que tenía esa clase de actitud... Comprendo.

—Pero imagino que no se puede sacar gran cosa de este simple detalle.

—Es probable que no..., pero, aun así, lo tendré en cuenta.

La señorita Shapland se marchó.

—Dando vueltas y más vueltas a la noria —comentó Bond cuando Ann hubo salido—. Todas nos han soltado el mismo rollo. ¡Esperemos que podamos sacar algo más del servicio, por Dios bendito!

Pero el servicio no tenía nada interesante que añadir.

—Es inútil que me haga preguntas, joven —advirtió la señora Gibbons, la cocinera—. En primer lugar, yo no oigo lo que dicen, y por otra parte no sé palabra de nada. Anoche dormí como un tronco, cosa poco frecuente en mí. No me enteré de lo sucedido. Tampoco es que nadie me despertara ni viniese a contármelo. —Parecía ofendida—. Hasta esta mañana no me he enterado.

Kelsey gritó unas cuantas preguntas y recibió otras tantas respuestas que no le aclararon nada.

La señorita Springer era nueva ese trimestre y no era ni la mitad de apreciada que la señorita Jones, quien había ocupado su puesto con anterioridad. La señorita Shapland también era nueva, pero resultaba encantadora. Mademoiselle Blanche era igual que todas las francesas, siempre pensando que las otras profesoras estaban en su contra y permitiendo que las alumnas la trataran de un modo inapropiado, «aunque no era de las que lloraba —admitió la señora Gibbons—. He estado en algunos colegios en los que las profesoras francesas se pasaban el día llorando».

La mayoría del servicio estaba en el colegio solo durante el día. Había una doncella que dormía en la casa, pero ella tampoco proporcionó información de índole alguna; si bien podía oír todo lo que le preguntaban, no por eso resultó de ayuda. De lo único que estaba segura era de que no podía decir nada. No estaba enterada de nada. La señorita Springer tenía unas maneras un poco descorteses. No sabía nada acerca del pabellón de deportes ni de lo que se guardaba allí, y jamás había visto una pistola en ninguna parte.

La señorita Bulstrode interrumpió ese negativo chaparrón informativo.

—Una de las alumnas desearía hablar con usted, inspector Kelsey —le dijo.

Este alzó la vista, sorprendido
—¿Es posible? ¿Está enterada de algo?
—Tengo bastantes dudas a este respecto —respondió la señorita Bulstrode—. Se trata de una de nuestras alumnas extranjeras, la princesa Shaista, sobrina del emir Ibrahim. Parece inclinada a creer que es una persona de bastante más importancia de la que en realidad tiene. ¿Comprende?

Kelsey asintió, comprensivo. Entonces la señorita Bulstrode salió y apareció una esbelta joven morena de mediana estatura.

Los miró, recatada, con sus ojos de almendra.

—¿Son ustedes de la policía?

—Sí —afirmó sonriente Kelsey—, somos de la policía. ¿Quiere tomar asiento y contarme todo lo que sepa de la señorita Springer?

—Sí. Se lo contaré. —Se sentó, inclinándose hacia delante, y bajó teatralmente el tono de su voz—. Hay gente acechando por el colegio. ¡Oh!, no se dejan ver claramente, pero merodean por aquí.

Hizo un ademán significativo con la cabeza.

El inspector Kelsey comprendió a lo que se había referido la señorita Bulstrode. Esa chica estaba dramatizando... y disfrutando de ello.

—¿Y sabe usted por qué motivo habrían de estar espiando el colegio?

—¡Por mí! Quieren secuestrarme.

Sea lo que fuere aquello que el inspector Kelsey había esperado oír, no era eso, desde luego. Arqueó las cejas.

—¿Y para qué van a querer secuestrarla?

—Para obtener un rescate, claro. Le pedirían a mi familia mucho dinero.

—Ah..., ya..., tal vez —murmuró Kelsey, escéptico—. Pero suponiendo que eso fuera como dice, ¿qué tiene que ver con la muerte de la señorita Springer?

—Debió de haber averiguado algo importante acerca de ellos —supuso Shaista—. Quizá ella les dijo que estaba al tanto de algo. Tal vez los amenazó. Es posible que ellos prometieran darle dinero a cambio de su silencio. Ella fue al pabellón de deportes, donde le dijeron que le entregarían el dinero, y entonces le dispararon.

—Pero seguro que la señorita Springer no habría aceptado dinero procedente de un chantaje.

—¿Cree usted que es divertido enseñar en un colegio..., ser profesora de gimnasia? —sugirió Shaista con desdén—. ¿No cree, por el contrario, que a ella le resultaría muy agradable tener dinero, poder viajar y hacer lo que se le antojara? Especialmente en el caso de la señorita Springer, que no era guapa y a quien los hombres no se molestaban en dirigir una mirada. ¿No le parece que justo a ella debería atraerle el dinero más que a otras personas?

—Pues..., bueno... —titubeó el inspector Kelsey—. No sé exactamente qué decirle. —No se lo había planteado desde ese punto de vista—. ¿Y esta idea se le ha ocurrido a usted sola? —le preguntó—. ¿No le dijo la señorita Springer nunca nada al respecto?

—La señorita Springer nunca decía nada excepto «estírense con fuerza», y «hagan una flexión», y «más rápido», y «no cedan» —replicó Shaista en un tono que sonaba resentido.

—Sí..., claro. Bueno, ¿y no será que todo esto del secuestro se lo ha inventado usted?

Shaista se puso hecha una furia.

—¡Usted no entiende nada! El príncipe Alí Yusuf de Ramat era primo mío. Lo mataron en una revolución, o, mejor dicho, cuando huía de una revolución. Se sobreentendía que cuando yo fuera mayor me casaría con él. Como verá, soy una persona importante. Puede que sean los comunistas los que han venido aquí. Y quizá no para secuestrarme, sino para asesinarme.

El inspector Kelsey pareció más escéptico.

—Todo esto es demasiado rebuscado, ¿no le parece?

—¿Piensa usted que esas cosas no pueden suceder? Pues yo le aseguro que sí. ¡Los comunistas son malvados! Eso lo sabe todo el mundo.

Como él aún parecía dudar, Shaista prosiguió:

—Tal vez suponen que yo sé dónde están las joyas.

—¿Qué joyas?

—Mi primo tenía piedras preciosas. También las tenía su padre. Mi familia guarda siempre un gran tesoro en joyas. Para casos de emergencia, ya me comprende.

Hizo esta observación con gran seriedad, y Kelsey la contempló sin pestañear.

—Pero ¿qué relación tiene todo esto con usted... o con la señorita Springer?

—Pero ¡si ya se lo he explicado antes! Posiblemente creen que yo sé dónde están las joyas. Por eso quieren raptarme, para obligarme a hablar.

—¿Y usted sabe dónde están esas joyas?

—No. Claro que no lo sé. Desaparecieron durante la revolución. Seguro que esos perversos comunistas se apoderaron de ellas. Pero, por otra parte, quizá no lo hicieron.

—¿A quién pertenecen?

—Ahora que mi primo ha muerto, me pertenecen a

mí. Ya no queda ningún hombre en la familia. Mi madre, que era tía suya, murió. Él quería que fueran para mí. Si no hubiese muerto, yo me habría casado con él.

—¿Así lo dispusieron?

—Tenía que casarme con él. Es mi primo, compréndalo.

—¿Y usted sería la propietaria de las joyas cuando se casara con él?

—No. Yo habría tenido joyas nuevas. De Cartier, de París. Las piedras de las que le hablo continuarían guardadas para emergencias.

El inspector Kelsey parpadeó antes de dejar que ese procedimiento oriental de seguros para casos de emergencias se grabara en su cerebro.

Shaista continuaba hablando muy deprisa y con gran animación.

—A mi entender, esto es lo que ocurre: alguien sacó las joyas de Ramat. Quizá fuera buena o mala persona. La buena persona me las traería y diría: «Esto es suyo», y yo le correspondería. —Asintió con la cabeza regiamente, muy en su papel.

«Una fantástica pequeña actriz», decidió el inspector.

—Pero si fuera una mala persona, se quedaría con las joyas para venderlas. O vendría a verme y me diría: «¿Qué es lo que va usted a darme como recompensa si se las entrego?». Y si considera que la recompensa vale la pena, entonces me las trae, pero si no lo cree así, se queda con ellas.

—Pero, en realidad, nadie le ha dicho nada en absoluto.

—No, nadie —admitió Shaista.

El inspector Kelsey se hizo su composición de lugar.

—¿Sabe usted lo que pienso? —dejó caer jocosamente—. Pues que lo que está contándome no son más que historias.

Shaista le lanzó una mirada feroz.

—Le digo a usted lo que sé, ni más ni menos —declaró huraña.

—Sí... Bueno, ha sido muy amable; lo tendré en cuenta.

Se levantó a abrir la puerta para que saliera.

—Este caso es un cuento de *Las mil y una noches* —concluyó al volver de nuevo a la mesa—. ¡Un secuestro y joyas fabulosas! ¿Qué será lo siguiente?

Capítulo 11

Una entrevista

Cuando el inspector Kelsey regresó a la comisaría, el sargento de servicio le informó:

—Tenemos aquí esperando a Adam Goodman, señor.

—¿Adam Goodman? ¡Ah, sí! El jardinero.

El joven se levantó respetuosamente. Era alto, moreno y bien parecido. Vestía unos pantalones holgados de pana con manchas, sujetos por un cinturón gastado, y una camisa de un azul brillante con el cuello abierto.

—Tengo entendido que quería verme.

Su voz era tosca y, como aquellas de tantos jóvenes de hoy en día, sonaba ligeramente rufianesca.

Kelsey se limitó a responder:

—Sí. Pase a mi despacho.

—Yo no sé nada acerca del asesinato —dijo Adam Goodman, huraño—. No tengo nada que ver con él. Anoche me encontraba en casa, metido en la cama.

Kelsey se limitó a asentir sin comprometerse.

Se sentó delante de su escritorio e indicó al joven que tomara asiento en la butaca que estaba frente a la suya.

Un joven policía vestido de paisano había seguido a los dos hombres hasta la habitación y se sentó a cierta distancia de ellos sin ser visto.

—Pues bien —comenzó Kelsey—. Usted es Goodman. —Miró una nota que había encima de la mesa—. Adam Goodman.

—Así es, señor. Pero antes me gustaría enseñarle esto.

Los modales de Adam cambiaron. Ya no eran ni huraños ni truculentos. Se mostraba apacible y respetuoso.

Sacó algo del bolsillo y se lo pasó por encima de la mesa. El inspector Kelsey arqueó ligeramente las cejas, examinándolo. Alzó la cabeza.

—No voy a necesitarle, Barber —indicó.

El circunspecto y joven policía se levantó, procurando no exteriorizar la sorpresa que aquella frase le produjo, y salió.

—¡Ah! —exclamó Kelsey. Observó a Adam con interés—. Conque esto es lo que usted es. ¿Y qué demonios...? Me gustaría saber lo que está usted...

—¿... haciendo en un colegio femenino? —concluyó el joven. Su voz era todavía respetuosa, pero no pudo reprimir una sonrisa burlona—. Cierto que es la primera vez que me han asignado una misión por el estilo. ¿Es que no tengo pinta de jardinero?

—No de los que suele haber por estos alrededores. Los jardineros, por regla general, son bastante mayores. ¿Entiende usted algo de jardinería?

—Muchísimo. Tengo una de esas madres jardineras típicas de Inglaterra. Siempre se ocupó de tener un buen ayudante a su lado.

—¿Y qué ocurre en Meadowbank... que requiere su presencia aquí dentro?

—En realidad, nada en particular, que sepamos. Mi misión se limita a observar y dar cuenta de todo. O hasta anoche se limitó a eso. Asesinato de una profesora de gimnasia... No muy a tono con el historial del colegio.

—¿Y por qué no podría ocurrir algo así? —preguntó el inspector Kelsey, y dio un respingo—. Cualquier cosa puede suceder en cualquier parte. Eso lo sé muy bien. Pero he de admitir que este asunto está un poco al margen de lo corriente. ¿Qué hay detrás de todo esto?

Adam habló, Kelsey lo escuchó con interés y luego dijo:

—He sido injusto con esa chica —observó—. Pero deberá usted reconocer que parece demasiado fantástico para ser verdad. Joyas por un valor que oscila entre medio y un millón de libras. ¿A quién cree que pertenecen?

—Es una pregunta complicada. Para responder a ella habría que contar con toda una curia internacional de abogados dedicada a la cuestión, y, probablemente, discreparían unos de otros. El caso se podría debatir de mil maneras. Hace tres meses pertenecían a Su Alteza: Alí Yusuf de Ramat. Pero ahora, si hubieran reaparecido en Ramat, pasarían a ser propiedad del actual Gobierno, pues las habrían incautado. Alí Yusuf pudo habérselas legado a alguien. En tal caso, todo dependería de dónde se hubiera legalizado el testamento y de que pudiera probarse. Pueden pertenecer a su familia. Pero el quid de la cuestión resulta ser que si usted o yo nos las encontramos en medio de la calle y nos las guardamos en el bolsillo, nos pertenecerían a cualquier efecto; es decir, dudo que existiera algún mecanismo legal capaz de birlárnoslas. Ni que decir tiene que lo intentarían, pero las intrincadas leyes internacionales son algo increíble.

—¿Quiere usted decir que, en definitiva, los objetos hallados en plena calle pasan a pertenecer a quien se los encuentra? —preguntó el inspector Kelsey. Negó con la cabeza en señal de desacuerdo—. Eso no es muy escrupuloso —afirmó contrariado.

—No —admitió Adam con firmeza—. No está nada bien. Además, hay varias personas detrás de ellas, y ninguna con gran escrúpulo que digamos. Han corrido rumores, ¿sabe? Puede que sean habladurías o que sean ciertos, pero lo que se cuenta es que las sacaron de Ramat antes del estallido. Hay una docena de versiones diferentes de cómo lo hicieron.

—Pero ¿por qué Meadowbank? ¿Por la princesita que no puede tenerse nada callado?

—La princesa Shaista, prima hermana de Alí Yusuf. Sí. Alguien puede tratar de entregarle la mercancía o ponerse en contacto con ella. A nuestro juicio, hay varios sospechosos rondando por las inmediaciones. Una tal señora Kolinsky, por ejemplo, que se hospeda en el Grand Hotel. Un miembro bastante conspicuo de lo que podríamos definir como «Rifirrafe Internacional Sociedad Limitada». Nada de su especialidad. Siempre rigurosamente dentro de la ley, del todo honorable, pero una magnífica cazadora de informaciones útiles. Luego hay una mujer que actuaba en un cabaret de Ramat. Se sabe que ha estado trabajando para cierto Gobierno extranjero. Dónde puede hallarse ahora es algo que ignoramos. No sabemos siquiera qué aspecto tiene, pero se rumorea que podría encontrarse en esta parte del mundo. Da la impresión de que es como si todo estuviera centrándose en Meadowbank, ¿verdad? Y anoche fue asesinada la señorita Springer.

Kelsey inclinó la cabeza meditabundo.

—Una mezcla adecuada —observó. Luchó por un momento con sus sentimientos—. Este es el género de cosas que se ve en la televisión..., ¡tan rebuscadas...! Eso es lo que se piensa..., que no pueden suceder. Y no suceden... normalmente.

—Agentes secretos, robos, violencia, asesinatos, traiciones... —convino Adam—. Todo sin pies ni cabeza, pero ese lado de la vida existe.

—¡Pero no en Meadowbank! —Las palabras le salieron a Kelsey como arrancadas.

—Comprendo su punto de vista —dijo Adam—. Crimen de lesa majestad.

Se hizo un silencio, y entonces el inspector Kelsey preguntó:

—¿Qué cree usted que sucedió anoche?

Adam se dio un margen de tiempo para pensar. Luego dijo lentamente:

—Springer estaba en el pabellón de deportes... a eso de la medianoche. ¿Por qué? Debemos empezar por ahí. No sirve de nada preguntarnos a nosotros mismos quién pudo haberla matado hasta que hayamos determinado por qué se encontraba en el pabellón de deportes a esas horas. Podemos decir que, a pesar de su vida intachable y atlética, no dormía bien, que se levantó y que, al mirar por la ventana, vio que había luz en el pabellón de deportes. Su ventana apunta en aquella dirección.

Kelsey asintió con la cabeza.

—Siendo como era, una joven fuerte y audaz, salió para investigar. Debió de molestar a alguien que estaba allí... ¿haciendo qué? Lo desconocemos, pero era alguien lo bastante desesperado como para pegarle un tiro que la mató.

Kelsey volvió a asentir.

—Así es como lo hemos considerado —dijo—, pero su última observación me ha dado que pensar todo este tiempo. No se dispara a matar ni se va preparado para hacerlo a menos que...

—¿A menos que se persiga algo grande? De acuerdo. Bueno, este es el caso que podríamos llamar «la inocente Springer...», muerta de un disparo cuando cumplía con su deber. Pero hay otra posibilidad. Springer, como resultado de un informe particular, consigue su puesto en Meadowbank o es designada para él por sus jefes gracias a sus capacidades. Espera hasta que se presenta una noche propicia. Entonces se desliza al pabellón de deportes (otra vez tropezamos con la misma pregunta: ¿por qué?). Alguien la sigue o la espera, alguien que va armado con una pistola y está dispuesto a utilizarla... Pero otra vez: ¿por qué? ¿Para qué? ¿Qué diablos hay dentro del pabellón de deportes? No es la clase de sitio que uno puede imaginarse como escondite de nada.

—No había nada escondido allí, eso puedo decírselo yo. Lo registramos todo hasta el último rincón, incluidas las taquillas de las chicas y la de la señorita Springer. Había material de deporte de varias clases, todo normal. Nada de valor.

—Sea lo que fuere, quizá el asesino lo hizo desaparecer —sugirió Adam—. La otra alternativa es, sencillamente, que la señorita Springer o alguna otra persona estuviera utilizando el pabellón de deportes como escenario para una cita... Es un lugar de lo más propicio para tal cosa: está a una distancia razonable de la casa, pero no demasiado lejos, y si se hubiera advertido a alguien yendo allí, una respuesta sencilla sería que quienquiera que fuese pensó que había visto una luz, etcétera.

»Supongamos que la señorita Springer saliera para reunirse con alguien, que tuvieran una discusión y le dispararan; o una variante: que la señorita Springer advirtiera a alguien saliendo de la casa, siguiera a tal persona y se inmiscuyera en algo de importancia que ella no debiera ver u oír.

—Yo no llegué a conocerla en vida —declaró Kelsey—, pero por el modo en que todo el mundo habla de ella saco la impresión de que debía de ser una mujer muy entrometida.

—Sí, imagino que esa es la explicación más probable —convino Adam—. «La curiosidad mató al gato», como dicen. Sí, creo que es así como el pabellón de deportes entra en juego.

—Pero si se trata de una cita, entonces... —Kelsey dejó la frase en el aire.

Adam asintió con la cabeza enérgicamente.

—Sí, parece como si hubiera alguien en el internado que merezca nuestra más concentrada atención; parece, en efecto, como si un gato se hubiera colado en el palomar.

—Un gato en el palomar —repitió Kelsey, impresionado por la frase—. La señorita Rich, una de las profesoras, dijo hoy algo por el estilo. —Reflexionó un momento—. La plana mayor del colegio ha hecho tres nuevas adquisiciones este trimestre: Shapland, la secretaria; Blanche, la profesora de francés, y, claro está, la propia señorita Springer. Ella está muerta y, por tanto, al margen de todo esto. Si hay un gato en el palomar, yo apostaría por una de las otras dos. —Miró a Adam—. Y usted, ¿por cuál de ellas apostaría?

Adam meditó unos instantes.

—Sorprendí a mademoiselle Blanche saliendo del pabellón de deportes un día. Tenía una mirada culpable, como si estuviera haciendo algo que no debiera. Aun así, a mí me parece que me inclinaría por la otra, por la señorita Shapland. Es una fresca, pero tiene talento. Yo me detendría en sus antecedentes si me encontrara en su lugar. ¿De qué demonios se ríe?

Kelsey hizo unas muecas que dejaban ver casi todos sus dientes.

—Ella sospechó de usted —le hizo saber—. Lo sorprendió saliendo del pabellón de deportes y creyó advertir en su comportamiento un aire extraño.

—¡Maldita sea! —Adam se indignó—. ¡Qué desfachatez!

El inspector Kelsey recuperó su porte autoritario.

—El caso es que tenemos en gran consideración a Meadowbank por estos alrededores. Se trata de un colegio excelente, y la señorita Bulstrode es una mujer admirable. Cuanto antes lleguemos al fondo del asunto, tanto mejor será para el colegio. Es necesario aclarar las cosas y devolverle a Meadowbank un limpio historial. —Se detuvo mirando a Adam, pensativo—. Me parece que tendremos que revelarle a la señorita Bulstrode quién es usted. Ella no abrirá la boca, descuide.

Adam pareció pensárselo un instante. Después asintió con un ademán.

—Sí; dadas las circunstancias, es poco menos que inevitable.

Capítulo 12

Lámparas nuevas por viejas

I

La señorita Bulstrode poseía un don que la hacía destacar por encima de la mayoría de las mujeres: sabía escuchar.

Atendió en silencio a lo que le decían el inspector Kelsey y Adam. Ni siquiera alzó una ceja. Al terminar, pronunció una sola palabra:

—Extraordinario.

«Usted sí que es extraordinaria», pensó Adam, si bien no expresó este pensamiento en voz alta.

—Bueno —dijo la señorita Bulstrode, yendo, como era habitual en ella, directamente a la cuestión—: ¿qué es lo que desean que haga?

—De momento no es necesario que haga nada —respondió el inspector Kelsey—. Simplemente hemos pensado que sería conveniente que estuviera informada de todo..., por el bien del colegio.

La señorita Bulstrode hizo un gesto de comprensión.

—Naturalmente —afirmó—, el colegio es mi principal preocupación. Tiene que serlo. Yo soy responsable de la custodia y seguridad de mis alumnas..., y también, aunque en menor grado, de mi plantilla de docentes. Y ahora me gustaría añadir que si pudiera haber la menor publicidad posible de la muerte de la señorita Springer, tanto mejor. Este es un punto de vista completamente egoísta, aun cuando yo considero que mi colegio es importante por sí mismo..., no solo porque sea creación mía. Y me doy perfectísima cuenta de que si para ustedes es necesaria la publicidad más detallada, tendrían que seguir adelante con ella. Pero ¿es necesaria?

—No —dijo el inspector Kelsey—. En este caso, creo también que cuanta menos publicidad, mejor. La encuesta judicial será aplazada y nosotros divulgaremos que, a nuestro juicio, se trata de un asunto puramente local. Jóvenes asesinos, o delincuentes juveniles, como se les llama hoy en día..., de esos que andan por todas partes con armas de fuego, que no están contentos más que apretando el gatillo. Por lo general, lo que usan son navajas, pero algunos de esos muchachos también están en posesión de pistolas. La señorita Springer los sorprendió y ellos dispararon. Ahí es donde me gustaría dejarlo todo..., así podríamos trabajar tranquilamente. Pero, sin duda alguna, Meadowbank es un lugar muy conocido. La noticia no pasará inadvertida. Y un asesinato en Meadowbank dará mucho que hablar.

—Me imagino que puedo prestarles mi ayuda a ese respecto —manifestó la señorita Bulstrode—. No carezco de influencia en las esferas más elevadas. —Sonrió y sacó a relucir unos cuantos nombres, entre los que estaban incluidos el del secretario del Ministerio del Interior, dos destacados magnates de la prensa, un obispo y el ministro de Educación—. Haré cuanto pueda. —Dirigió una mirada a Adam—. ¿Está usted completamente de acuerdo?

—Sí, claro. Nos gusta hacer las cosas de forma cautelosa y tranquila —dijo él al instante.

—¿Seguirá siendo jardinero aquí? —preguntó ella.

—Si no tiene nada que objetar... Esto me sitúa exactamente donde necesito para estar a la expectativa de los acontecimientos.

Esta vez, la señorita Bulstrode sí que enarcó las cejas.

—Confío en que no están ustedes esperando más asesinatos.

—No, no.

—Me encanta oírle decir eso. Dudo que ningún colegio pudiera sobrevivir a dos asesinatos en el mismo trimestre. —Se volvió hacia Kelsey—. ¿Han terminado ustedes con el pabellón de deportes? Nos veremos en una situación complicada si no podemos utilizarlo.

—Ya hemos terminado allí. Lo hemos dejado completamente limpio, desde nuestro punto de vista, quiero decir. Sea cual fuere la razón por la cual el crimen se cometió allí, no hay nada en ese lugar que pueda servirnos de ayuda. No es más que un pabellón de deportes con sus correspondientes equipos.

—¿No encontraron nada en las taquillas de las chicas?

—Bueno... —El inspector Kelsey sonrió—. Bueno..., esto y aquello..., un ejemplar de un libro francés titulado... *Candide*... con, ¡ah!..., ilustraciones. Una edición de lujo.

—¡Ah! —exclamó la directora—. ¡De manera que es allí donde lo guardaba! Giselle d'Aubray, supongo.

La admiración de Kelsey hacia la señorita Bulstrode aumentó varios puntos.

—No se le escapa a usted nada, señorita —comentó.

—Ya no podrá hacer daño con *Candide* —resolvió la señorita Bulstrode—. Es un clásico. Hay cierta clase de pornografía que debo confiscar. Ahora volveré a la pregunta que les hice al principio. Ustedes han aliviado mi preocupación en lo que concierne a la publicidad relacionada con el colegio. ¿Puede ayudarles el colegio en algún sentido? ¿Puedo yo prestarles ayuda?

—De momento, no lo creo —consideró Kelsey—. Lo único que se me ocurre es preguntarle si ha ocurrido algo en este trimestre que le haya causado inquietud. ¿Algún incidente, o alguna persona que haya podido ser motivo de preocupación?

La señorita Bulstrode guardó silencio durante un momento. Después respondió tranquilamente:

—La contestación a esa pregunta es muy sencilla: no lo sé.

Adam inquirió:

—¿Tiene usted la sensación de que hay algo que no marcha bien?

—Sí, es justo eso. No es una sensación definida. No puedo señalar con el dedo a ninguna persona o incidente, a menos que... —Calló durante un instante y después prosiguió—: Siento..., sentí en aquella ocasión... que había pasado por alto algo que no debería haber omitido. Permítanme explicarles.

Relató en breves palabras el incidente de la señora Upjohn y la calamitosa e inesperada aparición de lady Veronica.

Adam pareció interesarse.

—Aclaremos eso, señorita Bulstrode. La señora Upjohn, al mirar por el ventanal, este ventanal que da a la fachada principal, reconocería a alguien. No hay nada extraño en ello. Usted tiene más de cien alumnas, y es muy probable que la señora Upjohn distinguiera a un padre o a un familiar de una de ellas a quien conocía. Pero usted opina que se quedó estupefacta al reconocer a tal persona..., o sea, que se trataba de alguien a quien, efectivamente, ella no esperaba ver en Meadowbank.

—Sí, esa fue la impresión que me causó.

—Y entonces, a través del ventanal que miraba en dirección opuesta, usted reconoció a la madre de unas alumnas, en estado de embriaguez, y ese incidente distrajo por completo su atención de lo que la señora Upjohn le decía.

La señorita Bulstrode se mostró de acuerdo.

—¿Estuvo hablando durante algunos minutos?

—Sí.

—Y cuando su atención volvió a lo que estaba diciendo, hablaba de espionajes, del trabajo que había hecho durante la guerra para el servicio de inteligencia antes de casarse.

—Sí.

—Es posible que exista alguna conexión —observó Adam, pensativo—. Alguna persona a quien ella conoció durante la guerra. Un padre o un pariente de alguna colegiala. ¿Y no podría haber sido alguien que perteneciera a su plantilla de profesoras?

—Es difícil que se tratase de un miembro de mi plana mayor —objetó la señorita Bulstrode.

—Pudiera ser.

—Lo mejor que podemos hacer es ponernos en contacto con la señora Upjohn —sugirió Kelsey—. Y lo más pronto posible. ¿Tiene usted su dirección, señorita Bulstrode?

—Claro que sí. Pero creo que se encuentra en el extranjero. Esperen..., voy a averiguarlo. —Presionó dos veces el timbre que había sobre la mesa del despacho y después se dirigió con impaciencia hacia la puerta para llamar a una chica que pasaba por allí—. Ve a buscar a Julia Upjohn y dile que venga aquí, ¿quieres, Paula?

—Sí, señorita Bulstrode.

—Creo que lo mejor será que me marche antes de que llegue la chica —sugirió Adam—. No resultaría convincente que yo asistiera a las entrevistas que el inspector está llevando a cabo. Todos deben seguir creyendo que me ha hecho venir para conseguir información de mí. Tras quedar satisfecho al comprobar que, por el momento, no tiene nada en mi contra, ahora me ordena que me vaya.

—¡Márchese de una vez, y recuerde que no lo pierdo de vista! —gruñó Kelsey con una mueca burlona.

—A propósito —dijo Adam, dirigiéndose a la señorita Bulstrode, al tiempo que se detenía junto a la puerta—. ¿No se tomaría a mal que abuse ligeramente de mi situación aquí? Si me vuelvo un poco..., digamos..., amistoso con algunas profesoras.

—¿Con cuáles?

—Pues... con mademoiselle Blanche, por ejemplo.

—¿Mademoiselle Blanche? ¿Usted cree que...?

—Yo creo que se aburre aquí una barbaridad.

—¡Ah! —La señorita Bulstrode adoptó una expresión sombría—. Es posible que tenga razón. ¿Algo más?

—Me voy a enfrentar con un buen trabajo de tanteo

—explicó Adam, risueño—. Si advierte que las chicas se comportan de una manera un poco tonta y acuden subrepticiamente a concertar citas en el jardín, le ruego que crea que mis intenciones son solo detectivescas, por decirlo así.

—¿Considera verosímil que alguna chica pueda estar enterada de algo importante?

—Todo el mundo siempre sabe algo —aseguró él—, incluso algo que no saben que saben.

—Tal vez esté en lo cierto.

Golpearon a la puerta y la señorita Bulstrode dijo:

—Entre.

Julia Upjohn apareció jadeante.

—Pase, Julia.

El inspector Kelsey lanzó un gruñido.

—Puede irse, Goodman. Márchese y continúe con su trabajo.

—Ya le he dicho que no sé nada de nada —rezongó Adam. Salió raudo, murmurando—. La Gestapo está empezando a rebrotar.

—Lamento mucho haberme presentado de este modo, señorita Bulstrode —se excusó Julia—. Pero he tenido que venir corriendo desde la pista de tenis.

—No se preocupe. Solamente deseaba preguntarle la dirección actual de su madre... Es decir, ¿dónde puedo ponerme en contacto con ella?

—Oh, tendrá que escribir a mi tía Isabel. Mi madre se ha marchado al extranjero.

—Tengo la dirección de su tía. Pero necesito ponerme en contacto con su madre en persona.

—No sé cómo va a poder hacerlo —repuso Julia, preocupada—. Mi madre se ha marchado a Anatolia en autobús.

—¿En autobús? —repitió, desconcertada, la señorita Bulstrode.

Julia asintió vigorosamente con la cabeza.

—Le gusta viajar en autobús —explicó—. Y además son tan baratos... Un poco incómodos, pero a mamá eso no le preocupa mucho. Tengo entendido que se detendrá en Van dentro de dos o tres semanas, más o menos.

—Sí..., comprendo. Dígame, Julia, ¿le comentó su madre alguna vez si había visto a alguien a quien conoció durante su época de servicio en la guerra?

—No, señorita Bulstrode, me parece que no. No, estoy segura de que no me ha contado nada.

—Su madre trabajó para el servicio de espionaje, ¿verdad?

—Oh, sí. Según parece, le encantaba. Yo no creo que fuera tan emocionante. Nunca voló ningún puente ni cayó en manos de la Gestapo ni le arrancaron las uñas de los pies ni nada por el estilo. Trabajó en Suiza, me parece. ¿O fue en Portugal? —Como disculpándose, Julia añadió—: Una se aburre tanto con esos viejos cuentos de la guerra, y me temo que la mayoría de las veces no presto la debida atención.

—Bueno. Gracias, Julia. Eso es todo.

La joven se despidió y abandonó el despacho.

—¡Es extraordinario! —exclamó la señorita Bulstrode cuando Julia se hubo marchado—. ¡Irse a Anatolia en autobús! Y la chica lo ha dicho exactamente con el tono con que pudiera haber dicho que su madre había tomado el 73 para ir a Marshall & Snelgrove's.

II

Jennifer se alejó bastante disgustada de la pista de tenis; estaba deprimida por la gran cantidad de dobles faltas que había cometido esa mañana. Claro está que con esa raqueta no podía sacar con potencia. Últimamente perdía el control del saque, aunque su revés, sin duda, había mejorado. El entrenamiento con la señorita Springer demostró ser eficaz; en cierto sentido, era una lástima que hubiese muerto.

Jennifer se tomaba el tenis muy en serio. Era una de las pocas cosas sobre las que reflexionaba con detenimiento.

—Disculpe...

Jennifer alzó la vista sobrecogida. Una mujer bien vestida, de dorados cabellos, que llevaba un paquete largo y aplanado, se encontraba en el sendero, a unos cuantos pasos de distancia. Jennifer se preguntó por qué razón no se había dado cuenta antes de que la mujer se acercaba a ella. No se le ocurrió pensar que pudo haberse ocultado tras un árbol o entre las ramas de las matas de rododendros y que saliera de allí precisamente en ese momento. Semejante idea no se le habría pasado por la imaginación a Jennifer; ¿por qué razón una señora iba a tener que esconderse detrás de un matorral de rododendros para emerger de repente de ellos?

La mujer dijo, hablando con un acento ligeramente norteamericano:

—Estaba pensando que tal vez usted sabría informarme de dónde podría yo encontrar a... —consultó un trozo de papel—Jennifer Sutcliffe.

La muchacha se sorprendió.

—Yo soy Jennifer Sutcliffe.

—¡Vaya! ¡Qué cosa más graciosa! Menuda coincidencia, que en un colegio tan grande como este, yo venga en busca de una chica y la primera a quien pregunto sea precisamente a quien vengo a ver. Y luego dicen que no suelen suceder cosas como esta.

—Supongo que algunas veces suceden —replicó Jennifer sin el menor interés.

—Estaba invitada a almorzar con unos amigos cerca de aquí —continuó la mujer— y en un cóctel al que asistí ayer mencioné que iba a venir, y entonces su tía..., ¿o era madrina...? Tengo una memoria tan infame... Me dijo su nombre y también lo he olvidado. Sea como sea, el caso es que ella me pidió si me sería posible llegar hasta aquí y entregarle a usted una raqueta nueva. Me dijo que usted le había pedido una.

La cara de Jennifer se iluminó: aquello parecía un milagro.

—Debe de haber sido mi madrina, la señora Campbell. No pudo haber sido la tía Rosamond, que no me regala jamás otra cosa que diez mezquinos chelines por Navidad.

—Sí, ahora recuerdo. Ese era el nombre, Campbell.

Le ofreció el paquete, que Jennifer tomó con impaciencia. Estaba envuelto con poco cariño. Jennifer lanzó una exclamación de alegría al ver aparecer la raqueta de entre las envolturas.

—¡Oh! ¡Es formidable! —exclamó—. He estado suspirando por una raqueta nueva. No se puede jugar como Dios manda sin una raqueta decente.

—Bueno, yo diría que esta sí lo es.

—Muchas gracias por traerla —dijo Jennifer, más que agradecida.

—No ha sido ninguna molestia, en realidad. Solamente que he de confesar que me daba un poco de vergüenza. Los colegios siempre me han hecho sentirme cohibida. Demasiadas chicas. Oh, a propósito, me encargaron que me entregara la raqueta vieja para llevármela. —Recogió la raqueta que Jennifer había dejado caer al suelo—. Su tía..., no..., su madrina me dijo que quería que le pusieran cuerdas nuevas. Lo necesitaba bastante, ¿verdad?

—Realmente, no creo que valga la pena —replicó la chica sin poner mucha atención.

Todavía estaba probando el *swing* y el balanceo de su nuevo tesoro.

—Pero siempre es conveniente tener una raqueta de reserva —le aconsejó su nueva amiga—. ¡Cielos! —exclamó al echar una ojeada a su reloj—. Es mucho más tarde de lo que creía. Tengo que irme.

—¿Necesita un taxi? Puedo telefonear...

—No, gracias, querida. Mi coche está justo en la puerta de entrada. Lo he dejado allí para no tener que dar la vuelta en un espacio tan estrecho. Adiós. Encantada de haberla conocido. Espero que le guste la raqueta.

Echó una carrera a lo largo del sendero que conducía hasta la verja de entrada. Jennifer le gritó de nuevo:

—¡Muchísimas gracias!

Después, colmada de satisfacción, fue a buscar a Julia.

—¡Mira! —exclamó, mostrando la raqueta teatralmente.

—¡Ahí va! ¿Dónde te has hecho con eso?

—Me la ha regalado mi madrina, la tía Gina. No es tía mía, pero la llamo así. Me imagino que mamá le contó que yo estaba gruñendo por culpa de la raqueta. Es formidable, ¿verdad? Tengo que acordarme de escribirle para darle las gracias.

—Espero que lo hagas —dijo Julia, que era una muchacha muy virtuosa.

—Bueno, ya sabes que una a veces se olvida de hacer las cosas. Incluso aquellas que te habías propuesto hacer. Mira, Shaista —añadió cuando se les acercó esta última—. Tengo una raqueta nueva. ¿No es bonita?

—Debe de haberte costado muy cara —dijo Shaista escudriñándola con atención—. Me gustaría saber jugar bien al tenis.

—No haces más que meterte encima de la pelota.

—Es que no me entero nunca de por dónde va a venir —respondió Shaista, dubitativa—. Antes de regresar a casa, tengo que encargar en Londres unos pantalones buenos de verdad. O un traje de tenis como los que lleva Ruth Allen, la campeona estadounidense. Quizá encargue las dos cosas. —Tal pensamiento la hizo sonreír con placer.

—Shaista no piensa más que en trapos —observó Julia, despectivamente, al separarse de la princesa—. ¿Te parece a ti que nosotras llegaremos a ser alguna vez como ella?

—Imagino que sí —contestó Jennifer en tono lúgubre—. Será un aburrimiento horrible.

Entraron en el pabellón de deportes, del que ya se había marchado la policía. Jennifer colocó con cuidado su nueva raqueta.

—¿No es maravillosa? —dijo, dándole un golpecito afectuoso.

—¿Qué has hecho con la vieja?
—Oh, se la llevó ella.
—¿Quién?
—La mujer que me trajo esta. Conoció a mi tía Gina en un cóctel; como iba a venir hoy cerca de aquí, la tía Gina le pidió si podía traerme esta y que yo le entregara la otra para ponerle cuerdas nuevas.

—Oh, ahora comprendo... —Julia frunció el ceño, perpleja.

—¿Para qué te ha mandado llamar Bully? —le preguntó Jennifer.

—¿Bully? Oh, para nada en realidad. Solamente quería saber la dirección de mamá. Pero ahora no tiene ninguna, porque está en un autobús. Por Turquía. Escucha, Jennifer: tu raqueta no necesitaba cuerdas nuevas.

—Sí que las necesitaba, Julia. Estaba como un acordeón.

—Ya lo sé. Pero, en realidad, se trata de mi raqueta. Me refiero a que nos las cambiamos. La que necesitaba un arreglo en las cuerdas era la mía. La tuya, la que yo tengo ahora, ya estaba arreglada. Tú misma dijiste que tu madre la había mandado reparar antes de marcharse al extranjero.

—Sí, eso es verdad —dijo Jennifer, un poco sobresaltada—. Bueno, supongo que esta señora..., quienquiera que sea... (debería haberle preguntado su nombre; pero ¡estaba tan excitada...!), creyó ver que efectivamente necesitaba cuerdas nuevas.

—Pero tú me has dicho que ella te contó que fue tu tía Gina quien le dijo que necesitaba ponerle otras cuerdas. Y tu tía Gina no pudo haber pensado tal cosa si no lo necesitaba.

—Oh, bueno. —Jennifer pareció impacientarse—. Yo supongo..., me imagino que...

—¿Qué es lo que te imaginas?

—Tal vez la tía Gina pensó que si yo necesitaba una raqueta nueva era porque la vieja tenía las cuerdas hechas polvo. De todos modos, ¿qué más da?

—Imagino que en realidad no importa —dijo Julia lentamente—. Pero me parece extraño, Jennifer. Es igual que..., igual que dar lámparas nuevas por viejas. Ya sabes, como en *Aladino.*

Jennifer rio entre dientes.

—Imagínate si frotáramos mi vieja raqueta..., tu vieja raqueta, quiero decir, y apareciese un genio. Si tú frotaras una lámpara y apareciese un genio, ¿qué es lo que le pedirías, Julia?

—Muchísimas cosas —resolló su amiga, extrañada—. Un magnetófono y un perro de Alsacia..., o quizá mejor un dogo danés y cien mil libras y un traje de noche de satén negro, y..., ¡oh!, muchísimas otras cosas... Y tú, ¿qué le pedirías?

—Pues en realidad no lo sé —titubeó Jennifer—. Ahora que tengo esta raqueta nueva tan estupenda, no necesito nada más.

Capítulo 13

Catástrofe

I

El tercer fin de semana después de la apertura del último trimestre siguió la rutina de costumbre. Fue el primer fin de semana en el que se permitió a las chicas salir con sus padres. En consecuencia, Meadowbank se quedó poco menos que desierto.

El domingo solo quedarían unas veinte chicas en el internado para la comida. Algunas de las profesoras pasaban fuera el fin de semana para regresar a última hora de la tarde del domingo o del lunes por la mañana temprano.

En esta ocasión, la misma señorita Bulstrode tenía previsto ausentarse. Iba a pasar el fin de semana con la duquesa de Welsham en Welsington Abbey. La duquesa había hecho hincapié en ello, añadiendo que Henry Banks también acudiría. Henry Banks era el presidente de la junta rectora de Meadowbank. Se trataba de un importante industrial y uno de los inversores originales del colegio. Así pues, la invitación casi tenía la naturaleza de una orden. Y no es que la señorita Bulstrode hubiera aceptado imposiciones de no haber deseado hacerlo. Pero en esta coyuntura aceptó, encantada, la invitación. No era para nada indiferente a las duquesas, y la de Welsham era muy influyente; sus propias hijas estudiaban en Meadowbank. Asimismo, estaba satisfecha de tener la oportunidad de departir con Henry Banks sobre el futuro del internado y de adelantar su propia narración del reciente y trágico suceso.

Debido a las influyentes relaciones de Meadowbank, la prensa había abordado con mucho tacto el asesinato de la señorita Springer. Lo trataron como una lamentable fatalidad, más que un misterioso crimen. Aun cuando no se escribió de forma clara, sí se insinuó que algunos delincuentes juveniles quizá habían forzado el pabellón de deportes, y que la muerte de la señorita Springer había sido un accidente y no un asunto premeditado. Se comunicó vagamente que habían requerido la presencia de varios jóvenes en comisaría para «ayudar a la policía». La misma señorita Bulstrode estaba impaciente por mitigar cualquier impresión desagradable que pudieran haber recibido estos dos influyentes protectores del colegio. Además, sabía que desearían discutir acerca de su próximo retiro, al que ella había aludido con disimulo. Tanto la duquesa como Henry Banks ansiaban persuadirla para que continuara. Al parecer, ahora era la ocasión para la señorita Bulstrode de activar las demandas en favor de la candidatura de la señorita Vansittart y de puntualizar cuán excelente persona era y lo ideal que sería para seguir adelante con las tradiciones de Meadowbank.

El sábado por la mañana, precisamente cuando la señorita Bulstrode acababa de poner punto final a su correspondencia con Ann Shapland, sonó el teléfono. Ann contestó.

—Es el emir Ibrahim, señorita Bulstrode. Está en el hotel Claridge's y dice que desearía venir mañana a recoger a Shaista.

La directora tomó el aparato y mantuvo una breve conversación con el edecán del emir. Shaista estaría dispuesta el domingo por la mañana a cualquier hora a partir de las once, le hizo saber. La chica debería estar de vuelta en el internado hacia las ocho de la tarde.

Colgó y dijo:

—Me gustaría que los orientales avisaran con más antelación. Se había acordado que Shaista saliese mañana con Giselle d'Aubray. Ahora tendremos que cancelarlo. ¿Hemos acabado con las cartas?

—Sí, señorita Bulstrode.

—Bueno, en tal caso puedo marcharme con la conciencia tranquila. Escríbalas a máquina, y luego queda usted igualmente libre para el fin de semana. No la necesitaré hasta el lunes a mediodía.

—Gracias, señorita Bulstrode.

—Diviértase, querida.

—Pienso hacerlo —confesó Ann.

—¿Un joven?

—Pues... sí. —Ann se sonrojó un poco—. Pero la cosa no va en serio.

—Entonces, debería hacer que lo fuera. Si piensa casarse, no espere a que sea demasiado tarde.

—Oh, es solamente un viejo amigo. No tiene nada de divertido.

—La diversión —observó la señorita Bulstrode— no

es siempre una base sólida para la vida matrimonial. ¿Quiere decirle a la señorita Chadwick que venga?

Esta entró como un torbellino.

—Chaddy, el emir Ibrahim, el tío de Shaista, vendrá mañana a recogerla. Si viniera él personalmente, dígale que está progresando mucho.

—No es nada avispada —repuso la señorita Chadwick.

—No está madura intelectualmente —admitió la señorita Bulstrode—. Pero en otros aspectos posee una inteligencia extraordinaria. A veces, al hablar con ella, da la impresión de que podría tratarse de una mujer de veinticinco años. Me imagino que eso se debe a la vida tan sofisticada que ha llevado. París, Teherán, El Cairo, Estambul y todos los otros sitios. En este país somos muy adictos a retrasar la madurez de los jóvenes el mayor tiempo posible. Consideramos un mérito cuando decimos, refiriéndonos a alguien: «Es como una chiquilla». Y no es un mérito, sino un grave obstáculo para la vida.

—Creo que en eso no estoy de acuerdo con usted —declaró la señorita Chadwick—. Ahora iré a decirle a Shaista lo de su tío. Y usted márchese a su fin de semana y no se inquiete por nada.

—¡Ah! No pienso inquietarme —replicó la señorita Bulstrode—. De verdad que esta es una buena ocasión para dejar a la señorita Vansittart a cargo del colegio y comprobar cómo se desenvuelve. Estando ustedes dos aquí haciéndose cargo, nada podrá salir mal.

—Ojalá tenga razón. Voy a buscar a Shaista.

La chica pareció sorprendida y para nada contenta al enterarse de que su tío había llegado a Londres.

—¿Quiere que me vaya mañana con él? —refunfuñó—. Pero, señorita Chadwick, si ya se ha concertado que saldré con Giselle d'Aubray y su madre.

—Me temo que tendrá que dejar eso para otra ocasión.

—Pero a mí me gustaría muchísimo más irme con Giselle —protestó Shaista, de mal humor—. Mi tío no es nada divertido. No hace otra cosa que comer, y gruñir después, y eso es insoportablemente aburrido.

—No debe hablar de esa forma, Shaista. Denota falta de educación —la reconvino la señorita Chadwick—. Su tío permanecerá en Inglaterra solamente una semana, según tengo entendido, y, como es lógico, desea verla.

—A lo mejor ha arreglado un nuevo matrimonio para mí —supuso Shaista con expresión radiante—. En tal caso, sería divertido.

—Si hay algo de eso, él se lo comunicará, sin duda. Pero es todavía demasiado joven para casarse. Primero ha de finalizar sus estudios.

—Estudiar es aburridísimo —replicó la muchacha.

II

La mañana del domingo amaneció soleada y serena. La señorita Shapland se marchó el sábado, poco después de que lo hiciera la señorita Bulstrode. Las señoritas Rich y Blake partieron el domingo por la mañana.

Las señoritas Vansittart, Chadwick y Rowan y mademoiselle Blanche se quedaron a cargo del internado.

—Confío en que las chicas no harán demasiados comentarios —dijo la señorita Chadwick con escepticismo—. Me refiero a lo de la pobre señorita Springer.

—Confiemos —reiteró la señorita Vansittart— en que todo este asunto se olvide dentro de poco. Si algunos padres me sacan el tema, los desalentaré. Lo mejor, a mi juicio, será trazar una línea firme.

Las niñas marcharon a la iglesia a las diez, acompañadas por las señoritas Vansittart y Chadwick. A cuatro de ellas, que eran católicas, mademoiselle Blanche las escoltó a una institución religiosa rival. Después, aproximadamente a las once y media, empezaron a rodar los coches por la calzada. La señorita Vansittart, elegante, serena y digna, estaba en pie en el gran salón de visitas.

Saludaba a las madres con la mejor de sus sonrisas, hacía venir a sus hijas y eludía cualquier referencia indeseada a la reciente tragedia.

—Terrible —dijo—. Sí. De lo más terrible, pero, como comprenderán, aquí no hablamos de ello para nada... Estas cabecitas jóvenes... Sería una pena que pudieran llegar a obsesionarse con algo así.

Chaddy también se hallaba allí, alerta, saludando a antiguos conocidos entre los padres, discutiendo nuevos proyectos para las vacaciones y hablando con afecto de sus respectivas hijas.

—Yo creo que la tía Isabel debería haber venido a recogerme para que saliera con ella —dijo Julia, que se encontraba junto a Jennifer, apretando la nariz contra el ventanal de una de las aulas y observando las idas y venidas de los coches por la calzada.

—Mamá vendrá a buscarme la semana que viene —apuntó Jennifer—. Papá tiene hoy a personas importantes en casa, así que no han podido venir.

—Ahí va Shaista —señaló Julia—, toda emperifollada camino de Londres. ¡Hala! Mira qué tacones lleva. Te apuesto lo que quieras a que la señorita Johnson los desaprueba.

Un chófer de uniforme abrió la puerta de un enorme Cadillac. Shaista se subió y el coche emprendió la marcha.

—Puedes venirte conmigo la semana que viene, si quieres —sugirió Jennifer—. Le he dicho a mamá que tengo una amiga a la que me gustaría invitar.

—Me encantaría —dijo Julia—. Mira cómo representa la señorita Vansittart su papel.

—Posee una elegancia extraordinaria, ¿no te parece? —comentó Jennifer.

—No sé muy bien por qué —continuó Julia—, pero, en cierto modo, me hace reír. Es como una copia de la señorita Bulstrode, ¿no? Es una copia estupenda, pero es algo así como Joyce Grenfell u otra actriz imitando a alguien.

—Ahí va la madre de Pam —indicó Jennifer—. Ha traído a los hermanos pequeños. No me explico cómo se las arreglan para caber todos en ese diminuto Morris Minor.

—Se marchan de pícnic —apuntó Julia—. Fíjate en las cestas.

—¿Qué vas a hacer esta tarde después de la comida? —inquirió Jennifer—. No creo que necesite escribir a mamá esta semana si voy a verla la próxima, ¿verdad?

—¡Qué vaga eres para escribir cartas, Jennifer!

—Nunca se me ocurre nada que decir —se excusó la otra chica.

—Pues a mí sí que se me ocurren cosas —aseveró Julia—. Puedo pensar en verdaderas montañas de cosas que decir. Pero, en realidad, no tengo a nadie a quien escribir ahora —agregó en tono melancólico.

—¿Y tu madre?

—Ya te lo he dicho, se fue a Anatolia en autobús. No se pueden escribir cartas a las personas que se van a Anatolia en autobuses. Por lo menos, no se les puede estar escribiendo continuamente.

—¿Dónde le escribes cuando lo haces?

—Oh, al consulado de una ciudad, de otra ciudad... Me dejó una lista. Estambul es la primera, y luego Ankara, y después una con un nombre la mar de divertido. Me intriga muchísimo para qué querría Bully ponerse en contacto con mamá tan urgentemente. Parecía muy trastornada cuando le dije que estaba de viaje.

—No puede ser por ti —opinó Jennifer—. Tú no has hecho nada malo, ¿verdad?

—No, que yo sepa —respondió Julia—. Tal vez quiera contarle algo de la señorita Springer.

—¿Y para qué iba a querer contarle nada? Yo más bien diría que está encantada de que haya por lo menos una madre que no esté enterada de nada de lo de la Springer.

—¿Quieres decir que las madres tal vez piensen que sus hijas también pueden morir asesinadas?

—No creo que mi madre se ponga en algo tan catastrófico como eso —replicó Jennifer—. Pero se alteró una barbaridad con la noticia.

—Si me lo preguntas —dijo Julia con aire pensativo—, te diré que no nos lo han contado todo en relación con la Springer.

—¿A qué te refieres?

—Pues... parece que están sucediendo cosas raras. Como lo de tu nueva raqueta de tenis.

—Oh, he olvidado decírtelo —recordó Jennifer—. Le escribí a la tía Gina para darle las gracias y esta mañana he recibido una carta suya en la que dice que está encantada de que tenga una raqueta nueva, pero que ella no me ha mandado ninguna.

—Ya te decía yo que todo este embrollo de la raqueta era muy extraño —replicó Julia con un deje de triunfo en la voz—. Y, además, en tu casa sufrieron un robo, ¿no?

—Sí, pero no se llevaron nada.

—Eso lo hace todavía más interesante —determinó Julia—. A mí me da la sensación —añadió pensativa— de que es probable que pronto ocurra otro asesinato.

—¡Anda ya, Julia! ¿Por qué iba a cometerse otro asesinato?

—Pues... verás, porque en las novelas policiacas casi siempre hay un segundo asesinato. Y me parece, Jennifer, que debes tener muchísimo cuidado con que no seas tú a quien asesinen.

—¡¿Yo?! —exclamó Jennifer, sorprendida—. ¿Para qué iba nadie a asesinarme?

—Porque, en cierto modo, estás metida en todo este lío —respondió Julia, y agregó meditabunda—: Tenemos que intentar sacarle a tu madre todo lo que podamos de este asunto la semana que viene, Jennifer. Quién sabe si alguien le dio algunos papeles secretos en Ramat...

—¿Qué clase de papeles secretos?

—Oh, ¿cómo voy a saberlo? Planos o fórmulas para una nueva bomba atómica. Algo parecido.

Jennifer no pareció nada convencida.

III

La señorita Vansittart y la señorita Chadwick se hallaban en el pequeño salón de reuniones cuando entró la señorita Rowan, que preguntó:

—¿Dónde está Shaista? No la encuentro por ninguna parte. Acaban de venir a buscarla en nombre del emir.

—¿Qué? —Chaddy alzó la vista sorprendida—. Debe de ser una equivocación. Hace tres cuartos de hora que vinieron a buscarla en el coche del emir. Yo misma la vi entrar en él y ponerse en marcha. Fue una de las primeras en irse.

Eleanor Vansittart se encogió de hombros.

—Supongo que habrán dado la orden dos veces, o algo por el estilo —decidió.

Salió para hablar con el chófer personalmente.

—Debe de tratarse de un error —dijo—. La princesa salió para Londres hace ya tres cuartos de hora.

El chófer pareció sorprendido.

—Supongo que sí, debe de haber algún error, ya que usted lo dice, señora —concedió—. A mí me dieron claras instrucciones de venir a Meadowbank para recoger a la señorita.

—Imagino que a veces se producen confusiones —comentó la señorita Vansittart.

El chófer se quedó imperturbable, sin manifestar sorpresa alguna.

—Ocurre continuamente —comentó—. Toman los recados por teléfono, los apuntan y se olvidan. Y todo en ese orden. Pero en nuestra casa nos enorgullecemos de no cometer errores. Claro está que, si me permite decirlo, uno nunca sabe a qué atenerse con estos caballeros orientales. Traen consigo un numeroso séquito y dan la misma orden dos y hasta tres veces. Me parece que eso es lo que tiene que haber pasado en este caso.

—Hizo girar su automóvil con bastante pericia y desapareció.

La señorita Vansittart, pese a estar algo perpleja por lo sucedido, decidió que no había nada por lo que preocuparse y se puso a planear con satisfacción una tarde tranquila.

Después del almuerzo, las pocas chicas que quedaban escribían cartas o vagabundeaban por los jardines. Jugaron bastante al tenis, y la piscina estuvo muy concurrida. La señorita Vansittart se llevó su pluma estilográfica y un bloc de papel de carta a la sombra de un cedro. Cuando sonó el teléfono a las cuatro y media, fue la señorita Chadwick quien contestó.

—¿El colegio Meadowbank? —oyó preguntar a la refinada voz inglesa de un joven—. ¿Está la señorita Bulstrode?

—La señorita Bulstrode no está hoy aquí. Habla la señorita Chadwick.

—Oh, se trata de una de sus alumnas. Le hablo desde la suite del emir Ibrahim, en el hotel Claridge's.

—Ah, sí. ¿Es algo referente a Shaista?

—Sí. El emir está molesto al no haber recibido recado de ninguna clase.

—¿Recado? ¿Por qué debería recibir un recado?

—Pues... para notificarle que Shaista no venía, o no podía venir.

—¿Que no podía ir? ¿Quiere decir que no ha llegado?

—Efectivamente, no ha llegado. Entonces... ¿ha salido de Meadowbank?

—Sí. Han venido a recogerla en coche esta mañana... Oh, a eso de las once, me parece, y se ha marchado en él.

—Eso es muy raro, porque aquí no hay señal de ella... Creo que lo mejor será telefonear a la empresa que provee los coches del emir.

—¡Dios mío! —suspiró la señorita Chadwick—. Confío en que no haya ocurrido un accidente.

—No nos pongamos en lo peor —repuso el joven alegremente—. Supongo que, de haber ocurrido un accidente, ustedes ya se habrían enterado. O nos habríamos enterado nosotros. En su lugar, yo no me inquietaría.

Pero la señorita Chadwick sí se inquietó.

—Me parece muy extraño —observó.

—Me imagino que... —titubeó el joven.

—¿Sí? —dijo la señorita Chadwick.

—Pues... no es la clase de noticia que me gustaría sugerir al emir, pero... Que quede entre usted y yo, pero ¿no hay..., bueno, ningún amiguito de por medio, a su entender?

—Desde luego que no —aseguró la señorita Chadwick, muy digna.

—No, no, verá..., yo no quiero insinuar que lo haya, pero..., bueno, uno nunca sabe a qué atenerse con las chicas, ¿no cree? Se sorprendería si supiera alguna de las cosas con las que me he tropezado.

—Puedo asegurarle —reiteró la mujer— que cualquier cosa de esa clase es imposible.

Pero ¿era en realidad imposible? ¿Se llegaba a conocer bien a las chicas? Volvió a colocar el auricular en su sitio y, bastante en contra de su voluntad, fue en busca de la señorita Vansittart. No había razón para creer que esta estuviese mejor capacitada para enfrentarse con la situación que ella misma, pero sentía la necesidad de consultarlo con alguien. La señorita Vansittart dijo:

—¿El segundo coche?

Se miraron la una a la otra.

—¿Cree usted —sugirió Chaddy pausadamente— que deberíamos dar parte de esto a la policía?

—¿A la policía? No —replicó Eleanor Vansittart con voz sobresaltada.

—Ella dijo que intentaban secuestrarla, ¿no lo recuerda?

—¿Secuestrarla? ¡Qué disparate!

—¿No cree usted que...? —insistió Chaddy.

—La señorita Bulstrode me dejó a mí a cargo del internado —atajó Eleanor Vansittart—, y yo no autorizaré nada de esto. No queremos más alteraciones a causa de la policía.

La señorita Chadwick la miró sin el menor afecto. Pensó que la señorita Vansittart carecía de visión y era corta de miras. Volvió a entrar en el colegio y puso una conferencia telefónica con la casa de la duquesa de Welsham. Desgraciadamente, allí no había nadie.

Capítulo 14

La señorita Chadwick no concilia el sueño

I

La señorita Chadwick estaba inquieta. Daba vueltas en la cama contando ovejas y poniendo en práctica otros métodos milenarios para invocar el sueño. Fue en vano.

Hacia las ocho, cuando Shaista todavía no había regresado ni se tenían noticias de ella, tomó cartas en el asunto y telefoneó al inspector Kelsey. Experimentó cierto alivio al advertir que el policía no se tomaba el asunto demasiado en serio. Le aseguró que podía dejarlo todo en sus manos. Sería muy fácil de averiguar en caso de que hubiera sufrido un accidente, y si esas pesquisas fallaban, se pondrían en contacto con Londres. Se darían todos los pasos que fueran necesarios. También podría ser que la chica estuviese haciendo novillos. Aconsejó a la señorita Chadwick que contara lo menos posible en el colegio, que diera a entender que Shaista se había quedado aquella noche en el Claridge's con su tío.

—Lo que menos necesitan la señorita Bulstrode y usted es que se haga más publicidad —dijo Kelsey—. Es muy poco probable que la hayan secuestrado. De modo que no se preocupe, señorita Chadwick, déjelo todo en nuestras manos.

A pesar de ello, la señorita Chadwick se preocupó. Sobre la cama, sin poder dormir, su mente fue desde un posible secuestro hasta el asesinato.

Un asesinato en la escuela Meadowbank. ¡Era horrible! ¡Increíble! Meadowbank. La señorita Chadwick adoraba Meadowbank. Lo adoraba quizá todavía más que la señorita Bulstrode, aunque de una manera algo diferente.

¡Había sido una empresa tan atrevida y arriesgada! Acompañando fielmente a la señorita Bulstrode, había hecho frente al pánico en más de una ocasión. ¿Y si todo el asunto fracasaba? En realidad, ellas no disponían de mucho capital. Si no lograban el éxito..., si les retiraban el apoyo financiero... La señorita Chadwick poseía un cerebro inquieto, lleno de preocupaciones, que continuamente enumeraba interminables posibilidades. La señorita Bulstrode había disfrutado con la aventura, con el elemento azaroso que lleva implícito, pero Chaddy no. Muchas veces, en medio de una agonía de aprensión, le había suplicado que Meadowbank se rigiera siguiendo pautas algo más convencionales. Sería más seguro, la instaba. Pero la señorita Bulstrode no se interesaba por la seguridad financiera. Ella había tenido su inspiración de cómo debía ser un colegio y la había puesto en práctica sin temor. Y su audacia fue premiada con el éxito. Pero, oh, qué alivio el de Chaddy cuando ese éxito fue un *fait accompli*, cuando Meadowbank se consolidó, y muy firmemente, como una gran institución inglesa. Fue entonces cuando su adoración por el internado superó todos los límites. Se desvanecieron sus dudas, temores y preocupaciones. La paz y la prosperidad habían llegado, y ella se calentaba al sol de la prosperidad de Meadowbank como una gata ronroneante.

Había sentido una gran conmoción cuando la señorita Bulstrode habló por primera vez de retirarse. Retirarse ahora..., cuando todo marchaba viento en popa. ¡Qué locura! Le hablaba de viajes, de todas las cosas que deseaba ver en el mundo. A Chaddy esto no le causaba la menor impresión. Nada, en ninguna parte, podía ser ni la mitad de bueno que Meadowbank. Siempre le había parecido que nada podría afectar al bienestar del colegio. Pero ahora..., ¡un asesinato!

Era una palabra desagradable y violenta... que llegaba del mundo exterior hasta Meadowbank como un perverso viento de tormenta. Asesinato... Una palabra que la señorita Chadwick relacionaba con delincuentes juveniles armados con navajas o doctores siniestros que envenenaban a sus esposas. Pero que semejante suceso se produjese allí..., en un internado..., y no un internado cualquiera..., sino en Meadowbank... Increíble.

Bien es verdad que la señorita Springer..., pobre señorita Springer, naturalmente no fue culpa suya..., pero, contra toda lógica, Chaddy tuvo la sensación de que en cierto modo sí debió de haber sido culpa suya. No conocía las tradiciones de Meadowbank y, además, era una mujer sin tacto. De una forma u otra, debió de haber dado lugar a que la mataran.

La señorita Chadwick dio varias vueltas en la cama, volvió la almohada del otro lado y se dijo: «Tengo que dejar de pensar en todo esto. Quizá sea mejor que me levante y me tome una aspirina. Pero antes trataré de contar hasta cincuenta...».

Antes de llegar a cincuenta, sus pensamientos tomaron una vez más el mismo derrotero. Se sentía inquieta. ¿Se publicaría lo sucedido con Shaista y la posibilidad del secuestro en los periódicos? Y los padres, al leerlo, ¿no se apresurarían a llevarse a sus hijas...?

¡Cielo santo! Tenía que calmarse y procurar dormir. ¿Qué hora sería? Encendió la luz para consultar su reloj. Precisamente la una menos cuarto. La hora justa en que la pobre señorita Springer... No, no debía pensar más en eso. Y qué estúpida había sido la señorita Springer al ir allí sola, sin despertar a ninguna otra profesora del claustro.

—¡Dios mío! Tendré que tomarme una aspirina.

Salió de la cama, fue al lavabo y se tomó dos aspirinas con un trago de agua. Al volver a la cama, descorrió la cortina para atisbar por la ventana. Lo hizo sobre todo para tranquilizarse, no por otra razón. Necesitaba asegurarse de que nunca jamás habría nuevamente una luz encendida en el pabellón de deportes a altas horas de la noche. Pero sí la había.

Chaddy entró en acción en menos de un minuto. Se calzó, echó mano de un grueso chaquetón, recogió su linterna y salió disparada de su habitación escaleras abajo. Había censurado a la señorita Springer por no procurarse ayuda antes de salir a investigar, pero a ella no se le ocurrió predicar con el ejemplo. Lo único que quería era llegar cuanto antes al pabellón para averiguar quién era el intruso. Se detuvo para coger un arma..., una que posiblemente no fuera muy eficaz, pero un arma al fin y al cabo. Salió a toda prisa por la puerta lateral y continuó su carrera a lo largo del camino atravesando los matorrales. Estaba sin aliento, pero completamente decidida. Solo al llegar por fin a la puerta aflojó un poco el paso y procuró moverse con cautela.

La puerta se encontraba ligeramente entornada. La abrió un poco más y miró hacia el interior...

II

A la misma hora, poco más o menos, en que la señorita Chadwick se levantó de la cama en busca de una aspirina, Ann Shapland, muy atractiva con su traje de noche negro, estaba sentada en una mesa de Le Nid Sauvage comiendo supremas de pollo y sonriendo al joven que tenía frente a ella. «El querido Dennis —pensó Ann—, siempre tan exactamente igual a sí mismo.» Eso era lo que no podría soportar si llegaba a casarse con él. Para ella, aquel chico era más bien un animalito mimado. En voz alta observó:

—¡Qué divertido es esto, Dennis! ¡Es un cambio tan magnífico!

—¿Qué tal te va en tu nuevo empleo? —le preguntó Dennis.

—Pues... por ahora estoy disfrutando bastante con él, la verdad.

—Me da la impresión de que no es exactamente lo que a ti te va.

—Me vería en un gran aprieto si tuviera que concretar qué es exactamente lo que me va, Dennis —respondió Ann, riendo.

—Nunca podré comprender por qué dejaste tu empleo con sir Mervyn Todhunter.

—Pues sobre todo por sir Mervyn Todhunter. La atención que me concedía estaba empezando a preocupar a su esposa..., y el que no se ofendan las esposas forma parte de mi estrategia. Ya sabes que pueden hacer muchísimo daño.

—Son como gatas celosas —opinó Dennis.

—Oh, nada de eso —distinguió Ann—. Estoy más bien de parte de las esposas. Y, de todos modos, lady Todhunter me gusta mucho más que el viejo Mervyn. ¿Por qué te sorprende tanto mi nuevo trabajo?

—¿El del colegio? Pues yo diría que porque tu mentalidad no es escolástica en lo más mínimo.

—Me resultaría odioso enseñar en un colegio. Aborrezco la idea de verme encerrada con un rebaño de mujeres. Pero el trabajo de secretaria en una escuela como Meadowbank es más bien una diversión. Es un lugar único, como ya sabes. Y la señorita Bulstrode, la directora, también es única. Sus ojos grises y acerados penetran en ti y pueden ver hasta los más íntimos secretos. Y hace marchar firme a todo el mundo. Me horrorizaría cometer un error en alguna de las cartas que me dicta. Sí, tiene algo, la verdad.

—Cuánto desearía que te cansaras de todos esos empleos —dijo Dennis—. Ya es hora, y tú lo sabes muy bien, Ann, de que acabes con todo este barullo de trabajar tan pronto aquí como allá y sientes de una vez la cabeza.

—Eres encantador, Dennis —dijo Ann con un tono de voz que no la comprometía a nada.

—Ya sabes lo bien que lo podríamos pasar.

—No lo niego —replicó ella—, pero todavía no ha llegado el momento. Y además, como bien sabes, debo pensar en mi madre.

—Sí. Iba a hablarte de eso.

—¿De mamá? ¿Y qué es lo que ibas a decirme?

—Mira, Ann, tú ya sabes que a mí me pareces maravillosa..., me fascina el hecho de que atrapes un empleo interesante y después lo arrojes todo por la borda para volver a casa con tu madre.

—Bueno, tengo que hacerlo algunas veces cuando le da un ataque grave.

—Lo sé. Ya te digo que, por tu parte, me parece que eso es admirable. Pero, aun así, hay lugares, y bastante buenos hoy en día, donde las personas como tu madre están bien atendidas, sin que les falte de nada.

—Y que cuestan un dineral —replicó ella.

—No, no necesariamente. Pero si incluso con el seguro médico...

En la voz de Ann se oyó cierta amargura:

—Sí, imagino que eso llegará algún día. No obstante, mientras llega, tengo en casa un precioso gato que hace compañía a mamá y que en circunstancias normales puede competir con una enfermera. Mi madre se comporta de forma razonable la mayor parte del tiempo. Y cuando no sucede de esta manera, vuelvo a casa para echarle una mano.

—¿No es ella..., no se pone nunca...?

—¿Ibas a decir *violenta*, Dennis? Tienes una imaginación extraordinariamente morbosa. No. Mi querida madre nunca es violenta. Solo que a veces pierde la cabeza. Se olvida de quién es y de dónde está, lo que desea es salir a dar un largo paseo, y entonces lo más probable es que se monte en un tren o un autobús y se marche a cualquier parte..., y, bueno, todo esto es muy complicado, como ves. A veces es una carga demasiado pesada de sobrellevar. Pero es muy feliz, aun en esos casos. Y muchas veces se pone graciosísima. Recuerdo que en una ocasión me dijo: «Ann, cariño, de verdad que es muy desconcertante. Yo estaba segura de que era al Tíbet adonde me marchaba y me encuentro por las buenas en aquel hotel de Dover, y sin la menor idea de cómo llegué hasta allí. Entonces pensé: "¿Para qué voy a ir al Tíbet?". Y se me ocurrió que lo mejor sería volver a casa... y no fui capaz de recordar cuánto tiempo hacía desde que había salido de ella. Cuando una no puede recordar bien las cosas, todo se vuelve muy desconcertante, cariño». Mamá estuvo realmente muy graciosa contando todo eso. Quiero decir que ella ve por sí misma el lado humorístico de la situación.

—Nunca he llegado a conocerla en persona —empezó a decir Dennis.

—No animo a la gente a que la conozca —declaró Ann—. Creo que es lo menos que puede hacer una por los suyos. Protegerlos de..., bueno, de la curiosidad y de la compasión.

—No es curiosidad, Ann.

—No, no creo que en tu caso lo sea. Pero sería compasión. Y no deseo tal cosa.

—Comprendo lo que quieres decir.

—Pero si tú crees que me disgusta abandonar mis empleos de vez en cuando para volver a casa por un periodo indefinido, te diré que estás equivocado —aclaró la joven—. Nunca me ha atraído embrollarme profundamente en nada. Ni siquiera cuando conseguí mi primer puesto después de estudiar para secretaria. Consideré que lo que en realidad importaba era ser eficiente. Cuando se es verdaderamente buena, se puede elegir dónde trabajar. Se ven sitios diferentes y se observan distintas clases de vida. De momento me dedico a observar la vida de un internado: el mejor colegio de Inglaterra visto por dentro. Me da la sensación de que voy a seguir en él por lo menos año y medio.

—A ti las cosas nunca te pillan por sorpresa, ¿verdad, Ann?

—Efectivamente —reconoció ella, pensativa—. Creo que nunca me dejo sorprender. Me parece que pertenezco al género de personas que son observadoras de nacimiento. Algo así como un comentarista de la radio.

—Se te ve tan desligada de todo —comentó Dennis, apesadumbrado—. En realidad, no te preocupas por nada ni por nadie.

—Me imagino que algún día me preocuparé —repuso ella para animarle.

—Comprendo más o menos tu modo de sentir y pensar.

—Lo dudo —objetó Ann.

—En cualquier caso, no creo que llegue a un año. Te hartarás de todas esas mujeres bastante pronto —pronosticó él.

—Hay un jardinero muy guapo. —Ann rio al ver la expresión de Dennis—. Alégrate, bobo. Solo trataba de ponerte celoso.

—¿Y qué me dices de ese asunto del asesinato de una profesora?

—Oh, eso. —La expresión de Ann se volvió seria y pensativa—. Eso es extraño, Dennis. Es muy extraño, en efecto. Era la profesora de gimnasia. Muy poco agraciada. Ya sabes a qué tipo de mujer me refiero. Creo que en ese asunto se esconde mucho más de lo que ha salido a la luz hasta ahora.

—Bueno, procura no verte mezclada en nada desagradable.

—Eso es muy fácil decirlo. Nunca he tenido la oportunidad de desplegar mi inteligencia detectivesca. Imagino que podría llegar a ser bastante buena en ese terreno.

—¡Venga, Ann! ¡Eres el colmo!

—No albergo la intención de seguirles la pista a criminales peligrosos, cariño. Únicamente voy a..., bueno, a tratar de llegar a unas cuantas conclusiones lógicas. «¿Por qué y quién?», y «¿para qué?». Ya he tropezado con una pequeña información que promete revelarse como muy interesante.

—¡Ann!

—No pongas esa cara de angustia... Pero no parece encajar con nada —observó ella, pensativa—. Hasta cierto punto, cuadra a la perfección..., pero luego, de repente, deja de hacerlo. Quizá haya un segundo asesinato y entonces se aclare un poco el asunto —remató con júbilo.

Pronunció esas palabras justo cuando la señorita Chadwick empujaba la puerta del pabellón de deportes.

Capítulo 15

Se repite el asesinato

—Venga conmigo —dijo el inspector Kelsey al tiempo que entraba con expresión sombría en la habitación—. Ha habido otro.

—¿Otro qué? —le preguntó Adam, alzando la cabeza.

—Otro asesinato.

Salió y Adam lo siguió. Habían estado sentados en el despacho de este último, bebiendo cerveza y pasando revista a varias pistas hasta que habían requerido a Kelsey al teléfono.

—¿De quién se trata? —preguntó Adam mientras seguía al inspector escaleras abajo.

—De otra profesora... La señorita Vansittart.

—¿Dónde?

—En el pabellón de deportes.

—¿Otra vez en el pabellón de deportes? —exclamó Adam—. ¿Qué es lo que pasa con ese lugar?

—Sería mejor que esta vez lo inspeccionara usted mismo —propuso el inspector Kelsey—. Tal vez la técnica que emplea en sus investigaciones tenga más éxito que la nuestra. Debe de haber algo importante en ese lugar; si no, ¿por qué iban a matar allí a todo el mundo?

Entró en su coche con Adam.

—Supongo que el doctor habrá llegado allí antes que nosotros. Tiene menos distancia que recorrer.

Al entrar en el pabellón de deportes, brillantemente iluminado, Kelsey pensó que era como una pesadilla que se repetía. Allí yacía de nuevo otro cadáver, con el doctor de rodillas a su lado. Otra vez se alzó el doctor y dijo:

—La han matado hace alrededor de media hora. Cuarenta y cinco minutos como máximo.

—¿Quién la ha encontrado? —preguntó Kelsey.

—La señorita Chadwick —respondió uno de sus hombres.

—Esa es la vieja, ¿no?

—Sí. Ha visto luz, ha venido aquí y la ha encontrado muerta. Luego ha regresado a la casa dando tropezones y en un estado de nervios bastante grande. Es la señorita Johnson, la gobernanta, quien nos ha telefoneado.

—Ya —exclamó Kelsey—. ¿Cómo la han asesinado? ¿También de un tiro?

El doctor negó con la cabeza.

—No, la han golpeado en la parte posterior de la cabeza. Han debido de hacerlo con una porra o con un saco de arena, o algo semejante.

Junto a la puerta, tirado en el suelo, había un palo de golf con la punta de acero. Era la única cosa que parecía estar desordenada en la habitación.

—¿Qué me dice de eso? —le preguntó Kelsey, señalándolo—. ¿Es posible que la hayan golpeado con él?

El doctor volvió a negar con la cabeza.

—Imposible. No hay ninguna señal en la víctima. Ha sido con una pesada porra de goma o con un saco de arena; algo por el estilo.

—¿Obra de un profesional?

—Probablemente. Quienquiera que haya sido, no tenía la intención de hacer ruido alguno esta vez. Ha llegado hasta ella por detrás y la ha golpeado en la parte posterior de la cabeza. La víctima ha caído hacia delante, y es probable que no haya llegado siquiera a darse cuenta de con qué la han golpeado.

—¿Qué es lo que estaba haciendo?

—Casi con toda seguridad estaba arrodillada frente a esta taquilla —dijo el doctor.

El inspector se dirigió hacia la taquilla para echar un vistazo.

—Supongo que este es el nombre de la chica —dijo—. Shaista... Vamos a ver, esa es..., esa es la chica egipcia, ¿no? Su alteza la princesa Shaista. —Se volvió hacia Adam—. Parece que existe cierta relación, ¿no cree? Un momento..., ¿no es esa la misma chica de quien han notificado esta tarde que había desaparecido?

—En efecto, señor —respondió el sargento—. Han venido a buscarla al colegio en un coche enviado al parecer por su tío, que se hospeda en Londres en el Claridge's. Ha entrado en él y se ha marchado.

—¿Aún no se sabe nada sobre ella?

—Todavía no, señor. Se ha dado un aviso de búsqueda. Scotland Yard trabaja también en el asunto.

—Una habilidosa y sencilla manera de raptar a una persona —observó Adam—. Sin forcejeos ni gritos. Todo lo que se necesita es estar enterado de que la chica espera que vengan a recogerla en coche y lo único que hay que hacer es representar bien el papel de chófer de clase alta y llegar al colegio antes que el otro automóvil. La chica entra en el coche sin pensárselo y uno puede ponerse en marcha sin que ella llegue a sospechar nada.

—¿No ha aparecido ningún coche abandonado? —preguntó Kelsey.

—Todavía no hemos tenido noticias de ninguno —respondió el sargento—. Scotland Yard trabaja en ello, como le he dicho —añadió—, y también el Servicio Especial.

—Puede que se trate de una conspiración política —apuntó el inspector—. No me imagino ni por un momento que posean los recursos suficientes para sacarla del país.

—Pero, sea como sea, ¿qué es lo que pueden haberse propuesto al secuestrarla?

—Quién sabe —replicó Kelsey—. Ella me dijo que temía que la secuestraran, y me avergüenza confesar que creí que estaba exagerando.

—Cuando usted me lo contó, pensé lo mismo —dijo Adam.

—La dificultad estriba en que nos falta información —admitió Kelsey—. Hay demasiados cabos sueltos. —Echó una mirada a su alrededor—. Bueno, al parecer no hay nada más que yo pueda hacer aquí. Continúen con los procedimientos de costumbre..., fotografías, huellas dactilares, etcétera. Creo que lo mejor que puedo hacer es dar una vuelta por el centro.

En la casa lo recibió la señorita Johnson. Estaba conmocionada, pero conservaba el dominio de sí misma.

—Es terrible, inspector —se lamentó—. ¡Dos de nuestras profesoras, asesinadas! La pobre señorita Chadwick está muy mal.

—Me gustaría verla tan pronto como sea posible.

—El doctor le ha dado un medicamento y ahora ya está mucho más tranquila. ¿Quiere que lo lleve con ella?

—Sí, dentro de unos instantes. Primero dígame todo lo que recuerde con respecto a la última vez que vio a la señorita Vansittart.

—Hoy no la he visto —respondió la señorita Johnson—. He estado fuera todo el día. He regresado muy poco antes de las once y he subido a mi habitación para acostarme.

—¿No se le ha ocurrido mirar por su ventana hacia el pabellón de deportes?

—No, no he pensado en ello para nada. He pasado el día con mi hermana, a la que no visitaba desde hacía mucho tiempo, y he vuelto con la cabeza atiborrada de novedades familiares. Me he dado un baño y me he ido a la cama a leer un libro; luego he apagado la luz y me he dormido. No me he despertado hasta que ha irrumpido en mi cuarto la señorita Chadwick con la cara más blanca que una sábana y estremeciéndose de pánico.

—¿Se ausentó ayer en algún momento la señorita Vansittart?

—No. Pasó todo el día aquí. Se quedó a cargo del internado. La señorita Bulstrode está fuera.

—¿Quiénes más se encontraban aquí?... De entre las profesoras, quiero decir.

La señorita Johnson reflexionó un momento.

—Estaban la señorita Chadwick, la profesora francesa, mademoiselle Blanche, y la señorita Rowan.

—Ya veo. Bueno, ahora creo que lo mejor es que me lleve con la señorita Chadwick.

Esta se hallaba en su habitación, sentada en una butaca. Aun cuando la noche era cálida, la estufa eléctrica estaba encendida y tenía una especie de manta de viaje arropándole las rodillas. Se volvió hacia el inspector Kelsey con cara lívida y desencajada.

—Ha muerto... ¿Está muerta? ¿No hay ninguna probabilidad de que..., de que pueda volver en sí?

Kelsey negó despacio con la cabeza.

—¡Es espantoso! —se lamentó ella—. Y estando la señorita Bulstrode fuera. —Se echó a llorar—. Esto será la ruina del colegio —añadió—. La ruina de Meadowbank. No puedo soportarlo..., de veras que no puedo.

Kelsey se sentó a su lado.

—Lo entiendo —dijo compadeciéndose—. Lo entiendo. Me hago cargo de que ha sido un golpe terrible para usted. Pero quiero que sea valiente, señorita Chadwick, y me diga todo lo que sepa. Cuanto antes podamos descubrir quién lo ha hecho, menos complicaciones y menos publicidad tendrán ustedes.

—Sí, sí. Lo comprendo. Pues... verá..., yo..., yo me he acostado bastante pronto porque he pensado que, por una vez, sería agradable poder dormir bastante tiempo. Pero me ha sido imposible conciliar el sueño. Me sentía intranquila.

—¿Intranquila por el colegio?

—Sí, y por la desaparición de Shaista. Entonces me ha dado por pensar en la señorita Springer y en el efecto que pudiera causar su asesinato en los padres de las alumnas, por si no volvieran a enviar aquí a sus hijas el próximo trimestre. Estaba preocupadísima por la señorita Bulstrode. Me refiero a que ella ha levantado este internado. ¡Fue toda una hazaña!

—Ya lo sé. Ahora siga contándome... Usted estaba preocupada y no podía conciliar el sueño...

—No, no podía. Me he puesto a contar ovejas... y todas esas cosas. Entonces me he levantado para tomarme una aspirina; al volver del baño, se me ha ocurrido descorrer las cortinas de la ventana. No sé exactamente por qué. Supongo que porque había estado pensando en la señorita Springer. Entonces he visto la luz allí.

—¿Qué clase de luz?

—Pues era una luz que parecía estar bailando. Quiero decir..., me ha dado la impresión de que era una linterna. Era igual que la luz que la señorita Johnson y yo vimos en la otra ocasión.

—¿Igual?

—Sí. Sí, creo que sí. Puede que un poco más débil, aunque no estoy segura.

—Muy bien. ¿Y después?

—Después —prosiguió la señorita Chadwick tras aclararse la voz— he tomado la determinación de que esta vez tenía que enterarme de quiénes estaban allí y qué estaban haciendo. Así que me he echado encima algo de ropa, y me he puesto unos zapatos y he salido a toda prisa de la casa.

—¿No ha pensado en llamar a ninguna otra persona?

—No. No se me ha ocurrido. Verá, tenía tanta prisa por llegar allí... Temía que la persona..., quienquiera que fuese..., se hubiese marchado.

—Entiendo. Continúe, señorita Chadwick.

—Así que he ido lo más deprisa que he podido. Me dirigía hacia la puerta, y poco antes de llegar a ella me he puesto de puntillas, para que nadie advirtiera que me acercaba, y la he abierto empujándola con suavidad. Al mirar a mi alrededor, allí estaba ella. Caída hacia delante, muerta.

Empezó a estremecerse de pies a cabeza.

—Sí, sí, lo comprendo, señorita Chadwick. A propósito, allí hay un palo de golf. ¿Lo ha llevado usted? ¿O lo hizo la señorita Vansittart?

—¿Un palo de golf? —repitió la mujer sin entender muy bien a qué se refería—. Oh, sí, creo que lo he cogido del vestíbulo. Lo llevaba conmigo por si..., bueno, por si necesitaba usarlo. Supongo que lo he dejado caer al ver a Eleanor. Después he vuelto a casa como he podido y he buscado a la señorita Johnson... ¡Oh! ¡No puedo soportarlo! ¡No puedo soportarlo! Esto será el fin de Meadowbank.

La voz de la señorita Chadwick se elevó, alcanzando proporciones histéricas. La señorita Johnson fue hacia ella.

—Descubrir dos asesinatos es demasiada tensión para una persona —observó—, al menos para una persona de su edad. No necesita preguntarle nada más, ¿verdad?

El inspector Kelsey negó con la cabeza.

Al bajar la escalera vio un montón de sacos de arena y cubos en una alacena. Quizá dataran de la época de la guerra, pero al verlos lo asaltó el desagradable pensamiento de que no tenía que haber sido necesariamente un profesional con una porra de caucho quien había golpeado a la señorita Vansittart. Alguien que vivía en la casa, alguien que no había querido arriesgarse a que se oyera por segunda vez el ruido de un disparo y que, con toda certeza, se había deshecho de la pistola después del primer asesinato... podría haberse valido de un arma letal, aunque inofensiva en apariencia, y era posible que incluso la hubiera vuelto a colocar en su sitio pulcra y cuidadosamente.

Capítulo 16

El enigma del pabellón de deportes

I

«Mi cabeza sangra, pero no la doblego», se dijo Adam. Estaba contemplando a la señorita Bulstrode. Nunca antes había admirado tanto a una mujer. Permanecía sentada, serena e inalterable, mientras la obra de su vida se derrumbaba a su alrededor.

De vez en cuando se oían llamadas telefónicas que anunciaban la marcha de otra alumna más.

Finalmente, la señorita Bulstrode tomó una decisión. Presentando sus excusas a los oficiales de policía, hizo venir a Ann Shapland y le dictó una breve nota. El colegio se cerraría hasta el final del trimestre. Aquellos padres que no considerasen conveniente tener a sus hijas en casa podrían dejarlas allí a su cargo para que continuaran su educación.

—¿Tiene usted una lista de los nombres de los padres con sus direcciones y teléfonos?

—Sí, señorita Bulstrode.

—En tal caso, empiece a telefonearlos. Después, envíe a cada uno de ellos una notificación escrita a máquina.

—Sí, señorita Bulstrode.

Cuando ya estaba cerca de la puerta, Ann Shapland se detuvo. Se sonrojó y unas palabras fluyeron en tropel.

—Perdóneme, señorita Bulstrode. Ya sé que no es asunto mío. Pero... ¿no es una lástima hacerlo tan..., tan prematuramente? Quiero decir que... después del primer pánico, cuando lo hayan pensado con más calma..., estoy segura de que no desearán llevarse a sus hijas a casa. Lo considerarán con sensatez y serán más razonables.

La señorita Bulstrode la miró con sutileza.

—¿Piensa usted que me estoy dando por vencida con demasiada facilidad?

Ann se ruborizó.

—Imagino que... usted pensará que es descaro, pero, bueno..., sí, creo que es así.

—Es usted una luchadora, hija mía; me alegra comprobarlo. Pero está equivocada. No estoy dándome por vencida. Me dejo llevar por mi conocimiento de la naturaleza humana. Insto a los padres a llevarse a sus hijas, los animo a ello..., y entonces no tendrán tanto empeño en hacerlo. Empezarán a encontrar motivos para que se queden. O, en el peor de los casos, decidirán que vuelvan para el próximo trimestre... Si es que lo hay —añadió con tristeza. Entonces miró al inspector Kelsey y le dijo—: Eso depende completamente de usted. Aclare estos asesinatos... Atrape a quienquiera que sea responsable de ellos... y todo se resolverá de forma satisfactoria.

El inspector no parecía precisamente feliz.

—Estamos haciendo todo cuanto podemos por aclararlo —afirmó.

Ann Shapland abandonó la estancia.

—Una muchacha muy competente —apuntó la señorita Bulstrode—. Y leal. —Lo dijo a modo de paréntesis. Después volvió al ataque—. ¿No tienen absolutamente ninguna idea de quién asesinó a dos de mis profesoras en el pabellón de deportes? A estas alturas, deberían tenerla. Y, para rematarlo todo, este secuestro. En cuanto a esto último, reconozco mi parte de culpa. La chica dijo que intentaban secuestrarla. Yo tuve la impresión, Dios me perdone, de que quería darse importancia. Ahora me doy cuenta de que tras ello se oculta algo de gran trascendencia. Pero alguien debe de haber insinuado o notificado algo..., haber hecho alguna advertencia, no sé... —Dejó la frase sin concluir y preguntó—: ¿No tienen noticias de ninguna clase?

—Todavía no. Pero no creo que deba inquietarme mucho por eso. Esa parte del asunto ha pasado al Departamento de Investigación Criminal. Y el Servicio Especial también está trabajando en ello. La encontrarán en el término de veinticuatro horas, treinta y seis a lo sumo. Todos los puertos y aeropuertos se encuentran en alerta. Y la policía está vigilando en todos los distritos. Es muy fácil secuestrar a una persona... Lo que resulta un problema es continuar escondiéndola. La encontraremos.

—Confío en que la encuentren sana y salva —replicó lúgubremente la señorita Bulstrode—. Al parecer, nos enfrentamos con alguien que no es muy escrupuloso con las vidas humanas.

—De haber tenido la intención de quitarla de en medio, no se habría tomado la molestia de raptarla —intercaló Adam—. Eso habrían podido hacerlo aquí con bastante facilidad y en cualquier momento.

Se dio cuenta de que sus últimas palabras habían sido muy desafortunadas. La señorita Bulstrode le lanzó una mirada.

—Eso parece —admitió con frialdad.

Sonó el teléfono. La señorita Bulstrode tomó el auricular.

—¿Sí? —Hizo una señal al inspector Kelsey—. Es para usted.

Adam y la señorita Bulstrode observaban al inspector mientras hablaba. Gruñó, tomó unas cuantas notas y finalmente dijo: «Comprendido. Alderston Priors. Wallshire. Sí, cooperamos. Sí, yo continuaré desde aquí entonces».

Volvió a colgar el auricular y durante unos instantes pareció perdido en sus pensamientos. Después alzó la mirada.

—Esta mañana, su excelencia ha recibido una nota de rescate. Escrita a máquina en una Corona nueva. Matasellos de Portsmouth, apuesto a que falsificado.

—¿Dónde y cómo?

—En un cruce que queda tres kilómetros al norte de Alderston Priors. Es un lugar pantanoso bastante desolado. Requieren que ponga un sobre con el dinero debajo de una piedra tras el buzón que hay allí. A las dos de la madrugada de mañana.

—¿Qué cantidad?

—Veinte mil. —Movió la cabeza—. Me huele a trabajo de aficionados.

—¿Qué van a hacer ustedes? —preguntó la señorita Bulstrode.

El inspector Kelsey la miró de un modo muy diferente a como lo había hecho hasta entonces. La reticencia oficial lo circundaba como una capa.

—La responsabilidad en este asunto no es mía, señora —respondió—. Tenemos nuestros procedimientos.

—Confío en que esos procedimientos funcionen —dijo la directora.

—Suelen hacerlo —indicó Adam.

—¿Trabajo de aficionados? —preguntó la señorita Bulstrode, como si tratara de capturar una expresión que ellos habían utilizado—. Estaba pensando que... —Entonces se interrumpió y preguntó con viveza—: ¿Y qué me dicen de mi plana mayor? De lo que queda de ella, quiero decir. ¿Puedo seguir confiando en mis profesoras?

Al advertir que el inspector titubeaba insistió:

—Usted teme que si me advierte de alguna cuya conducta no le parece muy clara, ella notará algo en mi modo de tratarla. Se equivoca. Eso no va a suceder.

—No creo que lo notara —concedió Kelsey—. Pero no puedo permitirme el lujo de correr riesgos. A la luz de los recientes hechos, no parece que ninguna de sus profesoras sea la persona que buscamos; es decir, según todo cuanto hemos podido comprobar de ellas. Hemos prestado especial atención a aquellas que son nuevas este trimestre: mademoiselle Blanche, la señorita Springer y vuestra secretaria, la señorita Shapland. Hemos corroborado el pasado de esta última. Es hija de un general retirado, ha estado empleada en los puestos que dice y sus jefes anteriores responden por ella. Además, tiene una coartada para la pasada noche. Cuando la señorita Vansittart fue asesinada, la señorita Shapland estaba en compañía de Dennis Rathbone en un club nocturno. Ambos son muy conocidos allí, y al señor Rathbone se le atribuye una conducta irreprochable. También se han confrontado los antecedentes de mademoiselle Blanche. Ha enseñado en un colegio del norte de Inglaterra y en dos de Alemania, y posee unas referencias excelentes. Se la considera una profesora de primera clase.

—No según nuestros cánones —objetó la señorita Bulstrode con un resoplido.

—Asimismo, se ha comprobado su expediente en Francia. En lo que se refiere a la señorita Springer, no se puede ser tan concluyente. Enseñó en los sitios de los que habló, pero existen lagunas en ciertos periodos que no ha precisado. Sin embargo, el hecho de que la asesinaran parece exonerarla.

—Estoy de acuerdo en cuanto a que tanto la señorita Springer como la señorita Vansittart no se consideren sospechosas —convino con sequedad la señorita Bulstrode—. Hablemos con un poco de sentido común. ¿Es que mademoiselle Blanche, a pesar de su irreprochable historial, es sospechosa por el mero hecho de que todavía esté viva?

—Pudo haber cometido ambos asesinatos —consideró Kelsey—. Se hallaba anoche aquí, en el internado. Dice que se acostó temprano, que se durmió y no oyó nada hasta que dieron la alarma. No hay prueba de lo contrario. Pero la señorita Chadwick aseguraría de una manera terminante que es una falsa.

—La señorita Chadwick siempre encuentra falsas a las profesoras francesas. Les tiene manía. —Miró a Adam—. ¿Y usted qué opina?

—A mi parecer, que se dedica a escudriñarlo todo

—respondió Adam, pensativo—. Puede que se trate de curiosidad natural, o tal vez sea algo más. No acierto a precisarlo. No tiene pinta de asesina, pero ¿quién puede asegurar que no sea así?

—Precisamente —dijo Kelsey—. Aquí hay un asesino, un asesino despiadado que ha matado dos veces..., pero se hace muy difícil creer que sea una de las profesoras. La señorita Johnson estuvo ayer en casa de su hermana en Limeston on Sea y se presentó aquí poco antes de las once de la noche; de todos modos, hace ya siete años que está con usted... La señorita Chadwick ha vivido aquí, en el colegio, desde que lo fundaron. En todo caso, ninguna de las dos participó en la muerte de la señorita Springer. La señorita Rich ha estado con usted desde hace más de un año, y la noche pasada se encontraba en el Alton Grange Hotel, a más de treinta kilómetros de distancia. La señorita Blake estuvo en casa de unos amigos en Littleport; la señorita Rowan hace un año que trabaja para usted y tiene buenos antecedentes. En cuanto al servicio, francamente, no puedo imaginarme a ninguno de ellos cometiendo un asesinato. Además, son todos de la comarca...

Complacida, la señorita Bulstrode asintió con la cabeza.

—Estoy de acuerdo con sus razonamientos. Pero no deja a nadie fuera, ¿no? Así que... —Hizo una pausa, tras la cual observó a Adam con una mirada acusadora—. En realidad, parece... como si debiera ser usted.

Adam abrió la boca, asombrado.

—Siempre aquí vigilando —consideró la señorita Bulstrode—. Con libertad de movimientos... En posesión de una plausible historia con que justificar su presencia en este lugar. Con excelentes referencias. Sin embargo, usted podría ser un traidor y estar jugando a dos bandas, ¿sabe?

Adam recuperó la calma.

—Así es, señorita Bulstrode —dijo con admiración—. Me quito el sombrero ante usted. ¡Está en todo!

II

—¡Válgame Dios! —se lamentó la señora Sutcliffe, que estaba a la mesa tomando el desayuno—. ¡Henry!

Acababa de desplegar un periódico. Ella y su marido estaban solos, uno a cada lado de la mesa, pues sus invitados del fin de semana aún no habían llegado para comer.

El señor Sutcliffe, que tenía abierto otro periódico por la sección de cotizaciones de bolsa y parecía absorto en las imprevistas evoluciones de ciertos valores, no contestó.

—¡Henry!

Él alzó el rostro, alarmado.

—¿Qué pasa, Joan?

—¿Que qué pasa? ¡Otro asesinato! ¡En Meadowbank! En el colegio de Jennifer.

—¿Qué? ¡Venga! ¡Déjame ver!

Sin hacer caso a la observación de su esposa de que igualmente podía leerlo en su periódico, el señor Sutcliffe se inclinó por encima de la mesa y arrebató las hojas de las manos de su esposa.

—La señorita Eleanor Vansittart... El pabellón de deportes..., en el mismo sitio donde la señorita Springer, la profesora de gimnasia..., mmm..., mmm...

—¡No puedo creerlo! —clamó la señora Sutcliffe—. En Meadowbank. Un colegio tan exclusivo. Un lugar al que asiste incluso la realeza.

El señor Sutcliffe arrugó el periódico y lo lanzó sobre la mesa.

—Solamente podemos hacer una cosa —afirmó—: sacar a Jennifer de allí.

—¿Quieres decir sacarla para siempre?

—Eso es precisamente lo que quiero decir.

—¿No te parece que eso sería un poquito demasiado drástico? Después de lo bien que se ha portado Rosamond haciendo gestiones para que la admitieran.

—Te aseguro que no vas a ser la única en dar la nota sacando a tu hija de allí. Pronto habrá muchas vacantes en tu querido Meadowbank.

—¡Oh, Henry! ¿Eso crees?

—Sí, lo creo. Allí hay algo que no funciona como es debido. Saca de allí a Jennifer hoy mismo.

—Sí, desde luego. Llevas toda la razón. ¿Qué vamos a hacer con ella?

—Mandarla a un colegio de segunda categoría que quede cerca. Allí no tendrán asesinos.

—¡Oh, Henry! Pero si allí también los hay. ¿No te acuerdas? Aquel chico que disparó al profesor de ciencias es uno de ellos. Venía en el *News of the World* de la semana pasada.

—¡Yo no sé adónde vamos a ir a parar en Inglaterra! —exclamó el señor Sutcliffe.

Indignado, arrojó la servilleta encima de la mesa y salió del comedor dando zancadas.

III

Adam estaba solo en el pabellón de deportes. Registraba, con ágiles y experimentados dedos, el contenido de las taquillas. No parecía posible que llegase a encontrar algo allí donde la policía había fracasado, pero, después de todo, cada departamento de las fuerzas del orden difiere un poco en sus técnicas.

¿Qué podría haber allí que relacionase ese moderno y costoso edificio con muerte violenta y repentina? La idea de que pudiera utilizarse como lugar de citas quedaba descartada. A nadie se le ocurriría seguir usando con tal finalidad un sitio en donde se había cometido un crimen. Entonces llegó a la conclusión de que allí había alguna cosa que alguien estaba buscando. Era muy improbable que hubieran guardado las joyas en el pabellón, eso había que descartarlo. Resultaba imposible que allí hubiese un escondite secreto, cajones de doble fondo, trampas con resortes, etcétera. Y todos los objetos que integraban el contenido de los cajones eran de una gran sencillez. Tenían sus secretos, pero eran secretos de colegialas: fotografías de actores de cine, paquetes de cigarrillos y, como mucho, alguna novela no muy apropiada. Volvió a la taquilla de Shaista. La señorita Vansittart había muerto cuando se inclinaba junto a ella. ¿Qué era lo que pretendía encontrar allí? Y ¿lo había logrado?

¿Se lo habría arrebatado el asesino de las manos, después de haberla matado, y se había deslizado fuera del edificio con el tiempo justo para evitar que la señorita Chadwick le descubriese?

Si era así, no valía la pena seguir buscando. Fuese lo que fuese, ya había desaparecido.

El sonido de unas pisadas procedentes del exterior lo sacó de sus pensamientos. Se encontraba de pie, encendiendo un cigarrillo, cuando Julia Upjohn apareció en la puerta, titubeando un poco.

—¿Desea algo, señorita? —le preguntó Adam.

—Quería saber si podría coger mi raqueta de tenis.

—No veo por qué no —respondió Adam—. El policía de servicio me ha dejado aquí, encargado de esto —mintió—. Ha tenido que dejarse caer por la comisaría en busca de no sé qué. Me ha dicho que me quedara aquí mientras él estaba fuera.

—Supongo que para ver si vuelve —conjeturó Julia.

—¿El policía?

—No. Me refiero al asesino. Siempre lo hacen, ¿verdad? Regresan al escenario del crimen. ¡Tienen que hacerlo! Es algo que no pueden evitar.

—Quizá tenga razón —concedió Adam. Miró hacia las apretadas filas de raquetas en sus correspondientes casilleros—. ¿Dónde está la suya?

—Debajo de la letra U —indicó la muchacha—. Justo en el extremo. Llevan puestos nuestros nombres —explicó señalando la tira de cinta adhesiva cuando él le entregó la raqueta.

—La he visto hacer algunos saques —mencionó Adam—. Era un buen jugador en mis tiempos.

—¿Puedo llevarme también la de Jennifer Sutcliffe? —pidió Julia.

—Es nueva —dijo Adam al entregársela.

—Recién salida del horno —puntualizó Julia—. Su tía se la mandó hace solamente dos o tres días.

—Una chica afortunada.

—Jennifer necesita una raqueta en condiciones. Juega

estupendamente. No tiene rival en todo el colegio. —Miró a su alrededor—. ¿Cree usted que volverá?

Adam tardó unos instantes en comprender a quién se refería.

—¿El asesino? No, no lo creo probable. Sería un poquito arriesgado para él..., ¿no le parece?

—¿No cree que los asesinos tienen que hacerlo?

—No, a menos que se hayan olvidado de alguna cosa importante.

—¿Se refiere usted a una pista? Me gustaría encontrar una pista. ¿Ha encontrado alguna la policía?

—No me lo dirían de haberlo hecho.

—No, supongo que no... ¿Le interesan los crímenes?

Julia lo miró inquisitiva. Él le devolvió la mirada. Todavía no se vislumbraba en ella a una mujer madura. Tendría la misma edad que Shaista, pero en sus ojos no se advertía nada más que curiosidad.

—Pues... supongo que... hasta cierto punto... a todos nos interesan, ¿no?

Julia asintió con la cabeza.

—Sí, estoy de acuerdo... Puedo pensar en toda clase de soluciones..., pero la mayoría de ellas son demasiado rebuscadas. Sin embargo, es bastante divertido.

—¿Le era a usted simpática la señorita Vansittart?

—Nunca me lo planteé. Me parecía muy correcta. Se asemejaba a Bull..., a la señorita Bulstrode..., pero realmente no era como ella. Era más bien como una actriz de teatro que imitase a la protagonista. Pero no crea que me pareció divertido que la asesinaran. Por el contrario, me apenó muchísimo.

Se marchó, llevándose consigo las dos raquetas.

Adam giró sobre sus talones paseando la mirada por todo el pabellón.

—¿Qué demonios ocultan aquí? —murmuró para sí.

IV

—¡Cielos! —exclamó Jennifer sin recoger, en su aturdimiento, la pelota que le enviaba Julia—. Ahí llega mamá.

Las dos chicas se volvieron para contemplar la agitada figura de la señora Sutcliffe, que, conducida por la señorita Rich, venía gesticulando al tiempo que avanzaba a toda prisa.

—Otra vez con historias, supongo —dijo Jennifer, resignada—. Es por el asesinato. Qué suerte tienes de que tu madre esté en un autobús por Anatolia.

—Pero tengo aquí a la tía Isabel.

—Las tías no se preocupan ni la cuarta parte.

—Tienes que ir a preparar tus cosas, Jennifer —dijo la señora Sutcliffe—. Te vienes conmigo.

—¿A casa?

—Sí.

—Pero no vendrás para llevarme para siempre, ¿no? No creo que lo digas en serio.

—Sí. Es en serio.

—Pero no puedes hacer eso..., de veras que no. Estoy jugando al tenis como nunca. Tengo bastantes posibilidades de ganar en el torneo individual, y Julia y yo podríamos ganar en dobles, aunque no estoy tan segura.

—Te vienes a casa conmigo hoy.

—¿Por qué?

—No hagas preguntas.

—Me imagino que es por los asesinatos de la señorita Springer y la señorita Vansittart. Pero nadie ha matado a ninguna de las chicas. Estoy segura de que nadie querría hacerlo. Y el Día de los Deportes es dentro de tres semanas. Y creo que voy a quedar campeona en el salto de longitud y tengo muchas posibilidades en las carreras de obstáculos.

—No me discutas, Jennifer. Hoy te vuelves a casa conmigo. Tu padre insiste en ello...

—Pero, mamá...

Protestando, Jennifer se dirigió hacia el edificio del colegio acompañada de su madre.

De improviso, se separó de ella y volvió corriendo a la pista de tenis.

—Adiós, Julia. A mamá y a papá les ha dado fuerte. Es nauseabundo, ¿no? Adiós. Te escribiré.

—Yo también te escribiré. Te contaré todo lo que pase en el colegio.

—Espero que la próxima que maten no sea Chaddy. Preferiría que fuese mademoiselle Blanche. ¿Y tú?

—Sí. Es de la que podemos prescindir con menos problemas. Oye, ¿te diste cuenta de la cara tan agria que puso la señorita Rich?

—No ha dicho ni pío. Está furiosa porque mamá ha venido para llevarme a casa.

—A lo mejor consigue convencerla. Tiene mucha personalidad, ¿no crees? Es diferente a todo el mundo.

—Me recuerda a alguien —apuntó Jennifer.

—No creo que se parezca a nadie en nada. Es diferente de cualquier persona que haya conocido.

—Sí, la verdad es que tienes razón. Quería decir que

se parecía a alguien físicamente. Pero la persona a quien yo conocí era bastante más gruesa.

—Me es imposible imaginarme a la señorita Rich gorda.

—¡Jennifer! —la llamó la señora Sutcliffe.

—Hay que ver lo pesados que son los padres —se quejó Jennifer, enojada—. Rollos, rollos, rollos. No paran nunca. Desde luego que tienes suerte en...

—Ya sé. Ya lo has dicho antes. Pero créeme que, precisamente en estos momentos, preferiría que mamá estuviera mucho más cerca de mí, y no en un autobús por Anatolia.

—Jennifer...

—Voy volando.

Julia caminó a paso lento en dirección al pabellón de deportes. Su ritmo se iba ralentizando cada vez más hasta que se detuvo. Permaneció así, con el ceño fruncido, perdida en sus pensamientos.

Sonó la campana anunciando el almuerzo, pero apenas se percató de ello. Se quedó mirando fijamente la raqueta que empuñaba, dio un paso o dos a lo largo del sendero y entonces giró en redondo para caminar con determinación hacia la casa. Entró por la puerta principal, cosa que no estaba permitida, pero de ese modo evitaría encontrarse con ninguna de las otras chicas.

No había nadie en el vestuario. Corrió escaleras arriba hacia su pequeño dormitorio, miró a su alrededor y después, levantando el colchón de su cama, empujó la raqueta para que quedase debajo. Luego, tras alisarse el pelo, se encaminó, muy seria, escaleras abajo hacia el comedor.

Capítulo 17

La cueva de Aladino

I

Aquella noche las chicas hicieron menos alboroto al acostarse que de costumbre. Por otra parte, su número había menguado de modo considerable. Treinta de ellas, cuando menos, se habían marchado a sus casas. Las que se quedaron reaccionaron de acuerdo con sus diferentes temperamentos. Algunas estaban nerviosas, azoradas, soltaban mucha risita, producida por los nervios; otras seguían calladas y pensativas.

Julia Upjohn subió sosegadamente con la primera oleada. Entró en su habitación y cerró la puerta. Permaneció allí en pie, oyendo los cuchicheos, murmullos, risitas, pisadas y despedidas. Después se hizo el silencio o algo que se le parecía. Se advertía el débil eco de voces en la distancia, así como el ruido de pasos que entraban y salían del cuarto de baño.

La puerta de su dormitorio no tenía llave. Julia arrastró una butaca y la colocó contra ella, con el respaldo debajo de la manecilla: eso la advertiría en el caso de que alguien intentara entrar. Aunque era bastante improbable. Las alumnas tenían terminantemente prohibido el acceso a las habitaciones de las demás, y la única profesora que hacía tal cosa era la señorita Johnson, cuando alguna alumna enfermaba o se sentía indispuesta.

Julia fue a su cama, levantó el colchón y buscó debajo a tientas. Sacó la raqueta y la empuñó durante unos instantes. Decidió examinarla ya, sin esperar, pues más tarde la luz en su cuarto, que saldría por debajo de la rendija de la puerta, podría llamar la atención. Ahora, en cambio, les estaba permitido tenerla encendida para desvestirse y leer en la cama si les apetecía.

Permaneció en pie, mirando fijamente la raqueta. ¿Cómo podría esconderse algo en una raqueta de tenis?

«Pero tiene que haber algo oculto —pensó—. Debe haber algo. El robo en casa de Jennifer, la mujer que vino con aquel estúpido cuento de la raqueta nueva... Nadie más que Jennifer podría haber creído una tontería semejante.»

No, era igual que dar «lámparas nuevas por viejas», y eso significaba que, como en el cuento de *Aladino*, tenía que haber algo muy importante precisamente en esa raqueta de tenis; Jennifer y Julia nunca le habían contado a nadie que habían intercambiado sus raquetas... Por lo menos, ella nunca había hecho mención de ello.

Así que, en realidad, era esa la raqueta que estaban buscando en el pabellón de deportes. ¡Y a ella le tocaba averiguar el porqué! La examinó con detenimiento. A simple vista, no había nada en ella que se saliera de lo corriente. Se trataba de una raqueta de buena calidad, no tan nueva como para poder presumir de ella, pero, a pesar de tener las cuerdas arregladas y de ser sumamente manejable, Jennifer se había quejado de que no se balanceaba como debía.

El único sitio en una raqueta de tenis donde podía esconderse alguna cosa era el mango. Se podía ahuecar la empuñadura para crear allí un escondite. Parecía un poco rebuscado, pero entraba dentro de lo posible. Y podía ser la causa del desequilibrio del que se quejaba Jennifer.

El mango tenía en su extremo una etiqueta de cuero con unas letras ya casi desvaídas. Por supuesto, estaba solamente pegada. ¿Y si la quitaba? Julia se sentó en su tocador, cogió un cortaplumas y se las ingenió para arrancar el cuero. Quedó al descubierto un círculo irregular de madera fina. No parecía estar muy bien colocado. Tenía un acoplamiento alrededor. Profundizó más con su cortaplumas. La hoja de este chasqueó como si estuviera a punto de partirse. Las tijeras de uñas fueron más eficaces. Apareció una sustancia moteada en tonos rojos y azules. Julia hurgó en ella, la miró con gran atención... y entonces se le encendió una la luz. ¡Plastilina! Pero las raquetas de tenis, en circunstancias normales, no contienen plastilina en el interior de sus mangos. Agarró con firmeza la tijera de uñas y empezó a extraer trozos de plastilina. La sustancia envolvía algo. Unos objetos que, al tacto, parecían ser botones o guijarros. Incidió enérgicamente en la plastilina.

Una cosa cayó rodando en la mesa... y luego otra. Enseguida formaron un pequeño montón que brillaba de un modo extraordinario.

Julia se echó atrás, con la boca abierta. Se quedó mirando, mirando, mirando...

Fuego líquido, rojo, verde y azul profundo, y deslumbradoramente blanco...

En aquel instante, Julia creció. Dejó de ser una niña para convertirse en mujer. Una mujer que contemplaba joyas...

Toda suerte de fantásticos retazos de ideas corrió por su mente. La cueva de Aladino... Margarita y su caja de joyas... (las habían llevado a Covent Garden para oír *Fausto* la semana anterior)... Piedras fatales... El diamante Hope... ¡Qué romántico...! Y ella, con un vestido de noche de terciopelo negro y un centelleante collar envolviendo su garganta...

Se sentó, deleitándose en esos sueños... Tomó las piedras entre los dedos y las dejó caer: formó un arroyo de fuego, un cegador torrente de placer.

Entonces algo, posiblemente un leve ruido, la devolvió a la realidad.

Se había sentado a meditar, intentando utilizar su sentido común para decidir qué debía hacer. Aquel ligero sonido la alarmó. Recogió las piedras, las llevó hasta el lavabo y las introdujo en el saquito para las esponjas, colocando lo que había en su interior en la parte de arriba, encima de las piedras. Después volvió a la raqueta de tenis, metió con fuerza la plastilina en el mango, recolocó el remate de madera e intentó pegar el cuero en él. Se abarquillaba hacia arriba, pero se las compuso para solucionarlo poniendo cinta adhesiva en finas bandas en dirección contraria y presionando con fuerza el cuero.

Estaba hecho. La raqueta lucía igual que antes y su peso apenas se había alterado levemente. Le echó un vistazo y después la arrojó en una silla.

Miró hacia la cama, desembozada y atrayente. Pero

no se desnudó. En lugar de hacerlo, se sentó a escuchar. ¿No sonaban pasos fuera?

De repente, y de una manera inesperada, sintió miedo. Dos personas habían muerto asesinadas. Si el criminal llegara a enterarse de los objetos que ella había encontrado, la mataría.

En la habitación tenía una cómoda de roble bastante pesada. La arrastró hasta la puerta para atrancarla, mientras se preguntaba por qué en Meadowbank no les dejaban tener pestillos. Fue a la ventana y tiró del marco de arriba para cerrar. No había ningún árbol ni enredaderas cerca; dudaba que alguien pudiera entrar en su cuarto por ahí, pero no quería correr ningún riesgo.

Echó un vistazo al pequeño reloj de su mesilla de noche. Eran las diez y media. Respiró profundamente y apagó la luz. Esperaba no haber llamado la atención de nadie. Descorrió un poco la cortina de la ventana y se sentó en el borde de la cama, agarrando el zapato más pesado de todos los que tenía.

«Si alguien intenta entrar —dijo para sí—, golpearé en la pared con todas mis fuerzas. Mary King está en la habitación de al lado y se despertará al oír el ruido. Y gritaré... Lo más alto que pueda. Y entonces, si mi cuarto se llena de gente, diré que he tenido una pesadilla. No tendría nada de extraño que sufriera una pesadilla, después de todas las cosas que han sucedido.»

Se quedó allí sentada, dejando pasar el tiempo. Entonces lo oyó..., unos pasos suaves en el pasillo. Después de una larga pausa advirtió que la manecilla de la puerta se movía lentamente.

¿Gritaría? Todavía no.

Empujaron la puerta. No se abrió más que un pequeño resquicio, ya que la cómoda lo impedía, algo que debió de extrañar a la persona que estaba al otro lado.

Hubo una pausa, tras la cual llamaron, dando unos golpecitos muy suaves, con los nudillos de la mano.

Julia contuvo la respiración. Otra pausa, y el sonido se dejó oír otra vez..., pero igualmente suave y en sordina.

«Estoy dormida —se dijo Julia—. No oigo nada.»

¿Quién podría venir a llamar a su puerta a esas horas de la noche? Si se tratara de alguien que estuviera en su derecho de hacerlo, habría llamado otra vez o habría hecho rechinar el picaporte con fuerza. Pero esa persona no podía permitirse el lujo de hacer ruido.

Julia se quedó sentada allí durante un buen rato. No volvieron a golpear la puerta y el picaporte permaneció inmóvil. Pero ella continuaba sentada, alerta y en tensión.

Siguió sentada durante un buen rato más. No se dio cuenta del tiempo que transcurrió antes de que la venciera el sueño. Finalmente, la campanilla del colegio la despertó y se vio hecha un ovillo apretujado y entumecido al borde de la cama.

II

Después del desayuno, las alumnas subieron al piso de arriba para hacer las camas, tras lo cual bajaron al salón grande para las plegarias y luego se dispersaron por varias aulas.

Al finalizar el servicio religioso, cuando las chicas se precipitaron en diferentes direcciones, Julia entró en una de las aulas para salir por la otra puerta y después se ocultó detrás de unos rododendros. Hizo una serie final de movimientos estratégicos con los que despistar a un posible perseguidor hasta llegar por último a la valla de los terrenos del colegio, donde se elevaba un espeso tilo de tan exuberante follaje que sus ramas casi tocaban al suelo. Julia trepó al árbol con destreza (era algo que había hecho muchísimas veces en su vida); completamente oculta entre las frondosas ramas, se sentó allí, consultando de vez en cuando su reloj de pulsera. Estaba absolutamente segura de que no la echarían de menos durante bastante tiempo. La escuela estaba patas arriba, dos profesoras habían desaparecido y más de la mitad de las alumnas se habían marchado a sus casas. Eso significaba que todas las noches tenían que reubicarlas, así que no era posible que alguien advirtiese la ausencia de Julia Upjohn hasta la hora del almuerzo, y para entonces...

Julia consultó su reloj una vez más, se deslizó con facilidad árbol abajo hasta la valla, la saltó a horcajadas y cayó de pie al otro lado. A una distancia de noventa metros había una parada de autobús, a la que tardaría en llegar apenas unos minutos. Lo hizo puntualmente. Julia subió a él. De antemano había sacado un sombrero de fieltro del interior de su vestido de algodón; se lo puso en la cabeza, que llevaba ligeramente despeinada. Se bajó al llegar a la estación de ferrocarril, donde tomó un tren para Londres.

Apoyada en la repisa de su lavabo había dejado una nota dirigida a la señorita Bulstrode.

Querida señorita Bulstrode:
 No me han secuestrado ni me he escapado, así que no se inquiete por mí. Volveré lo más pronto que pueda.
 Su afectísima

Julia Upjohn

III

George, el ayuda de cámara de Hércules Poirot, abrió la puerta del número 228 de Whitehouse Mansions y contempló con cierta sorpresa a una colegiala con la cara bastante sucia.

—¿Puedo ver a monsieur Hércules Poirot, por favor?

George tardó más de lo habitual en replicar. Esa visita era muy inesperada.

—Monsieur Poirot no acostumbra a recibir a nadie sin una cita previamente concertada —precisó.

—Me temo que no dispongo de tiempo suficiente para eso. Tengo que verlo ahora. Es muy urgente. Se trata de dos asesinatos, un robo y cosas por el estilo.

—Averiguaré si monsieur Poirot puede verla.

La dejó en el vestíbulo y se retiró para consultar con su señor.

—Es una señorita que desea verlo con urgencia.

—No dudo de que tenga tal urgencia —admitió Poirot—. Pero estos asuntos no se conciertan así, tan fácilmente. ¿Qué clase de señorita es?

—Pues es más bien una jovencita, señor.

—¿Una jovencita? ¿Una señorita? ¿Qué quiere decir, George? No es lo mismo.

—Me temo que no ha captado exactamente el sentido de mi expresión, señor. Es, yo diría, una muchachita... en edad escolar. Pero aunque lleve el vestido sucio y desgarrado, ella es, efectivamente, una señorita.

—Una colegiala de la alta sociedad. Comprendo.

—Desea verlo para tratar de unos asesinatos y un robo.

Las cejas de Poirot se elevaron.

—Unos asesinatos y un robo. Muy original. Haga pasar a la muchachita..., a la señorita.

Julia entró en la habitación mostrando la menor señal posible de timidez. Habló con cortesía y naturalidad.

—¿Cómo está, monsieur Poirot? Soy Julia Upjohn. Tengo entendido que conoce usted a la señora Summerhayes, una gran amiga de mamá. Estuvimos invitadas en su casa el verano pasado y hablaba muchísimo de usted.

«La señora Summerhayes...» La memoria de Poirot retrocedió hacia un pueblecito que trepaba por una colina con una casa en lo alto. Rememoró una simpática cara pecosa, un sofá con los muelles rotos, una inmensa cantidad de perros y otras cosas agradables y desagradables.

—Maureen Summerhayes —dijo—. Ah, sí.

—La llamo tía Maureen, aunque en realidad no es tía mía, ni muchísimo menos. Nos contó con cuánta destreza actuó usted para salvar a un hombre que estaba en prisión acusado de asesinato, así que, al no saber qué hacer ni a quién recurrir, me he acordado de usted.

—Me siento muy honrado —respondió solemnemente Poirot. Acercó un butacón hacia donde estaba la chica—. Y, ahora, cuénteme —solicitó—. George, mi ayuda de cámara, me ha dicho que usted deseaba consultarme respecto a un robo y unos asesinatos..., más de un asesinato, entonces.

—Sí —confirmó Julia—. La señorita Springer y la señorita Vansittart. Y también lo del secuestro..., pero francamente no creo que eso tenga mucho que ver con lo que me ha traído aquí.

—Me deja usted pasmado —contestó el detective—.

¿Y dónde han tenido lugar todos esos emocionantes acontecimientos?

—En mi colegio. En Meadowbank.

—Meadowbank —repitió Poirot—. ¡Ah! —Alargó la mano hacia los periódicos que estaban cuidadosamente doblados a su lado. Abrió uno y echó una mirada a la primera página, asintiendo con la cabeza—. Empiezo a comprender. Ahora cuénteme, Julia; cuéntemelo todo desde el principio.

Julia se lo contó todo. Era una historia muy larga y con muchos detalles, pero la contó con claridad, haciendo alguna ocasional interrupción al retroceder para tomar el hilo de algo que había olvidado.

Narró la historia hasta el momento en que examinó la raqueta de tenis en su habitación la noche pasada.

—Verá, pensé que era precisamente igual que en *Aladino...*, lámparas nuevas por viejas..., y que ocurría algo muy extraño e importante relacionado con esa raqueta de tenis.

—¿Y ocurrió algo?

Sin ninguna falsa modestia, Julia se levantó y puso al descubierto lo que parecía un gran emplasto fijado por medio de cinta adhesiva a la parte superior de su pierna. Arrancó las tiras de esparadrapo, lanzó un ¡oh! de dolor mientras lo hacía y se quitó la cataplasma, la cual, observó Poirot, consistía en un paquetito envuelto en un trozo de plástico gris. Julia lo desató y, sin decir una palabra de advertencia, vació un montón de resplandecientes piedras sobre la mesa.

—*Nom d'un nom, d'un nom!* —exclamó Poirot en un susurro de respeto. Las cogió, dejándolas caer por entre los dedos—. *Nom d'un nom, d'un nom!* —repitió—. Pero ¡si son auténticas!

Julia asintió.

—Creo que deben serlo. De lo contrario no estarían unas personas matando a otras por conseguirlas, ¿verdad? ¡Aunque comprendo que haya quien mate por ellas!

Y de repente, como ya ocurriera la noche anterior, se vislumbraba a la mujer en los ojos de la chica. Poirot la contempló, sagaz, y asintió.

—Sí..., usted lo comprende..., experimenta su hechizo. Para usted ya no son unos simples juguetitos coloreados..., lo cual es una pena.

—¡Son joyas! —exclamó Julia, extasiada.

—¿Y dice que las encontró en una raqueta de tenis?

La joven terminó su narración.

—¿Y ya no tiene nada más que contarme?

—Creo que no. Posiblemente haya exagerado algo aquí y allá. A veces exagero. A Jennifer, mi mejor amiga, le ocurre al revés. Ella cuenta las cosas más excitantes de una forma que las hace aburridas. —Contempló de nuevo el centelleante montón—. Monsieur Poirot, ¿a quién pertenecen en realidad?

—Eso es muy difícil de saber. Pero no nos pertenecen ni a usted ni a mí. Tenemos que decidir lo que vamos a hacer ahora con ellas.

La joven lo miró, llena de expectación.

—¿Lo deja usted todo a mi cargo? —dijo Poirot—. Perfecto.

Hércules Poirot cerró los ojos.

Volvió a abrirlos de improviso, muy animado.

—A juzgar por las apariencias, esta es una de las ocasiones en que no me es posible quedarme sentado en mi butaca, como preferiría. Debe haber orden y método en todos los asuntos; sin embargo, en lo que usted me ha contado no hay ni lo uno ni lo otro. Eso es porque tenemos muchos cabos sueltos. Pero todos convergen y se encuentran en el mismo lugar: Meadowbank. Diferentes personas, con distintas ambiciones y proyectos, y que representan diferentes intereses... Todas convergen en Meadowbank. Así que yo también me dirijo a Meadowbank. Y en cuanto a usted..., ¿dónde está su madre?

—Mamá se ha ido en autobús a Anatolia.

—¡Ah! Su madre se ha ido en autobús a Anatolia. *Il ne manquait que ça!* ¡Comprendo perfectamente que sea amiga de la señora Summerhayes! Dígame, ¿disfrutó de su estancia en casa de la señora Summerhayes?

—Oh, sí. Fue divertidísimo. Algunos de los perros que tiene son un encanto.

—Los perros, sí, los recuerdo muy bien.

—Entran y salen por las ventanas..., igual que en un número de circo.

—¡Qué observadora es usted! ¿Y la comida? ¿Le gustó la comida?

—Pues..., bueno, algunas veces era un poquito peculiar —admitió Julia.

—Peculiar, sí, en efecto.

—Pero tía Maureen hace unas tortillas fantásticas.

—Hace unas tortillas fantásticas —repitió Poirot con una nota de felicidad en la voz. Exhaló un suspiro—. En tal caso, Hércules Poirot no ha vivido en vano. Fui yo quien enseñó a su tía Maureen a hacer tortillas —explicó. Cogió el auricular del teléfono—. Ahora tranquilizaremos a la directora de su colegio en lo que respecta a su seguridad personal y le anunciaremos nuestra llegada a Meadowbank.

—Ella sabe que me encuentro bien. Le dejé una nota asegurándole que no me habían raptado.

—No obstante, la noticia de que usted se encuentra aquí la dejará más tranquila.

Lo pusieron en comunicación a su debido tiempo y le informaron de que la señorita Bulstrode estaba a la escucha.

—¿Señorita Bulstrode? Soy Hércules Poirot. Tengo aquí en mi casa a una alumna suya, Julia Upjohn. Me propongo dirigirme al colegio con ella, en mi coche, de inmediato, y, para que conste ante el agente de policía encargado del caso, he de notificarle que cierto paquete de gran valor ha sido depositado en el banco.

Colgó y miró a Julia.

—¿Le apetecería tomar un *sirop*? —sugirió.

—¿*Sirop* de caramelo? —Julia le miró indecisa.

—No, de zumo de frutas. Zarzamora, frambuesas, *groseille*..., ¿de grosellas?

Julia se decidió por el de grosellas.

—Pero las joyas no están en el banco —indicó.

—Lo estarán dentro de muy poco tiempo —aseguró Poirot—. Sin embargo, si alguien estaba escuchando la conferencia en Meadowbank o la ha oído por casualidad..., es mejor que crea que ya están allí y que usted ya no las tiene. Conseguir sacar joyas de un banco requiere tiempo y organización. Y me disgustaría muchísimo que le sucediera a usted alguna cosa desagradable, hija mía. Debo admitir que me he formado una magnífica opinión de su valor y de su inteligencia.

Julia pareció complacida, aunque desconcertada.

Capítulo 18
Deliberación

I

Hércules Poirot se había preparado para derrotar cualquier prejuicio que la directora de un colegio pudiera albergar en contra de los extranjeros de edad algo avanzada con zapatos puntiagudos de charol y desproporcionados bigotes, pero se encontró con una agradable sorpresa. La señorita Bulstrode lo recibió con una desenvoltura muy cosmopolita. Asimismo, para gran satisfacción de Poirot, estaba perfectamente enterada de todo cuanto concernía a su persona.

—Fue muy amable por su parte, monsieur Poirot —le dijo—, telefonear con tanta rapidez para calmar nuestra inquietud. Sobre todo teniendo en cuenta que dicha preocupación apenas había comenzado. No advertimos su ausencia durante el almuerzo, ¿sabe, Julia? —añadió volviéndose hacia la chica—. Esta mañana vinieron a buscar a tantas alumnas, y había tantos claros en el comedor, que me imagino que la mitad del colegio podría haber faltado sin que por ello hubiera surgido desasosiego alguno. Estas son circunstancias excepcionales —manifestó dirigiéndose al detective—. Puedo asegurarle que normalmente no habríamos procedido con tanta lentitud. Cuando recibí su llamada, fui a la habitación de Julia y encontré la nota que había dejado allí.

—No quería que se imaginara que me habían secuestrado, señorita Bulstrode —alegó Julia.

—Lo aprecio, Julia, pero me parece que podría haberme contado lo que pensaba hacer.

—Consideré que era preferible no hacerlo —adujo la chica, que de improviso agregó—: *Les oreilles ennemies vous écoutent.*

—Mademoiselle Blanche no parece haber hecho mucho todavía para mejorar su acento —observó la señorita Bulstrode con vivacidad—. Pero no estoy reprendiéndola, Julia. —Su mirada pasó de la chica a Poirot—. Ahora, si me hace el favor, desearía saber lo que ha sucedido.

—¿Me permite? —preguntó Hércules Poirot.

Atravesó la habitación y abrió la puerta para mirar hacia fuera. Al cerrarla, lo hizo de una manera exageradamente afectada. Volvió radiante.

—Estamos solos —concretó con tono misterioso—. Podemos continuar.

La señorita Bulstrode lo miró primero a él, después a la puerta y luego de nuevo a Poirot. Enarcó las cejas. Él le devolvió una mirada firme. La señorita Bulstrode inclinó la cabeza muy despacio. Entonces, volviendo a mostrarse más animada, exclamó:

—¡Bueno, Julia, oigamos todo este asunto!

Julia se sumergió en su narración. Explicó lo del cambio de las raquetas de tenis, la aparición de la mujer misteriosa y, finalmente, su descubrimiento de lo que contenía la raqueta. La señorita Bulstrode se volvió hacia Poirot. Este asintió gentilmente con la cabeza.

—Mademoiselle Julia lo ha narrado todo a la perfección —aseveró—. Me he hecho cargo de lo que me llevó. Está a salvo en un banco. Considero, por lo tanto, que no hay que prever más problemas desagradables en el internado.

—Comprendo —dijo la señorita Bulstrode—. Sí, comprendo... —Permaneció callada un momento y después preguntó—: ¿Considera prudente que continúe Julia aquí? ¿No sería mejor para ella marcharse a Londres, a casa de su tía?

—Oh, por favor —rogó la joven—, permítame quedarme en Meadowbank.

—Entonces..., ¿está contenta aquí? —interpretó la señorita Bulstrode.

—Estoy encantada —aseguró Julia—. Y además han ocurrido cosas tan excitantes...

—Eso no es algo habitual en Meadowbank —replicó secamente la señorita Bulstrode.

—Creo que Julia ya no correrá peligro aquí —estimó Hércules Poirot, y miró de nuevo en dirección a la puerta.

—Me parece que le comprendo —declaró la directora del centro.

—Sin embargo, a pesar de eso, debe haber discreción —recomendó Poirot—. Usted supongo que sabe en qué consiste la discreción —añadió mirando a Julia.

—Sí —dijo la chica.

—Monsieur Poirot se refiere —intervino la señorita Bulstrode— a que a él le gustaría que guardara silencio en lo que respecta a lo que ha descubierto. No cuente nada de ello a las otras chicas. ¿Cree que podrá hacerlo?

—Sí —repitió Julia.

—Tiene usted una historia muy emocionante que contar a sus amigas —observó Poirot—. El tesoro que encontró anoche en su raqueta de tenis. Pero existen razones importantes por las cuales sería deseable que esa historia no saliera a la luz.

—Comprendo —dijo la joven.

—¿Puedo confiar en usted, Julia? —inquirió la señorita Bulstrode. Sonrió a la chica y añadió—: Espero que su madre vuelva a casa dentro de poco.

—¿Mamá? Sí, eso espero yo también.

—Tengo entendido, por el inspector Kelsey —continuó la señorita Bulstrode—, que se están haciendo todos los esfuerzos posibles para ponerse en contacto con ella. Por desgracia, los autobuses de Anatolia están sujetos a imprevisibles retrasos y no siempre parten a la hora fijada.

—Pero podré contárselo a mamá, ¿verdad? —solicitó Julia.

—Claro que sí. Bueno, ya está todo arreglado. Creo que ahora será mejor que se marche.

Julia salió, cerrando la puerta tras de sí. La señorita Bulstrode miró fijamente a Poirot.

—Me parece que le he entendido a usted bien —dijo—. Hace un momento ha cerrado la puerta con gran ostentación. Pero, de hecho, la ha dejado entornada.

Poirot asintió.

—¿Para que pudieran escuchar nuestra conversación?

—Sí..., por si había alguien que quisiera hacerlo. Ha

sido una medida de precaución para que la chica esté más a salvo. Lo mejor para ella es que se difunda la noticia de que lo que ha encontrado está depositado en el banco.

La señorita Bulstrode lo miró durante un momento y apretó los labios:

—Tenemos que poner fin a todo esto.

II

—De lo que se trata —expuso el comisario de policía— es de fusionar nuestras ideas e informaciones. Estamos encantados de tenerlo con nosotros, monsieur Poirot —añadió—. El inspector Kelsey se acuerda bien de usted.

—Hace ya unos cuantos años de eso —dijo Kelsey—. El inspector jefe Warrender se hizo cargo del caso. Yo era un sargento bastante novato que estaba comenzando en el oficio.

—Monsieur Poirot, usted no conoce al caballero al que nosotros, por razones de conveniencia, llamamos señor Adam Goodman, pero sí que conoce a su jefe. Servicio Especial —añadió.

—¿El coronel Pikeaway? —dijo Poirot, pensativo—. Hace bastante tiempo que no lo veo. ¿Sigue tan dormido como siempre? —le preguntó a Adam.

Este lanzó una carcajada.

—Veo que lo conoce bien, monsieur Poirot. Nunca lo he visto despierto del todo. Si en alguna ocasión llego a verlo así, pensaré que, por una vez, no está poniendo atención a lo que sucede.

—Tiene usted algo en la cabeza, amigo mío. Muy buena observación.

—Ahora vayamos al grano. No quiero entrometerme ni imponer mis propias opiniones; estoy aquí para escuchar lo que los hombres que están trabajando de lleno en el caso saben y opinan. Hay una gran cantidad de facetas en toda esta cuestión, y hay algo que quizá deba mencionar en primer lugar. Lo que voy a decir ahora es el resultado de ciertas manifestaciones que me han sido hechas por diversos conductos en altas esferas. —Dirigió una mirada a Poirot—. Digamos que una niña..., una colegiala, fue a verlo para contarle una bonita historia de algo que encontró en el mango ahuecado de una raqueta de tenis.

»Debió de ser muy excitante para ella. Una colección de piedras..., digamos, coloréadas, piedras preciosas magníficamente imitadas..., algo por el estilo, o incluso piedras semipreciosas, que a veces parecen tan atractivas como las verdaderas. Sea como sea, pongamos que era algo muy emocionante para una niña. Incluso puede que se hiciese una idea muy exagerada de su valor. Tal cosa cabe dentro de lo posible, ¿no cree?

Miró muy fijamente a Hércules Poirot.

—Lo encuentro muy posible —determinó el detective.

—Bien —aprobó el comisario—. Puesto que la persona que introdujo estas... piedras coloreadas en este país lo hizo de forma inocente, sin tener conocimiento de ello, no es necesario suscitar ningún debate en el sentido de contrabando ilícito. Además —prosiguió—, debemos considerar la cuestión de nuestra política exterior. Me inclino a pensar que el asunto es bastante... delicado, en el momento actual. Cuando entran en juego grandes intereses petroleros, depósitos de minerales y todas esas cosas, nos vemos obligados a tratar con todo tipo de Gobiernos. Y no deseamos que surja ningún litigio embarazoso. No se le puede silenciar un asesinato a la prensa, y no ha sido silenciado, pero no se ha hecho mención alguna a esas joyas y por el momento sería al menos deseable que todo continuase igual.

—Estoy de acuerdo —convino Poirot—. Siempre hemos de tener en cuenta las complicaciones internacionales.

—Eso es —dijo el comisario—. Entiendo que estoy en lo cierto al asumir que el difunto gobernante de Ramat estaba considerado un amigo de este país, y a las partes interesadas les gustaría respetar los deseos del príncipe con respecto a cualquier propiedad suya que pudiera hallarse en Inglaterra. Entiendo también que nadie sabe cuáles son exactamente esas propiedades. Si el nuevo Gobierno de Ramat las reclama, sería mucho más convincente que nosotros afirmemos no tener noticia alguna de su existencia. Una negativa directa implicaría falta de tacto por nuestra parte.

—En ciertos niveles diplomáticos, nadie niega de forma rotunda —respondió Poirot—. En lugar de eso, se acostumbra a decir que tal o cual asunto será objeto de la más prolija atención, pero que, de momento, nada se sabe en concreto respecto a ningún pequeño... tesoro en reserva, por decirlo así, que el difunto gobernante de Ramat haya podido poseer. Puede que aún esté en Ramat o que se halle bajo la custodia de algún fiel amigo del fallecido príncipe Alí Yusuf, o quizá haya sido sustraído de aquel país por media docena de personas distintas o está escondido en cualquier sitio en la misma capital de Ramat. —Alzó los hombros—. Sencillamente, nadie sabe nada.

El comisario suspiró.

—Gracias, eso es precisamente a lo que yo me refería —continuó—. Monsieur Poirot, usted tiene amigos en las más altas esferas. Ellos confían en usted. De manera extraoficial, a estos amigos les gustaría encomendarle cierto artículo, si no tiene nada que objetar.

—No tengo nada que objetar —contestó el detective—. Dejemos aquí esa cuestión. Tenemos cosas más serias que considerar, ¿no lo estiman así? —Miró durante un instante a cada uno de ellos—. Porque, después de todo, ¿qué son tres cuartos de millón o cualquier otra suma en comparación con la vida humana?

—Tiene razón, monsieur Poirot —consideró el comisario.

—Tiene siempre razón —convino el inspector Kelsey—. Lo que necesitamos es atrapar al asesino. Estaremos encantados de escuchar su opinión, monsieur Poirot —añadió—, porque esta cuestión es en gran parte una acumulación de conjeturas y adivinanzas, y sus conjeturas son tan acertadas como las de cualquiera de nosotros, y muchas veces las superan. Todo este caso es como una madeja de lana enmarañada.

—Una frase perfecta para la situación —observó Poirot—. Es preciso tomar esta madeja de lana enredada y sacar de un tirón la hebra del color que estamos buscando, la del asesino, ¿verdad? Entonces, cuéntenme, si no les resulta demasiado tedioso incurrir en repeticiones, todo cuanto se sabe hasta este momento.

Escuchó al inspector Kelsey y a Adam, así como el resumen del comisario. Luego se arrellanó en la butaca, cerró los ojos e hizo una señal de asentimiento con la cabeza.

—Dos asesinatos cometidos en el mismo lugar y en circunstancias similares. Un secuestro, el de una jovencita que bien podría ser la figura principal de la trama. Averigüemos en primer lugar por qué secuestraron a esa muchacha.

—Puedo referirle lo que ella misma dijo —indicó Kelsey.

Lo hizo ante la atenta mirada de Poirot.

—No parece verosímil —opinó el detective.

—Eso es lo que yo pensé entonces. A decir verdad, tuve la impresión de que ella solo trataba de darse importancia...

—Pero que la secuestraran es un hecho. ¿Por qué?

—Ya han hecho peticiones de rescate —le informó Kelsey—, pero...

—Pero, en su opinión, no es más que una estratagema. O sea, que las han hecho para reforzar la teoría del secuestro.

—Exactamente. Las condiciones no se cumplieron.

—Entonces secuestraron a Shaista por alguna otra razón. Pero ¿por qué razón?

—¿Para obligarla a confesar dónde estaban escondidas las joyas? —sugirió Adam con escepticismo.

Poirot rechazó tal suposición.

—Ella no sabía dónde estaban escondidas —precisó—. Ese punto, por lo menos, está claro. No, debe de ser algo...

Interrumpió la frase bruscamente. Permaneció en silencio unos instantes, frunciendo el ceño. Entonces se enderezó en la butaca y dijo:

—Sus rodillas. ¿Se fijó alguna vez en sus rodillas?

Adam lo miró de hito en hito, extrañado.

—No —respondió—. ¿Por qué iba a fijarme en ellas?

—Hay varias razones por las que un hombre puede observar las rodillas de una chica —afirmó Poirot—. Por desgracia, usted no lo hizo.

—¿Es que había algo peculiar en sus rodillas? ¿Una cicatriz o algo similar? No tuve ocasión de fijarme. Todas ellas llevan medias la mayor parte de las veces, y las faldas les llegan por debajo de las rodillas.

—¿Tal vez en la piscina? —sugirió Poirot, esperanzado.

—Nunca la vi entrar en el agua —declaró Adam—; me imagino que estaría demasiado fría para ella. ¿Qué insinúa? ¿Una cicatriz o algo semejante?

—No, nada de eso. Bueno, qué le vamos a hacer. Es una lástima. —Se dirigió hacia el comisario—. Con su permiso, voy a pedir una conferencia con mi amigo el prefecto de policía de Ginebra.

—¿Referente a algo que ocurrió cuando ella vivía allí?

—Sí, es posible. ¿Me permite? Bien. Es solo una idea que se me ha ocurrido. —Hizo una pausa y después continuó—: A propósito, ¿no han dicho los periódicos nada del secuestro?

—El emir Ibrahim insistió muchísimo en que no se publicase nada.

—Pero yo he leído un pequeño comentario en las columnas de chismes acerca de cierta jovencita extranjera que se marchó del colegio de forma muy precipitada. Un romance en floración, sugirió el columnista, y que el emir haría todo lo posible por cortar el capullo.

—Así me pareció a mí —manifestó Adam—. Es lo que se podía esperar del emir.

—Admirable. Y ahora pasemos del secuestro a algo aún más serio: el asesinato. Dos asesinatos en Meadowbank.

Capítulo 19

La deliberación continúa

I

—Dos asesinatos en Meadowbank —reiteró Poirot, pensativo.

—Ya le hemos informado de los hechos —comentó Kelsey—. Si tiene alguna idea...

—¿Por qué el pabellón de deportes? Eso es lo que usted se preguntaba, ¿no es cierto? —dijo Poirot dirigiéndose a Adam—. Bueno, ya tenemos la respuesta a eso: porque en el pabellón de deportes había una raqueta de tenis que contenía una fortuna en joyas. Alguien conocía la existencia de esa raqueta. ¿Quién era dicha persona? Podría haber sido la misma señorita Springer. Tenía, según infiero, una actitud bastante especial respecto al pabellón de deportes. No le gustaba que otras personas fueran por allí... Esto era particularmente cierto en el caso de mademoiselle Blanche.

—Mademoiselle Blanche —repitió meditabundo Kelsey.

Hércules Poirot volvió a dirigirse a Adam.

—Asimismo, usted consideró que mademoiselle Blanche se comportaba de una manera un tanto extraña en lo concerniente al pabellón de deportes.

—Se explicaba —indicó Adam—. Se explicaba demasiado. Yo jamás habría puesto en duda su derecho a estar allí si no se hubiera tomado tantas molestias en explicarlo.

Poirot asintió.

—Exacto. Eso da que pensar. Pero todo lo que sabemos es que la señorita Springer murió asesinada en el pabellón de deportes a la una de la madrugada, cuando no había razón alguna para que estuviera allí. —Se volvió hacia Kelsey—. ¿Dónde estuvo la señorita Springer antes de venir a Meadowbank?

—No lo sabemos —repuso el inspector—. Se marchó de su último empleo (mencionó que era un colegio famoso) el verano pasado. Dónde estuvo a partir de entonces es algo que ignoramos. No hubo motivo alguno para hacer estas indagaciones hasta después de su muerte. No tenía parientes cercanos ni, al parecer, amistades íntimas.

—Entonces podría haber estado en Ramat —sugirió Poirot.

—Según tengo entendido, había allí un grupo de profesoras durante la época de la revolución —apuntó Adam.

—Pongamos, entonces, que ella estaba allí y que, por algún motivo, se enteró de lo de la raqueta. Podemos asumir que, después de esperar algún tiempo para familiarizarse con las costumbres de Meadowbank, se encaminó una noche al pabellón de deportes. Echó mano a la raqueta y se disponía a extraer las joyas de su escondite cuando... —Hizo una pausa—. Cuando alguien la interrumpió. ¿Alguien que había estado observándola o que la había estado espiando durante toda la tarde? Quienquiera que fuese, tenía una pistola... y disparó contra ella..., pero no le dio tiempo de apoderarse de las joyas o de llevarse consigo la raqueta, porque las personas que oyeron el disparo se estaban aproximando al pabellón de deportes.

—¿Cree que es así como sucedió? —le preguntó el comisario.

—No lo sé —respondió Poirot—. Es una posibilidad. La otra es que la persona que tenía la pistola estuviera allí y que la señorita Springer la sorprendiera. Alguien de quien ya sospechaba. Según ustedes era una mujer de ese estilo, una fisgona.

—¿Y la otra mujer? —preguntó Adam.

Poirot lo contempló. Después devolvió la mirada hacia los otros dos hombres.

—Ustedes no saben quién pudo ser —repuso—. Yo tampoco. ¿Podría haber sido alguien de fuera?

A juzgar por el tono de voz, ya sospechaba que la respuesta sería negativa.

—No lo creo —repuso Kelsey—. Hemos escudriñado cuidadosamente todas las inmediaciones. Había una tal madame Kolinsky, conocida de Adam, que se alojaba cerca de aquí. Pero es imposible que pudiera estar relacionada con uno u otro asesinato.

—Entonces debemos centrarnos en Meadowbank. Y solo hay un método para llegar a la verdad: la eliminación.

Kelsey suspiró.

—Sí. Esto es lo que tenemos hasta ahora: en lo que

respecta al primer asesinato, hay un campo bastante amplio. Casi todas las personas en el colegio pudieron haber matado a la señorita Springer. Las excepciones son la señorita Johnson y la señorita Chadwick..., y una chica que tenía dolor de oídos. Pero el segundo asesinato estrecha mucho los límites de este campo. La señorita Rich, la señorita Blake y la señorita Shapland se encuentran fuera de él. La señorita Rich estaba alojada en el Alton Grange Hotel, a más de treinta kilómetros de distancia. La señorita Blake estuvo en Littleport, y la señorita Shapland se hallaba en Le Nid Sauvage, un club nocturno de Londres, en compañía del señor Dennis Rathbone.

—Y la señorita Bulstrode también estaba ausente, según tengo entendido.

Adam sonrió; el inspector y el comisario parecieron desazonados.

—La señorita Bulstrode —aclaró el inspector con severidad— estaba pasando el fin de semana en casa de la duquesa de Welsham.

—Entonces eso elimina a la señorita Bulstrode —afirmó Poirot—. Y nos deja...

—Dos sirvientas que duermen en la casa: la señora Gibbons y una chica llamada Doris Hogg. No puedo considerar en firme a ninguna de las dos. No nos queda nadie más que la señorita Rowan y mademoiselle Blanche.

—Y las alumnas, claro está.

Kelsey se sobresaltó.

—Seguro que no sospecha de ninguna de ellas.

—Francamente, no. Pero debemos ser lo más escrupulosos posible.

Kelsey no concedió mucha atención a la escrupulosidad. Continuó con cierta prisa:

—Hace más de un año que la señorita Rowan está en el colegio. Tiene muy buenos antecedentes. Nada hace sospechar de ella.

—Así pues, llegamos a mademoiselle Blanche. ¿Es ahí donde se termina el viaje?

Se hizo el silencio.

—No hay pruebas —dijo Kelsey—. Y sus credenciales parecen genuinas.

—Tendrían que serlo —estimó Poirot.

—Fisgaba —aseguró Adam—. Pero el que lo hiciera no la involucra en un asesinato.

—Espere un momento —advirtió Kelsey—. Había algo referente a una llave. La primera vez que la interrogamos..., buscaré ese párrafo..., había algo de la llave del pabellón que se cayó de la puerta y ella la recogió y olvidó colocarla otra vez en la cerradura. Se la llevó consigo y la señorita Springer la llamó a gritos.

—Quienquiera que hubiese querido ir allí por la noche para buscar la raqueta necesitaba una llave para poder entrar —puntualizó Poirot—. Y para eso habría sido necesario hacer una copia.

—Pero, en tal caso —intuyó Adam—, ella no le habría contado al inspector el incidente de la llave.

—No es algo que deba inferirse necesariamente —consideró Kelsey—. La señorita Springer podía haber hablado del incidente de la llave. En tal caso, mademoiselle Blanche pudo haber pensado que sería mejor mencionarlo de una manera casual.

—Es un detalle que debemos tener en cuenta —estimó Poirot.

—Pero que no nos lleva muy lejos —objetó Kelsey, que lanzó una mirada lúgubre al detective.

—Parece existir una posibilidad —expuso Poirot—, es decir, si se me ha informado correctamente. Según tengo entendido, la madre de Julia Upjohn reconoció a alguien aquí el primer día de clase, una persona que no esperaba ver. Por el contexto, parece verosímil que se tratara de alguien relacionado con el servicio de espionaje. Si la señora Upjohn señala de una manera clara a mademoiselle Blanche como la persona a quien reconoció, entonces creo que podemos proceder con cierta seguridad.

—Eso es más fácil de decir que de hacer —replicó Kelsey—. Hemos intentado ponernos en contacto con la señora Upjohn, pero ¡el asunto es un rompecabezas de órdago! Cuando la chica dijo un autobús, pensé que se refería a un autobús turístico, de esos que llegan a los sitios de acuerdo con el horario fijado, y que su madre formaba parte de un grupo en el que todos los viajeros llevan sus billetes desde el comienzo del viaje. Pero no hay nada de eso. Por lo que parece, lo que está haciendo es tomar autobuses locales para moverse por el país según se le antoje. No ha comprado los billetes ni en Cook ni en ninguna otra agencia de viajes. Va por cuenta propia, vagabundeando por todas partes. ¿Qué se puede hacer con una mujer así? ¡Dios sabe dónde se encontrará en estos momentos! Anatolia es muy grande.

—Eso hace las cosas más difíciles, cierto es —acordó Poirot.

—¡Con la cantidad de autobuses turísticos que hay! —exclamó el inspector en tono ofendido—. De esos que lo dan todo hecho: dónde hay que detenerse y lo que hay que visitar, y con tarifas globales que lo incluyen todo y sabes lo que vas a gastar desde el principio.

—Pero es obvio que semejante forma de viajar no atrae a la señora Upjohn.

—Y, mientras tanto, aquí estamos —continuó Kelsey—. Atascados. Esa francesa puede fugarse cuando estime oportuno.

Poirot disintió.

—No hará tal cosa.

—¿Cómo puede estar seguro?

—Lo estoy. Cuando se ha cometido un crimen, no se puede hacer nada que levante sospechas y atraiga la atención de la gente. Mademoiselle Blanche se quedará aquí quietecita hasta el final del trimestre.

—Espero que esté en lo cierto.

—Estoy seguro de no equivocarme. Y recuerden que la persona a quien vio la señora Upjohn no sabe que la vio. La sorpresa cuando aparezca va a ser tremenda.

—Si eso es todo lo que tenemos para continuar... —se lamentó Kelsey.

—Hay algo más. Conversaciones, por ejemplo.

—¿Conversaciones?

—La conversación es algo muy valioso. Más tarde o más temprano, si alguien tiene algo que ocultar, lo revela en una conversación.

—¿Quiere decir que se traiciona a sí mismo? —El comisario pareció escéptico.

—No es tan simple como eso. La persona en cuestión está en guardia respecto a lo que quiere ocultar. Pero, a menudo, revela demasiado acerca de otras cosas. Y hay más maneras de sacar provecho de la conversación. Las personas inocentes que están enteradas de las cosas, pero que ignoran la importancia de aquello que saben. Y esto me recuerda... —Se puso en pie—. Les ruego que me excusen. Tengo que ir a preguntar a la señorita Bulstrode si hay alguien que sepa dibujar.

—¿Dibujar?

—Dibujar.

—¡Esta sí que es buena! —exclamó Adam cuando Poirot hubo abandonado la estancia—. ¡Primero las rodillas de las muchachitas y ahora el dibujo! ¿Por dónde saldrá la próxima vez?

II

La señorita Bulstrode atendió al requerimiento de Poirot sin mostrar la menor sorpresa.

—La señorita Laurie es la profesora de dibujo —le comunicó con viveza—. Pero hoy no ha venido. ¿Qué es lo que desea que le dibuje? —añadió en tono condescendiente, como si estuviera dirigiéndose a un niño pequeño.

—Caras —respondió Poirot.

—La señorita Rich hace muy buenos bocetos de personas. Tiene mucha facilidad para sacar el parecido.

—Eso es justo lo que necesito.

La señorita Bulstrode, observó Poirot con satisfacción, no preguntó nada más. Se limitó a abandonar la habitación y regresar más tarde con la señorita Rich.

Después de las presentaciones, Poirot dijo:

—¿Puede hacer esbozos de personas rápido? ¿A lápiz?

Eileen Rich asintió.

—Lo hago con frecuencia. Para practicar.

—Magnífico. Entonces, por favor, haga un bosquejo de la difunta señorita Springer.

—Va a ser difícil. La conocí muy poco. Pero lo intentaré. —Se restregó los ojos y se puso a dibujar con rapidez.

—Bien —aprobó Poirot, que tomó el boceto—. Y ahora, si es tan amable, dibuje a la señorita Bulstrode, a la señorita Rowan, a mademoiselle Blanche... y también a... Adam, el jardinero.

Eileen Rich lo miró, dudosa, y comenzó a trabajar. Poirot contempló el resultado e hizo un gesto de aprobación.

—Dibuja usted muy bien..., sí, muy bien. Tan pocos trazos... y, sin embargo, el parecido salta a la vista. —Le dedicó una sonrisa—. Ahora voy a pedirle algo más difícil. Póngale a la señorita Bulstrode, por ejemplo, otro peinado y cambie la forma de sus cejas.

Eileen se lo quedó mirando fijamente, como si estuviese loco.

—No —dijo Poirot—. No estoy loco. Es un experimento, nada más. Por favor, haga lo que le pido.

Al cabo de unos instantes, Eileen Rich anunció:

—Aquí tiene.

—Excelente. Ahora haga lo mismo con mademoiselle Blanche y la señorita Rowan.

Cuando terminó de dibujar, Poirot puso en fila los tres retratos.

—Ahora le mostraré una cosa —le dijo—. La señorita Bulstrode, a pesar de los cambios que ha hecho usted, es inequívocamente la señorita Bulstrode. Pero mire las otras dos. Por sus insulsas facciones, no poseen la personalidad de la directora; parecen personas diferentes, ¿no lo ve así?

—Comprendo a lo que se refiere —repuso Eileen Rich.

Miró a Poirot cuando este doblaba cuidadosamente los apuntes dibujados.

—¿Qué va a hacer con ellos? —preguntó.

—Utilizarlos —respondió Poirot.

Capítulo 20

Una conversación

—Bueno, yo no sé qué puedo decirle —dijo la señora Sutcliffe—. De veras que no lo sé... —Contempló a Hércules Poirot con desagrado—. Henry, desde luego, no está en casa —le informó.

La intención de sus palabras resultaba algo enigmática, pero Poirot intuyó lo que pasaba por la imaginación de su interlocutora. Ella sospechaba que había algo detrás de los negocios internacionales de Henry, no en vano se pasaba la vida volando a Oriente Medio y a Ghana, y América del Sur y Ginebra, e incluso en ocasiones, si bien no con tanta frecuencia, a París.

—Todo este asunto ha sido de lo más lamentable. Me puse muy contenta de tener a Jennifer a salvo conmigo en casa. Aunque debo decir —añadió, con un deje de disgusto— que no se ha portado nada bien. Después de haber cogido un berrinche porque no quería ir a Meadowbank y decir que estaba segura de que no le iba a gustar ni pizca estar allí, que era un colegio de esnobs y no del estilo que a ella le gustaba, ahora se pasa todo el día refunfuñando porque la he hecho volver. Es muy muy desagradable.

—Sin duda, es un colegio muy bueno —afirmó el detective—. Muchas personas aseguran que es el mejor de toda Inglaterra.

—Lo era, si me permite expresar mi opinión —replicó la señora Sutcliffe.

—Y volverá a serlo de nuevo —aseveró Hércules Poirot.

—¿Está seguro?

La señora Sutcliffe lo miró, escéptica. La táctica de Poirot, que consistía en mostrarse comprensivo, había ido haciendo mella gradualmente en sus iniciales reparos. No hay nada que alivie más los cuidados y aflicciones de una madre que el que le den la oportunidad de desahogarse. La lealtad a los hijos empuja muchas veces a sufrir en silencio. Pero con un extranjero como monsieur Poirot, según lo sentía la señora Sutcliffe, se podía hacer caso omiso de tal lealtad. No era como si hubiese estado departiendo con la madre de otra chica.

—Meadowbank —arguyó Hércules Poirot— solamente está pasando por una época desafortunada.

Fue la mejor frase que pudo encontrar. Se dio cuenta de lo inadecuada que era, y la señora Sutcliffe la atacó de inmediato.

—¡Bastante más que desafortunada! —exclamó—. ¡Dos asesinatos! Y una chica secuestrada. No puedes enviar a tus hijas a un colegio donde están asesinando a profesoras continuamente.

Parecía razonable.

—Si los asesinatos —expuso Poirot— resultan ser obra de la misma persona, y esa persona es detenida, eso ya marcará una diferencia, ¿no está de acuerdo?

—Bueno..., supongo. Sí —concedió dubitativa la señora Sutcliffe—. Me parece que... usted se refiere a..., quiere decir algo como Jack el Destripador o aquel otro hombre..., ¿cómo se llamaba? Algo relacionado con Devonshire. ¿Era Cream?* Sí, Neil Cream. El que vagabundeaba por todas partes para matar a mujeres desgraciadas. ¡Supongo que a este asesino, en cambio, le ha dado por matar maestras! Una vez que lo tengan en prisión, a buen recaudo, y que le ahorquen, como confío en que hagan, porque solamente se puede condenar por un asesinato, ¿no es así?, igual que un perro rabioso cuando muerde... ¿Qué es lo que estaba diciendo? Ah, sí, si le atrapan y le tienen bien guardadito en prisión, bueno, en ese caso me imagino que será diferente. Claro está que no puede haber mucha gente de esa calaña, ¿verdad?

—Confiemos en que no haya mucha, sí —dijo Hércules Poirot.

—Pero es que además tenemos el tema del secuestro —puntualizó la señora Sutcliffe—. Nadie desea enviar a su hija a un colegio donde pueden raptarla, ¿no le parece? Eso tampoco.

—Seguro que no, madame. Comprendo muy bien lo que dice. ¡Tiene usted muchísima razón en sus reflexiones!

La mujer pareció halagada. Hacía bastante tiempo que nadie la había elogiado así. Henry solo le había dicho cosas tales como: «¿Se puede saber por qué diablos querías mandar a tu hija a Meadowbank?», y Jennifer lo único que hacía era gruñir y, terca, se negaba a hablar.

—He pensado en ello —aseguró—, muchísimo.

* *Cream*, en inglés, significa «nata»; la de Devonshire tiene gran renombre en toda Inglaterra. *(N. del t.)*

—En tal caso, madame, no puedo consentir que continúe preocupándose por lo del secuestro. *Entre nous*, si me permite que le hable en confianza, lo de la princesa Shaista... no es exactamente un secuestro..., se sospecha que se trata de un romance...

—¿Quiere dar a entender que esa niña tan pícara se escapó para casarse con cualquiera?

—Mis labios están sellados —respondió Poirot—. Como comprenderá, no se desea que haya escándalo de ninguna clase. Lo que le he dicho es una confidencia *entre nous*. Estoy seguro de que usted no contará nada.

—Por supuesto que no diré ni una palabra —protestó la señora Sutcliffe. Observó la carta que el detective había traído consigo—. No comprendo del todo quién es usted, monsieur... Poirot. ¿Es usted lo que en las novelas llaman... un sabueso?

—Soy un detective con consulta particular —aclaró Poirot con aire altanero.

Ese aire a Harley Street animó mucho a la señora Sutcliffe.

—¿De qué quiere hablar con Jennifer? —le preguntó con sequedad.

—Solamente desearía saber qué impresiones tiene de algunas cosas —respondió Poirot—. Es observadora, ¿verdad?

—Me temo no poder afirmar tal cosa —respondió la señora Sutcliffe—. Ella no es lo que yo llamaría una chica que preste atención a los detalles. Me refiero a que solo considera el lado práctico de la vida.

—Eso es preferible a inventarse cosas que no han sucedido jamás —estimó Poirot.

—Oh, Jennifer sería incapaz de hacer algo semejante

—dijo la señora Sutcliffe, convencida. Se levantó para dirigirse hacia la ventana y llamó—: ¡Jennifer!

—Me gustaría —dijo a Poirot al regresar— que procurase usted meterle a Jennifer en la cabeza la idea de que tanto su padre como yo solamente procuramos su bien.

La muchacha entró en la habitación con cara de enfado y miró a Hércules Poirot con gran suspicacia.

—¿Cómo está usted? —dijo el detective—. Soy un viejo amigo de Julia Upjohn. Fue a Londres a buscarme hace muy poco.

—¿Que Julia fue a Londres? —preguntó Jennifer sorprendida—. ¿Por qué?

—Para pedirme consejo —respondió él—. Ya está de regreso en Meadowbank —añadió.

—Así pues, su tía Isabel no fue allí para llevársela —dijo Jennifer lanzando a su madre una mirada inquieta.

Poirot miró a la señora Sutcliffe, quien, quizá porque estaba ocupada con la colada cuando llegó Poirot, o tal vez por algún inexplicable impulso, se levantó y abandonó el salón.

—Es muy injusto perderse todo lo que está ocurriendo allí —se lamentó la joven—. ¡Y el jaleo que han organizado mis padres! Ya le dije a mamá que era una bobada. Después de todo, no han asesinado a una alumna.

—¿Se ha hecho alguna idea acerca de los asesinatos? —preguntó Poirot.

Jennifer negó con la cabeza.

—Alguien que está majareta —propuso. Tras pensárselo un momento, añadió—: Me imagino que ahora la señorita Bulstrode tendrá que agenciarse unas cuantas profesoras nuevas.

—Eso parece —convino Poirot. Continuó—: Mademoiselle Jennifer, estoy interesado en la mujer que le ofreció una raqueta nueva a cambio de la vieja. ¿Lo recuerda?

—Naturalmente que me acuerdo —repuso ella—. Todavía no he podido averiguar quién la envió. La tía Gina no fue, desde luego.

—¿Qué aspecto tenía esa mujer?

—¿La que trajo la raqueta? —Jennifer entornó los ojos, como para pensarlo—. Bueno, pues... no lo sé. Llevaba un vestido bastante complicado, y una capita azul..., me parece, además de un sombrero que le quedaba muy holgado.

—¿Sí? —dijo Poirot—. Aunque yo no me refiero tanto a su vestimenta como a sus facciones.

—Me parece que llevaba muchísimo maquillaje —respondió Jennifer—. Demasiado para el campo, a mi juicio, y cabellos rubios. Creo que era norteamericana.

—¿La había visto antes?

—Oh, no —contestó ella—. No creo que viviera por aquí. Dijo que había venido para asistir a una comida o a un cóctel o algo por el estilo.

Poirot la miró. Estaba interesado en la buena acogida que dispensaba Jennifer a todo lo que él le decía. Preguntó con tiento:

—Pero ¿es posible que ella no estuviera diciendo la verdad?

—Oh, no, supongo que no —respondió Jennifer.

—¿Está segura de no haberla visto antes? ¿No podría haber sido una de las alumnas vestida de persona mayor, o tal vez una de profesora disfrazada?

—¿Disfrazada? —La muchacha se mostró perpleja.

Poirot colocó ante ella el boceto de mademoiselle Blanche que Eileen Rich había dibujado para él.

—Esta no era la mujer, ¿no?

Jennifer miró el dibujo con expresión de duda.

—Se le parece un poco, pero no estoy segura de que fuera ella.

Poirot asintió con la cabeza, pensativo.

No había la menor señal de que Jennifer hubiera reconocido a mademoiselle Blanche.

—Verá usted —vaciló Jennifer—, yo en realidad no la miré bien. Era norteamericana, y enseguida me empezó a contar lo de la raqueta...

Estaba claro que la joven no había tenido ojos para nada más que su nueva raqueta.

—Comprendo —dijo Poirot, y añadió—: ¿No vio usted en Meadowbank a alguna persona que viera antes en Ramat?

—¿En Ramat? —Jennifer se lo pensó—. Oh, no..., por lo menos..., no lo creo, no.

Al detective le pareció que la muchacha dudaba, de modo que insistió:

—Pero usted no está segura, mademoiselle Jennifer.

—Bueno... —Jennifer se rascó la frente con expresión preocupada—, es que estamos viendo sin parar a personas que se parecen a otras, pero una no puede recordar con detalle a quién. A veces vemos a gente que hemos conocido, pero no recordamos exactamente quiénes son. Y nos preguntan: «¿Se acuerda de mí?», y eso da un apuro terrible, porque la verdad es que no nos acordamos. Lo que quiero decir es que en cierto modo reconocemos su fisonomía, pero no podemos recordar sus nombres, o en qué sitio las conocimos.

—Eso es muy cierto —convino Poirot—. Sí, así es. Es una experiencia que nos sucede a menudo. —Calló por un instante y luego prosiguió, sondeándola—. A la princesa Shaista la reconocería con toda seguridad en el colegio, pues debió de haberla visto anteriormente en Ramat.

—Ah, pero ¿ella estuvo en Ramat?

—Es muy probable —estimó Poirot—. Después de todo, está emparentada con la familia real. ¿No pudo haberla visto allí?

—No lo creo —repuso Jennifer, frunciendo el ceño—. De todos modos, no iba a ir por allí enseñando su cara por todas partes. Me refiero a que todas llevan velos y todas esas cosas raras. Aunque, según creo, en París y en El Cairo se los quitan. Y en Londres, por supuesto —añadió.

—De todos modos, ¿no tuvo la sensación de cruzarse en Meadowbank con alguien a quien ya había visto antes?

—No estoy segura. Es evidente que la mayoría de las personas se parecen bastante en cualquier parte. Solo cuando alguien tiene una cara fuera de lo normal, como la señorita Rich, es cuando podemos recordarla.

—¿Cree usted haber visto a la señorita Rich antes en algún otro sitio?

—No lo creo, la verdad. Tal vez se parecía a alguien. Pero aquella mujer era mucho más gorda.

—Una mujer mucho más gorda —repitió Poirot, pensativo.

—Es imposible imaginarse a la señorita Rich gorda —dijo Jennifer soltando una risita falsa—. Es tan delgada y huesuda... Además, a la señorita Rich no pude haberla visto en Ramat porque estuvo enferma durante el trimestre anterior.

—¿Y las otras chicas? ¿Había visto a alguna de ellas antes?

—Solo a las que ya conocía —precisó Jennifer—. Una o dos de ellas. Después de todo, ¿sabe usted?, no estuve en el colegio más que tres semanas; en realidad, no conozco ni siquiera de vista a la mitad de las personas que hay allí.

—Debería observar las cosas con más detenimiento —le aconsejó Poirot con seriedad.

—Una no puede darse cuenta de todo —protestó la muchacha—. Si Meadowbank reabre, me gustaría volver. Tal vez usted pueda intentar que mamá recapacite. Aunque, la verdad —añadió—, me parece que el obstáculo es papá. Estar aquí, en el campo, es terrible: resulta imposible perfeccionar mi tenis.

—Le aseguro que haré cuanto pueda —le prometió Poirot.

Capítulo 21

Atando cabos

I

—Necesito hablar con usted, Eileen —anunció la señorita Bulstrode.

Eileen Rich la siguió a su despacho. Meadowbank estaba extrañamente tranquilo, solo alrededor de unas veinticinco alumnas se encontraban todavía allí. Alumnas a cuyos padres les pareció difícil o poco correcto ir a recogerlas. La desbandada originada por el pánico había sido contenida, según previó la señorita Bulstrode. Todo gracias a su táctica. Se respiraba una sensación general de que en el próximo trimestre todo se habría aclarado. La señorita Bulstrode, opinaron, había hecho bien en cerrar el colegio.

Ninguna de las componentes de la plana mayor se había marchado: la señorita Johnson parecía impaciente al tener demasiado tiempo libre, los días en los que había poco que hacer no le gustaban en absoluto; la señorita Chadwick, con aspecto envejecido y triste, vagabundeaba por todas partes en una especie de coma originado por las recientes desgracias. Estaba a todas luces mucho más afectada que la señorita Bulstrode. En efecto, esta última, al parecer, no encontró dificultad alguna en seguir siendo la misma de siempre, imperturbable y sin la menor señal de fatiga o tristeza. Las dos profesoras más jóvenes ponían poca objeción a este esparcimiento extra. Nadaban en la piscina, escribían largas cartas a sus amistades y familiares, pedían folletos turísticos de cruceros para estudiarlos y comparar. Ann Shapland también tenía mucho tiempo libre y no parecía afectada al respecto. Pasaba gran parte de ese tiempo en el jardín, entregándose a la floricultura con una eficiencia inesperada. El que prefiriese ser instruida en el trabajo por Adam Goodman más que por el viejo Briggs era un fenómeno que, bien mirado, no tenía nada de extraño.

—Sí, señorita Bulstrode —dijo Eileen Rich.

—Necesitaba hablar con usted. La verdad es que no sé si este colegio va a reabrir o no. Los sentimientos de las personas son siempre bastante difíciles de evaluar, porque todos sentimos de un modo diferente. Pero el resultado será que aquel que sienta una cosa con más fuerza acabará finalmente por convertir a todos los demás. Así que o Meadowbank cierra...

—No —protestó Eileen Rich, interrumpiéndola—, no puede cerrar... —Casi pataleó, y su pelo empezó inmediatamente a soltarse—. ¡No debe consentir que algo así suceda! —exclamó—. Sería un pecado..., un crimen.

—Emplea usted palabras muy fuertes —observó la señorita Bulstrode.

—Es que lo que siento es muy intenso. Hay muchas cosas que me parece que no valen la pena en absoluto, pero Meadowbank vale mucho. Me lo pareció desde el momento en que pisé el colegio por primera vez.

—Es usted una luchadora —coligió la señorita Bulstrode—. Me gustan las personas luchadoras, y puedo asegurarle que no tengo intención de ceder sin pelear. En cierto modo, voy a disfrutar de la lucha. Ya sabe usted que cuando todo es demasiado fácil y las cosas marchan excesivamente bien, una se vuelve..., no encuentro la palabra exacta para definirlo..., ¿satisfecha de sí misma? ¿Aburrida? Una especie de híbrido de esas dos cosas. Pero ahora mismo no estoy ni aburrida ni satisfecha, y me propongo luchar con cada gramo de fuerza que me queda y con cada penique que tengo. Ahora bien, lo que quería decirle a usted es esto: si Meadowbank continúa adelante, ¿le gustaría asociarse conmigo en términos de igualdad?

—¿Yo? —exclamó Eileen Rich, mirándola fijamente—. ¿Yo?

—Sí, querida —afirmó la señorita Bulstrode—. Usted.

—No podría hacerlo —adujo Eileen Rich—. No sé lo bastante. Soy todavía muy joven para ello. Carezco de la experiencia y la sabiduría que usted necesita.

—Déjeme a mí decidir qué es lo que yo necesito —replicó la señorita Bulstrode—. Tenga en cuenta que ahora mismo no es una proposición demasiado ventajosa. Con toda probabilidad, usted encontraría algo mejor en cualquier otra parte. Pero yo deseo hacerle saber esto, y debe creerme: antes de la infortunada muerte de la señorita Vansittart, yo ya había decidido que usted era la persona que necesitaba para que se encargara de la dirección de este internado.

—¿Ya entonces pensó en mí? —Eileen Rich clavó en

ella su mirada—. Pero yo imaginaba..., todas nosotras suponíamos... que la señorita Vansittart...

—No me comprometí a nada con la señorita Vansittart —aclaró la directora—. Aunque debo confesar que la tenía *in mente*. Pensé en ella durante los dos últimos años, pero siempre había algo que me refrenaba de decirle nada definitivo al respecto. Me imagino que todo el mundo daba por sentado que ella había de ser mi sucesora, incluso es posible que ella misma lo creyera así, y en honor a la verdad tuve esa intención hasta hace muy poco. Recientemente decidí que ella no era la persona que necesitaba.

—Pero era tan apropiada en todos los aspectos... —opinó Eileen Rich—. Ella habría continuado exactamente de la misma forma que usted. Tenía sus mismas ideas.

—Sí —reconoció la señorita Bulstrode—, y eso es precisamente lo que habría resultado una equivocación. No debemos detenernos en el pasado. Cierta dosis de tradición es conveniente, pero demasiada no lo es nunca. Un colegio debe ser para la juventud de hoy en día, no para la de hace treinta años. Hay colegios en los que la tradición lo es todo, pero Meadowbank no es de esos. No es un internado con una larga tradición a sus espaldas. Es la creación, si puedo decirlo, de una mujer. De mí misma.

»He ensayado ciertas ideas y las he llevado a la práctica utilizando todos mis recursos, aunque en ocasiones he tenido que modificarlas cuando no han arrojado los resultados que yo esperaba. Este nunca ha sido un internado convencional, pero tampoco se ha enorgullecido de no serlo. Es un colegio que procura combinar lo mejor de ambos mundos, el pasado y el futuro, pero haciendo verdadero hincapié en el presente. Así vamos a continuar, como se debe. Dirigido por alguien con ideas..., con ideas del presente. Conservando la sabiduría del pasado, pero mirando expectantes hacia el futuro.

»Usted tiene poco más o menos la misma edad que tenía yo cuando puse esto en marcha, pero usted posee lo que yo ya no puedo tener más. Lo encontrará escrito en la Biblia. Los viejos sueñan sus sueños, pero son los jóvenes quienes poseen la inspiración. Aquí no necesitamos sueños, sino inspiración. Creo que usted la posee, y por eso decidí que usted y no Eleanor Vansittart fuera mi sucesora.

—Habría sido maravilloso —dijo Eileen Rich—. Maravilloso. Me habría gustado por encima de todas las cosas.

La señorita Bulstrode se sorprendió ligeramente por el tiempo gramatical, aunque no lo mostró. En lugar de ello, dijo:

—Sí —concedió—. Podría haber sido maravilloso. Pero ¿es que no es maravilloso ahora? Bueno, me parece que eso puedo comprenderlo.

—No, no me refiero a eso en absoluto —protestó Eileen Rich—. En absoluto. Yo..., yo no puedo entrar en detalles muy bien, pero si usted me... hubiera preguntado, si me hubiera hablado de esta forma hace una semana o dos, yo le habría respondido al momento que no podía, que me era completamente imposible. La única razón por la cual..., por la cual sería posible ahora es porque..., bueno, porque es un proyecto en el que hay que luchar..., en el que hay que hacer frente a las circunstancias. ¿Me permite..., me permite, señorita Bulstrode? En este momento, no sé qué pensar.

—Desde luego... —concedió la señorita Bulstrode.
Todavía estaba sorprendida. Se decía que, desde luego, uno nunca podía saber cómo iban a reaccionar los demás.

II

—Ahí va la señorita Rich con el pelo colgándole como de costumbre —comentó Ann Shapland mientras arreglaba un macizo de flores—. Si no puede gobernarlo, no acierto a comprender por qué no se lo corta. Tiene una cabeza bonita, y le quedaría mucho mejor.

—Debería decírselo —apuntó Adam.

—No tenemos confianza como para eso —aclaró ella. Y añadió—: ¿Cree usted que este lugar podrá seguir adelante?

—Es una pregunta complicada —respondió Adam—. Además, ¿quién soy yo para opinar?

—Su opinión es tan válida como la de cualquier otro. ¿Sabe?, yo creo que sí que reabrirá. La vieja Bull, como la llaman las chicas, posee lo que hace falta: un efecto hipnótico sobre los padres, entre otras muchas cualidades. ¿Cuánto tiempo hace que empezó el trimestre? ¿Solo un mes? Parece un año. Estaré encantada cuando acabe.

—¿Volverá usted al colegio en caso de que siga adelante?

—No —respondió Ann con énfasis—, desde luego que no. Ya estoy bastante saturada de colegio para el resto de mi vida. No me va en absoluto estar enjaulada con un montón de mujeres. Y, francamente, no me gustan los asesinatos. Son la clase de asunto que me divierte leer en el periódico, o en una novela bien escrita para disfrutar en la cama y quedarme dormida. Pero en la realidad no es una cosa tan agradable. Me parece —añadió Ann, pensativa— que cuando me vaya de aquí, a final del trimestre, me casaré con Dennis y trataré de tener una vida más asentada.

—¿Con Dennis? —exclamó Adam—. Ese es el tipo de quien me habló, ¿no? El que, si mal no recuerdo, se dedica a un trabajo que lo lleva hasta Birmania, Malasia, Singapur y sitios por el estilo. Me imagino que casándose con él no se asentaría mucho que digamos.

De improviso, Ann lanzó una carcajada.

—No, no, creo que no. Al menos no en el sentido físico y geográfico.

—Yo creo que usted puede encontrar mejor partido que Dennis —insinuó Adam.

—¿Me está usted haciendo una proposición? —le preguntó ella.

—Naturalmente que no —replicó él—. Usted es una chica ambiciosa que no se contentaría con casarse con un humilde jardinero.

—Yo estaba preguntándome si me convendría tomar por marido a un hombre del Departamento de Investigación Criminal —apuntó Ann.

—Yo no pertenezco a ese departamento —aseguró Adam.

—No, no. Desde luego que no —concedió ella—. Preservemos las sutilezas del lenguaje. Usted no pertenece a ese departamento, Shaista no ha sido secuestrada y todo en este jardín está precioso. Bastante bonito, sí —añadió mirando alrededor—. Aun así... —prosiguió después de unos instantes—, no acaba de encajarme cómo es posible que Shaista haya aparecido en Ginebra, o comoquiera que sea la historia. ¿Cómo llegó hasta allí? Todos ustedes deben de ser muy negligentes para permitir que la sacaran del país.

—Mis labios están sellados —respondió Adam.

—No creo que tenga usted la menor idea de ello —supuso Ann.

—Solo puedo confesar que debemos estar agradecidos a monsieur Hércules Poirot por habérsele ocurrido tan ingeniosa idea.

—¿Quién? ¿Ese hombrecillo tan divertido que trajo a Julia de vuelta y estuvo hablando con la señorita Bulstrode?

—Sí, se llama a sí mismo un «detective con consulta particular» —informó Adam.

—A mí me parece que es más bien una vieja gloria —dictaminó ella.

—Por mi parte, no comprendo en absoluto qué es lo que se propone. Incluso ha ido a visitar a mi madre; por lo menos, si no fue él, un amigo suyo lo hizo.

—¿A su madre? —preguntó Ann—. ¿Para qué?

—No tengo ni idea. Parece sentir una especie de mórbido interés. También fue a visitar a la madre de Jennifer.

—¿Fue a visitar a las madres de las señoritas Rich y Chadwick?

—Diría que la señorita Rich no tiene madre —repuso Adam—. De lo contrario, no hay duda de que habría ido a verla.

—La señorita Chadwick tiene madre. Vive en Cheltenham, según me dijo —le contó Ann—, pero creo que ya ronda los ochenta y tantos. Aunque parece que quien tenga ochenta sea la pobre señorita Chadwick. Por ahí viene.

Adam levantó la mirada.

—Sí —dijo—, ha envejecido una barbaridad esta última semana.

—Porque siente verdadero amor por este colegio —explicó Ann—. Es toda su vida. No puede soportar ver cómo todo lo que ha construido junto a la señorita Bulstrode se derrumba.

En efecto, parecía que la señorita Chadwick hubiera envejecido diez años desde el inicio del trimestre. Su modo de andar había perdido aquella vivacidad. Ya no correteaba tan feliz, moviéndose sin parar. Ahora se acercó a ellos arrastrando sus pasos lentamente.

—¿Quiere usted, por favor, presentarse ante la señorita Bulstrode? —le dijo a Adam—. Quiere darle instrucciones acerca del jardín.

—Tendré que hacer antes un poquito de limpieza —respondió él.

Dejó caer sus aperos y desapareció camino del invernadero.

Ann y la señorita Chadwick marcharon juntas hacia la casa.

—Parece muy tranquilo, ¿verdad? —observó Ann mirando a su alrededor—. Como el patio de butacas vacío de un teatro —apuntó—, con unos pocos espectadores distribuidos estratégicamente por la taquilla con el mayor tacto posible para dar la impresión de que hay mucho más público.

—Es terrible —se lamentó la señorita Chadwick—. ¡Espantoso! Pensar que Meadowbank ha llegado a esto... No me lo puedo quitar de la cabeza. Me es imposible.

Por las noches no pego ojo. Todo en ruinas. Tantos años de trabajo para llevar a cabo un proyecto selecto...

—Puede ser de nuevo lo que era —sugirió Ann alegremente—. Ya sabe usted que la gente tiene muy mala memoria.

—No tan mala, me temo —concluyó la señorita Chadwick.

Ann no dio respuesta alguna. En el fondo de su corazón, estaba un poco de acuerdo con la señorita Chadwick.

III

Mademoiselle Blanche abandonó la clase donde había estado enseñando literatura francesa.

Echó una ojeada a su reloj. Sí, tenía tiempo de sobra para lo que se proponía hacer. En los últimos días, con tan pocas alumnas, siempre había tiempo.

Subió a su habitación para ponerse el sombrero; no era de las que iban destocadas a todas partes. Se miró al espejo sin experimentar satisfacción: no había ningún rasgo en su físico que destacara. Bueno, puede que eso tuviera sus ventajas. Sonrió para sí misma. Había empleado los certificados de su hermana y las cosas le habían salido muy bien. Incluso las fotografías del pasaporte habían pasado inadvertidas. Habría sido una lástima enorme desaprovechar aquellas excelentes credenciales cuando Angèle murió. Su hermana había disfrutado mucho con la enseñanza. En cambio, para ella era una cosa terriblemente aburrida. Pero los honorarios eran excelentes. Y superaba, con mucho, lo que ella había ganado jamás.

Y estaba teniendo mucha suerte. El futuro iba a ser muy distinto a como le habían ido las cosas hasta ahora. La gris mademoiselle Blanche experimentaría una metamorfosis. Lo vio todo con los ojos de la imaginación: la Riviera y ella elegantemente vestida y maquillada como Dios manda. Lo único que se necesitaba en este mundo era dinero. Oh, sí, la vida iba a ser muy agradable, sin duda. Valía la pena haber venido a este detestable colegio inglés.

Recogió su bolso de mano y salió de la habitación hacia el pasillo. Sus ojos advirtieron a la mujer arrodillada que estaba trabajando allí. Una nueva asistenta. Una espía de la policía, qué duda cabía. ¡Qué simples eran! ¡Se les notaba a la legua!

Con una sonrisa despectiva en los labios, salió de la casa y se dirigió camino abajo hacia la gran puerta de entrada. La parada del autobús se encontraba casi enfrente. Permaneció allí, esperando. El autobús llegaría al cabo de unos instantes.

Había muy pocas personas en aquella tranquila carretera rural. Un coche con un hombre inclinándose encima del capó. Un ciclista con la bicicleta apoyada contra una valla. Otro hombre que también estaba esperando el autobús.

Alguno de los tres la estaba siguiendo, sin duda. Lo haría con habilidad, no de una manera obvia. Mademoiselle Blanche era plenamente consciente de ello, pero no le preocupaba que su «sombra» supiera adónde iba y lo que hacía.

El autobús llegó y Blanche subió. Un cuarto de hora más tarde se bajó en la plaza principal de la localidad. No se tomó la molestia de mirar hacia atrás para ver si la seguían. Cruzó hacia unos grandes almacenes de proporciones bastante amplias, cuyos escaparates mostraban una colección de sus nuevos modelos. De poca calidad, para gustos provincianos, dictaminó, frunciendo los labios con desdén. Pero se quedó mirándolos, como si le atrajeran muchísimo.

Al poco rato entró e hizo unas cuantas compras sin importancia; después subió a la planta principal y entró en la sala de espera de señoras, donde había una mesa para escribir, algunas butacas y una cabina telefónica. Se dirigió hacia la cabina, introdujo las monedas necesarias, marcó el número que le interesaba y esperó hasta oír si le contestaba la voz de la persona requerida.

Hizo un movimiento de cabeza como aprobándose a sí misma, presionó el botón A para poder oír a su interlocutor y habló:

—Aquí la Maison Blanche. ¿Me comprende? La Maison Blanche. Tengo que hablarle de una cantidad que se me debe. Tiene de plazo hasta mañana por la tarde. Debe ingresar la suma que voy a indicarle en la cuenta corriente de la Maison Blanche en el Crédit Nationale de Londres, en la sucursal de Ledbury Street. —Dijo una cantidad—. En caso de que esa cantidad no fuera liquidada, me veré obligada a informar donde proceda de lo que observé en la noche del día 12. La referencia es..., preste atención..., la señorita Springer. Tiene usted algo más de veinticuatro horas.

Colgó y salió de la sala de espera. Una mujer acababa de entrar. Quizá otra clienta de la tienda, o tal vez no lo fuera, en cuyo caso era demasiado tarde como para que hubiese podido llegar a enterarse de nada.

Mademoiselle Blanche se recompuso en uno de los

tocadores; después fue a probarse un par de blusas, que no compró; entonces, con una sonrisa pintada en la cara, se marchó otra vez a la calle. Entró a curiosear en una librería, tras lo cual tomó el autobús para regresar a Meadowbank.

Todavía estaba sonriendo al ascender la calzada. Había ejecutado el plan a la perfección. La cantidad que había pedido no era demasiado elevada..., no resultaba imposible tenerla dispuesta en un plazo corto. Y estaba bastante bien para ir tirando. Porque, naturalmente, en el futuro habría posteriores demandas...

Sí, esta iba a ser una preciosa fuente de ingresos. No sentía el menor remordimiento. No consideraba que fuera su deber informar a la policía de lo que sabía. Esa Springer había sido una mujer detestable, *rude, mal elevée*, que husmeaba en todo lo que no le incumbía. Ah, bueno, se había llevado su merecido.

Mademoiselle Blanche permaneció un rato junto a la piscina. Contempló a Eileen Rich sumergiéndose. Después Ann Shapland subió al trampolín y se lanzó al agua. Las chicas reían y gritaban.

Sonó una campanilla y mademoiselle Blanche fue a su clase de párvulos. Esas niñas no prestaban atención y eran insoportables, pero ella apenas se dio cuenta. Pronto habría terminado de dar clase para siempre.

Subió a su habitación a arreglarse para la cena. De una manera vaga, sin apenas darse cuenta, vio que, contrariamente a su costumbre, había arrojado en una butaca del rincón su chaqueta en lugar de colgarla, como solía hacer.

Se inclinó hacia delante, estudiando su cara en el espejo. Se empolvó la cara y se pintó los labios...

El movimiento fue tan rápido que la pilló desprevenida. Silencioso. Profesional. La chaqueta que estaba sobre la butaca pareció moverse y caer al suelo; un instante después, una mano que agarraba un saco de arena surgió por detrás de mademoiselle Blanche.

Cuando iba a abrir los labios para gritar, el saco cayó sordo sobre su nuca.

Capítulo 22

Incidentes en Anatolia

La señora Upjohn se hallaba sentada al borde de la carretera, desde donde se dominaba un profundo desfiladero. Hablaba en parte en francés y en parte valiéndose de la mímica con una mujer turca, corpulenta y maciza, que le estaba contando, con la mayor profusión posible de detalles, siempre teniendo en cuenta las dificultades de este tipo de conversaciones, todo lo referente a su último parto y a sus cinco abortos. Parecía estar tan satisfecha de estos como de los nacimientos.

—¿Y usted? —le preguntó con picardía, y aguijoneó en el costado a la señora Upjohn—. *Combien? Garçons? Filles? Combien?* —La turca alzó las manos dispuesta a que se lo indicara valiéndose de los dedos.

—*Une fille* —indicó la señora Upjohn.

—*Et garçons?*

Advirtiendo que estaba a punto de decepcionar a la mujer turca, la señora Upjohn, en un arranque de nacionalismo, se valió del perjurio y levantó los cinco dedos de su mano derecha.

—*Cinq* —dijo.

—*Cinq garçons? Très bien!*

La mujer turca inclinó la cabeza en señal de beneplácito y consideración. Agregó que de haberla acompañado una prima suya que hablaba francés con bastante fluidez, se podrían haber entendido mutuamente. Entonces sacó a relucir el tema de su último aborto.

Los otros viajeros estaban desparramados cerca de ella, comiendo unas sobras de viandas que sacaban de los cestos que llevaban consigo. Habían detenido el autobús, que tenía un aspecto deplorable por tanto baqueteo como había sufrido, frente a una roca colgante; el conductor y otros hombres hurgaban dentro del capó. La señora Upjohn había perdido por completo la noción del tiempo. Las riadas habían bloqueado las carreteras, por lo que habían tenido que hacer varios *detours*; en una ocasión, se habían detenido durante siete horas, hasta que había descendido la fuerza de la corriente del riachuelo que estaban vadeando. Todo lo que ella sabía era que Ankara se encontraba en un futuro al que no era del todo imposible llegar. Iba prestando atención a la charla ávida e incoherente de su amiga, tratando de acertar cuándo asentir y mostrar su conformidad agitando la cabeza.

Una voz atajó sus pensamientos, una voz incongruente con el entorno en el que se encontraba:

—La señora Upjohn, supongo —dijo la voz.

La aludida alzó la vista. A poca distancia de ella se había detenido un coche. Sin duda, el hombre que ahora tenía delante había salido de él. Su semblante era inequívocamente británico, al igual que su habla. Iba vestido con un impecable traje de franela gris.

—¡Cielo santo! —exclamó la señora Upjohn—. ¿Es el doctor Livingstone?

—Lo cierto es que ambas situaciones se parecen bastante —reconoció el hombre con un tono agradable—. Mi nombre es Atkinson. Pertenezco al consulado británico de Ankara. Llevamos dos o tres días tratando de ponernos en contacto con usted, pero las carreteras estaban cortadas.

—¿Que querían ponerse en contacto conmigo? ¿Para qué? —La señora Upjohn se levantó de repente. Toda traza de la alegre viajera había desaparecido. Ahora era solo y por completo una madre; hasta la última partícula de su ser—. ¡Julia! —profirió vivamente—. ¿Le ha pasado algo a Julia?

—No, no —le aseguró el señor Atkinson—. Julia está perfectamente. No se trata de ella en absoluto. Es que en Meadowbank ha habido una serie de problemas, y es necesario que se persone usted allí lo antes posible. Yo la llevaré en mi coche a Ankara, donde podrá tomar un avión dentro de una hora.

La señora Upjohn despegó los labios y luego los volvió a juntar. Poco después dijo:

—Haga el favor de alcanzarme mi bolsa de viaje de lo alto del autobús. Es la azul marino. —Se volvió a su compañera turca, le estrechó la mano y le dijo—: Lo siento, pero tengo que volver a casa.

Saludó con la mano al resto de los ocupantes del autobús haciendo gala de la más extrema cordialidad, pronunciando un cumplido turco de despedida que formaba parte de su limitado vocabulario en aquel idioma, y se dispuso a seguir al señor Atkinson sin formular más preguntas. El hombre advirtió, como ya antes lo habían hecho otras muchas personas, que la señora Upjohn era una mujer sensata.

Capítulo 23

Desenlace

I

En una de las aulas más pequeñas, la señorita Bulstrode miró de una en una a las personas allí congregadas. Todos los miembros de su cuadro de profesoras se hallaban presentes. La señorita Chadwick, Johnson y Rich, y las dos profesoras más jóvenes. Ann Shapland estaba sentada con su bloc y un lápiz por si la señorita Bulstrode la necesitaba para tomar notas. Al lado de la directora se sentó el inspector Kelsey y algo alejado de este, Hércules Poirot. Adam Goodman estaba en «tierra de nadie», a igual distancia del profesorado y de lo que él llamaba, en sus propias palabras, «el cuerpo ejecutivo». La señorita Bulstrode se levantó y empezó a hablar con voz modulada y maneras firmes.

—Creo que es mi deber hacia todas ustedes —expuso—, como miembros de mi plana mayor e interesadas en el bienestar del colegio, informarlas exactamente de hasta qué punto ha progresado esta investigación. El inspector Kelsey me ha expuesto varios hechos y monsieur Hércules Poirot, que está muy bien relacionado en el mundo entero y ha obtenido una valiosa ayuda de Suiza, informará por sí mismo sobre este asunto en particular. Todavía no hemos llegado al final de la investigación, lamento decirlo, pero algunos pequeños detalles han sido aclarados por completo, e imaginé que sería un alivio para todas ustedes saber cómo marcha la cuestión en el momento presente.

La señorita Bulstrode miró al inspector Kelsey y este se puso en pie.

—Oficialmente —empezó— no me encuentro en situación de revelar todo cuanto sé. Solo puedo tranquilizarles diciendo que estamos haciendo progresos y que empezamos a tener una idea bastante clara de quién puede ser responsable de los tres crímenes que se han cometido dentro de los límites del colegio. No iré más allá de eso. Mi amigo, monsieur Hércules Poirot, que no debe observar ninguna confidencialidad oficial y disfruta de plena libertad para comunicarles sus propias ideas, les referirá a ustedes cierta información que se ha procurado él mismo valiéndose de su influencia. Tengo la convicción de que todas ustedes son leales a Meadowbank y a la señorita Bulstrode, y que por ello tratarán con la discreción que merecen ciertas cuestiones que va a tocar monsieur Poirot y que no son de interés público. Cuantos menos comentarios o especulaciones haya sobre ellas, tanto mejor será. Así que voy a rogarles que se reserven para sí los datos de los que van a tener noticias aquí. ¿Queda entendido?

—Por supuesto —aseguró la señorita Chadwick con énfasis, tomando la palabra antes que ninguna otra—. Desde luego que todas somos leales a Meadowbank. Por lo menos, yo confío en que así es.

—Naturalmente —aseveró la señorita Johnson.

—Oh, sí —dijeron las dos profesoras más jóvenes.

—Estoy de acuerdo —convino Eileen Rich.

—Entonces, monsieur Poirot, cuando guste...

Hércules Poirot se puso en pie, dedicó una sonrisa a su auditorio y se retorció con cuidado el bigote. Las dos profesoras más jóvenes experimentaron un súbito deseo de dejar escapar una risita tonta y evitaron cruzar sus miradas, apretando con firmeza los labios.

—Sé que han sido días penosos y difíciles para todas ustedes —comenzó—. Deseo que sepan, antes que nada, que yo me hago cargo de eso. Aunque para la señorita Bulstrode ha resultado ser, claro, peor que para ninguna otra, todas ustedes han sufrido lo suyo. En primer lugar, han padecido la pérdida de tres de sus colegas, una de las cuales estuvo aquí durante un considerable periodo de tiempo, me refiero a la señorita Vansittart. La señorita Springer y mademoiselle Blanche eran, desde luego, recién llegadas, pero no dudo que sus muertes fueron para ustedes un duro golpe y un acontecimiento doloroso.

»También deben de haber sufrido un enorme pavor, porque parece como si hubiera una especie de venganza personal dirigida contra las profesoras de Meadowbank. Eso, se lo puedo asegurar al igual que el inspector Kelsey, no es así. Meadowbank, por una serie fortuita de contingencias, se convirtió en el centro de atención de varios intereses indeseables. Por decirlo de algún modo, se ha colado un gato en el palomar. Aquí se han cometido tres asesinatos, y también ha habido un secuestro.

»Primero me ocuparé de esto último, pues en toda esta historia lo más difícil ha sido resolver algunos extraños acontecimientos que, si bien son delitos en sí mismos, oscurecen el hilo más importante, el hilo que nos lleva hasta una persona asesina dispuesta a matar despiadadamente y que se encuentra en medio del cuerpo de profesoras. —Se sacó una fotografía del bolsillo—. Antes que nada, quiero que todas observen esta instantánea.

Kelsey la tomó, se la entregó a la señorita Bulstrode, que a su vez la fue pasando a las demás, hasta que se la devolvió a Poirot. El detective se detuvo a observar cada uno de sus rostros, por el momento inexpresivos.

—Les pregunto a ustedes, a todas ustedes, ¿reconocen a la chica de la fotografía?

Todas negaron con la cabeza.

—Pues deberían reconocerla —indicó Poirot—, pues se trata de una fotografía de la princesa Shaista que yo mismo obtuve en Ginebra.

—Pero ¡esa no es Shaista, ni muchísimo menos! —gritó la señorita Chadwick.

—En efecto —replicó Poirot—. Los hilos de todo este asunto tienen su comienzo en Ramat, donde, como ustedes saben, estalló una revolución, un *coup d'état*, hace unos tres meses. El príncipe Alí Yusuf consiguió huir en una avioneta que conducía su piloto privado. Sin embargo, el aparato se estrelló en unas montañas al norte de Ramat y no se descubrió hasta algún tiempo después.

»El príncipe Alí Yusuf llevaba siempre encima cierto artículo de gran valor que no apareció entre los restos del accidente, y circularon rumores de que lo habían traído a este país. Muchas personas estaban impacientes por hacerse con tan valioso artículo, y uno de los hilos que tenían para llegar hasta él era el único familiar vivo del príncipe Alí Yusuf, su prima hermana, una chica que por aquel entonces estaba en un internado de Suiza.

»Lo más probable sería que, de haber conseguido sacar el objeto a salvo de Ramat, este hubiese sido entregado a Shaista o a sus parientes y tutores. Ciertos agentes se dedicaron a vigilar a su tío, el emir Ibrahim; otros intentaron no perder de vista a la princesa Shaista. Era bien sabido que ella se trasladaría a este internado, Meadowbank, para cursar el actual trimestre. Por lo tanto, habría parecido perfectamente natural que enviaran aquí a alguien para que obtuviese un empleo, pudiera vigilar de cerca a cualquiera que se aproximara a la princesa y estuviese alerta a sus cartas y sus recados telefónicos.

»Sin embargo, elaboraron una idea mucho más simple y eficaz: raptar a Shaista y enviar en su lugar a una de sus propias agentes a este centro, haciéndola pasar por la auténtica princesa. Tal jugada podría llevarse a cabo con éxito, pues el emir Ibrahim se encontraba en Egipto y no tenía intención alguna de visitar Inglaterra hasta finales de este verano. La señorita Bulstrode no conocía a la chica y todos los acuerdos que había concertado referentes a su llegada al internado se efectuaron a través de la embajada de Londres.

»El plan era tremendamente sencillo. La auténtica Shaista abandonó Suiza acompañada por un delegado de la embajada en Londres; por lo menos, eso era lo que se suponía. De hecho, la embajada fue informada de que un delegado del colegio suizo acompañaría a la chica a Londres. Sin embargo, llevaron a la verdadera Shaista a un chalet muy agradable en Suiza, donde ha permanecido desde entonces, y una chica por completo diferente llegó a Londres, donde fue recibida por un comisionado de la embajada y traída posteriormente a este colegio. Huelga aclarar que la sustituta era, necesariamente, mucho mayor que Shaista. Pero esto no llamaría la atención, puesto que las chicas orientales suelen estar mucho más desarrolladas que las occidentales de su misma edad. Una joven actriz francesa, especializada en papeles de colegiala, fue quien se encargó de llevar a cabo la misión. Como algunas recordarán, les pregunté si se habían fijado en las rodillas de Shaista. Estas son una magnífica indicación de la edad. Las rodillas de una mujer de veintidós o veintitrés años no pueden confundirse con las de una chica de catorce o quince. Nadie, por desgracia, había reparado en ellas.

»El plan no tuvo el éxito esperado. Nadie intentó ponerse en contacto con Shaista. No llegó ninguna carta para ella, ni tampoco hubo ninguna llamada telefónica de importancia. A medida que iba transcurriendo el tiempo, surgió un nuevo motivo de inquietud. Se enteraron de que era muy posible que el emir Ibrahim llegara a Inglaterra antes de la fecha prevista. No era un hombre que anunciara sus planes con antelación. Tenía la costumbre, si no me han informado mal, de decir por la noche: "Mañana me marcho a Londres", y partir sin más al día siguiente.

»La falsa Shaista, por lo tanto, estaba avisada de que una persona que conocía a la auténtica princesa podría aparecer de un momento a otro. El peligro aumentó después del asesinato, por lo que empezó a preparar el terreno sacando a relucir el miedo a que la secuestraran ante el inspector Kelsey. Ni que decir tiene que el secuestro fue una pantomima. Tan pronto como se enteró de que su "tío" vendría a llevársela la mañana del día siguiente, envió un breve recado por teléfono y media hora antes que el auténtico coche del emir apareció un ostentoso automóvil con matrícula falsa y Shaista fue oficialmente "raptada". En realidad, el coche la dejó en la primera ciudad importante por la que pasaron, donde inmediatamente recuperó su verdadera identidad. Enviaron una nota de rescate *amateur* para mantener en pie la farsa. —Hércules Poirot hizo una pausa antes de proseguir—: Se trataba, como pueden ver, de un truco de ilusionista para desviar la atención de su público en una dirección falsa: todos los ojos se enfocan en este secuestro y a nadie se le ocurre pensar que el verdadero secuestro había ocurrido realmente tres semanas antes, en Suiza.

Lo que de verdad quiso decir Poirot, pero fue bastante educado para no mencionarlo, es que eso no se le había ocurrido a nadie más que a él.

—Pasemos ahora —continuó— a algo más serio que el secuestro: el asesinato. La falsa Shaista podría, por supuesto, haber matado a la señorita Springer, pero no a la señorita Vansittart o a mademoiselle Blanche, y no tenía motivo alguno para asesinar a ninguna ni era eso lo que se requería de ella. Su papel consistía, simplemente, en recibir un valioso paquete en caso de que, como parecía probable, le fuera entregado, o en informar si recibiera noticias de él.

»Viajemos ahora a Ramat, donde se inició todo esto. Fue muy rumoreado que el príncipe Alí Yusuf había hecho entrega de este valioso paquete a Bob Rawlinson, su piloto particular, y que Rawlinson se dirigió al hotel principal de Ramat, donde se hospedaba su hermana, la señora Sutcliffe, con su hija, Jennifer. Estas habían salido, pero Bob Rawlinson subió a la habitación que ocupaban, donde pasó unos veinte minutos. Un lapso de tiempo más bien largo, teniendo en cuenta las circunstancias. Podía, por supuesto, haberse entretenido escribiendo una larga carta a su hermana. Pero no fue así. Dejó allí una breve nota, que tardaría poco menos de dos minutos en garabatear.

»Como corolario, diversas partes interesadas llegaron a la conclusión de que el tiempo que estuvo en la habitación lo empleó en esconder este objeto entre los efectos de su hermana y que ella lo trajo consigo en su viaje de regreso a Inglaterra. Ahora llegamos al punto donde se bifurcan dos hilos diferentes. Un grupo de interesados (o, posiblemente, más de un grupo) supuso que la señora Sutcliffe trajo el artículo consigo en su viaje de vuelta a Inglaterra y, en consecuencia, su casa de campo fue registrada de forma concienzuda, lo que demostró que quien buscaba no sabía con exactitud dónde estaba escondido el artículo. Solamente sabía que, con toda probabilidad, se hallaba en alguna parte entre las posesiones de la señora Sutcliffe.

»Sin embargo, otra persona conocía con precisión el sitio exacto donde estaba escondido el objeto, y considero que a estas alturas no puede causar perjuicio alguno que les revele el sitio donde, efectivamente, lo ocultó Bob Rawlinson. Lo depositó en el mango de una raqueta de tenis, ahuecándolo y volviéndolo a ensamblar con tal destreza que sería muy difícil advertir después lo que había hecho.

»La raqueta de tenis pertenecía no a su hermana, sino a la hija de esta, Jennifer, que la trajo consigo a Meadowbank. Cierta persona que sabía con exactitud dónde se hallaba escondido el tesoro se dirigió una noche al pabellón de deportes, después de haber tomado un molde de la llave y hacer un duplicado. A esas horas de la noche, todo el mundo en el internado debería haber estado durmiendo, pero no fue así. La señorita Springer vio la luz que arrojaba una linterna en el pabellón de deportes y se dirigió hacia allí para investigar. Era una mujer fuerte y tozuda, que no tenía ninguna duda de su capacidad a la hora de afrontar cualquier situación peligrosa que le saliera al paso. La persona en cuestión estaba probablemente escudriñando entre las raquetas de tenis para encontrar la auténtica. Descubierta por la señorita Springer, no perdió el tiempo... La persona que estaba registrando era una asesina: disparó contra la señorita Springer y la mató. Sin embargo, tuvo que actuar con rapidez. Habían oído el disparo y unos pasos se acercaban... La persona que cometió el asesinato tenía que salir del pabellón de deportes a toda costa. De momento, debía dejar la raqueta donde se encontraba.

»Algunos días después probó con un método diferente. Una mujer extraña, que hablaba con fingido acento norteamericano, acechó a Jennifer Sutcliffe cuando regresaba de la pista de tenis y le contó una plausible historia acerca de un familiar suyo que le había enviado una raqueta de tenis nueva. Jennifer creyó esta historia sin sospechar nada y cambió la raqueta que llevaba por la que la desconocida le había traído, nueva y mucho más cara. Sin embargo, se daba una circunstancia que la mujer con acento norteamericano desconocía: algunos días antes, Jennifer Sutcliffe y Julia Upjohn habían intercambiado sus respectivas raquetas, de modo que la extraña mujer se llevó la vieja raqueta de Julia Upjohn, aun cuando en la cinta de identificación figurara el nombre de Jennifer.

»Ahora llegamos a la segunda tragedia. La señorita Vansittart, por alguna razón desconocida, pero relacionada posiblemente con el secuestro de Shaista, que había tenido lugar esa misma mañana, cogió una linterna y se encaminó hacia el pabellón de deportes después de que todo el mundo se hubiera acostado. Alguien que la siguió hasta allí la golpeó con una pesada porra o con un saco de arena cuando estaba agachada junto a la taquilla de Shaista. De nuevo, el crimen se descubrió enseguida. La señorita Chadwick percibió una luz en el pabellón de deportes y corrió hacia allí.

»La policía tomó una vez más a su cargo la custodia del pabellón de deportes, privando de nuevo a la persona asesina de rebuscar y examinar allí las raquetas de tenis. Pero entonces Julia Upjohn, una niña harto inteligente, reflexionó sobre todas estas cosas y llegó a la conclusión lógica de que la raqueta que ella tenía en su poder, y que originariamente perteneció a Jennifer, era importante en algún sentido. Investigó por su cuenta, hasta comprobar que sus sospechas eran fundadas, y me trajo a mí el contenido de la raqueta, que en este momento se encuentra bajo custodia y que ya no nos concierne. —Hizo una pausa y prosiguió—: Nos queda aún por considerar la tercera tragedia.

»Lo que mademoiselle Blanche sabía o sospechaba es algo que no llegaremos a saber jamás. Puede que hubiera advertido a alguien saliendo de la casa la noche en que asesinaron a la señorita Springer. Pero sea lo que fuere, ella conocía la identidad de la persona que había cometido el asesinato. Se guardó ese dato para ella y planeó, astuta y cuidadosamente, la forma de obtener dinero a cambio de su silencio.

»No hay nada —prosiguió Poirot con compasión— más peligroso que chantajear a una persona que ya ha matado antes, y quizá más de una vez. Es posible que mademoiselle Blanche tomara precauciones, pero fueron insuficientes. Concertó una cita con la persona asesina y acabó a su vez siendo asesinada. —Hizo una nueva pausa—. Así pues, ahí tienen la relación de todo el asunto.

Los presentes se quedaron mirándolo fijamente. Sus rostros, que al principio habían mostrado interés, sorpresa y excitación, parecían ahora helados en una calma uniforme, aterrados e incapaces de mostrar emoción alguna. Hércules Poirot les dedicó un expresivo gesto de asentimiento.

—Sí, ya sé cómo se sienten ustedes —afirmó—. Le ha tocado muy de cerca al colegio. Esa es la razón por la cual el inspector Kelsey, el señor Adam Goodman y yo hemos estado haciendo las pesquisas necesarias. ¡Tenemos que averiguar si todavía hay un gato en el palomar! ¿Entienden a qué me refiero? ¿Se encuentra aquí todavía una persona hábilmente enmascarada?

Una leve agitación recorrió todo el auditorio, como si cada una de las presentes deseara mirar de soslayo a los demás pero no se atreviera a hacerlo.

—Tengo la satisfacción de poderlas tranquilizar —aseguró Poirot—. Todas las personas que se encuentran aquí en este momento son las personas que dicen ser. La señorita Chadwick, por ejemplo, es la señorita Chadwick...; de eso no hay la menor duda, puesto que ha estado aquí tanto tiempo como el mismo Meadowbank. La señorita Johnson es inconfundiblemente la señorita Johnson. La señorita Rich no es otra que la señorita Rich. La señorita Shapland es la señorita Shapland. La señorita Rowan y la señorita Blake son la señorita Rowan y la señorita Blake. Para ir aún más lejos —prosiguió Poirot volviendo la cabeza—, Adam Goodman, que trabaja aquí en el jardín, es, si no Adam Goodman, por lo menos la persona cuyo nombre está inscrito en sus credenciales. Así pues, ¿dónde nos encontramos? Debemos buscar no a alguien que se está enmascarando como otra persona, sino a alguien que, aun con su propia identidad, es la persona asesina.

»Necesitamos, en primer lugar, a alguien que estuviese hace tres meses en Ramat. Solo pudo llegar a saber que el tesoro estaba escondido en la raqueta de un modo: debió de haber visto que Bob Rawlinson lo colocaba allí. Esta es una deducción de lo más simple. ¿Quién, pues, de entre las personas aquí presentes, estaba en Ramat hace tres meses? La señorita Chadwick se encontraba aquí. Igual que la señorita Johnson. —Miró a las dos profesoras más jóvenes—. La señorita Rowan y la señorita Blake estaban aquí. —Continuó señalando con el dedo—. Pero la señorita Rich..., la señorita Rich no estuvo aquí el pasado trimestre, ¿verdad?

—Yo... no. Yo estaba enferma —dijo ella apresuradamente—. Falté durante un trimestre.

—Eso es algo que ignorábamos —admitió Hércules Poirot— hasta que, hace pocos días, alguien lo mencionó de manera fortuita. Cuando la policía la interrogó por primera vez, usted se limitó a decir que hacía año y medio que trabajaba en Meadowbank. Eso es, en sí, completamente cierto. Pero usted se ausentó durante el trimestre pasado. Usted pudo haber estado en Ramat... Y yo creo que lo estuvo. Tenga cuidado con lo que declara. Podemos comprobar su pasaporte, como sabe.

Hubo un momento de silencio, transcurrido el cual Eileen Rich miró a Poirot con la cabeza alta.

—Sí —concedió tranquilamente—, estuve en Ramat. ¿Por qué no?

—¿Por qué fue usted a Ramat, señorita Rich?

—Ya lo sabe. Estaba enferma. Me prescribieron reposo..., que me marchara al extranjero. Escribí a la señorita Bulstrode explicándole la razón por la cual debía tomarme unas vacaciones durante un trimestre. Ella lo comprendió perfectamente.

—Eso es cierto —corroboró la señorita Bulstrode—. E incluía en la carta un certificado del doctor en el que se hacía constar que sería poco aconsejable que la señorita Rich retomara sus obligaciones antes del siguiente trimestre.

—Así que... usted fue a Ramat —dijo Hércules Poirot.

—¿Por qué no podía ir a Ramat? —replicó Eileen Rich. Se advertía un ligero temblor en su voz—. Ofrecen tarifas reducidas a los profesores. Necesitaba descanso. Necesitaba sol. Fui a Ramat. Pasé dos meses allí. ¿Por qué no? ¿Por qué no?, pregunto.

—Usted jamás mencionó que estuviera en Ramat en la época de la revolución.

—¿Por qué había de mencionarlo? ¿Qué tiene que ver con nada de lo ocurrido aquí? No he matado a nadie, se lo aseguro. No he matado a nadie.

—La reconocieron —afirmó Hércules Poirot—. No de una manera definitiva, pero Jennifer hizo una vaga descripción que de algún modo coincidía con usted.

Declaró que creía haberla visto en Ramat, pero concluyó que no podía haberse tratado de usted, porque la persona a quien ella vio, según dijo, era gruesa, no delgada. —Se echó hacia delante, taladrando con la mirada la cara de Eileen Rich—. ¿Qué tiene usted que decir, señorita Rich?

La señorita Rich se giró en redondo.

—¡Imagino lo que está tratando de hacer ver! —gritó—. Está intentando probar que no fue un agente secreto o alguien de esa calaña quien cometió todos esos asesinatos. Que fue alguien que por casualidad estaba allí, alguien que por azar acertó a ver que escondían ese tesoro en una raqueta de tenis. Alguien que se percató de que la chica iba a venir a Meadowbank y que tendría la oportunidad de coger para sí misma esos objetos ocultos. Pero ¡le digo que eso no es verdad!

—Creo que eso es lo que pasó. Sí —aseguró Poirot—. Alguien que vio cómo Bob Rawlinson escondía las joyas y olvidó todas sus obligaciones y deberes con la determinación de poseerlas.

—Le digo que no es verdad. Yo no vi nada...

—Inspector Kelsey —dijo Poirot volviendo la cabeza.

El inspector Kelsey asintió... Se dirigió hacia la puerta, la abrió y la señora Upjohn apareció en la habitación.

II

—¿Cómo está usted, señorita Bulstrode? —dijo la señora Upjohn, que parecía algo desconcertada—. Siento ofrecer un aspecto tan desarreglado, pero ayer me encontraba cerca de Ankara y acabo de llegar a Inglaterra en avión. Tengo una pinta impresentable, pero no me ha dado tiempo de arreglarme ni de hacer nada.

—No se preocupe —la tranquilizó Hércules Poirot—. Solo deseamos hacerle a usted una pregunta.

—Señora Upjohn —intervino Kelsey—, cuando vino aquí, al colegio, a traer a su hija y se hallaba en el despacho de la señorita Bulstrode, usted miró por la ventana que da a la calzada en la fachada principal y profirió una exclamación de sorpresa, como si hubiera reconocido a alguien. ¿No es esto cierto?

La mujer se lo quedó mirando fijamente.

—¿Cuando estaba en el despacho de la señorita Bulstrode? Yo miré... Oh, sí, ¡claro que sí! Es cierto, vi a una persona.

—¿Una persona a quien le sorprendió ver?

—Pues... Sí, me sorprendí bastante... Verá, habían pasado ya tantos años...

—¿Se refiere al final de la guerra, cuando usted trabajaba en el servicio de espionaje?

—Sí. Fue hace unos quince años. Había envejecido, por supuesto, pero la reconocí al momento. Y sentí mucha curiosidad por saber qué podría estar haciendo aquí.

—Señora Upjohn, ¿quiere decirme si ve usted a esa persona aquí ahora?

—Sí, desde luego que la veo —aseguró la señora Upjohn—. La distinguí nada más entrar. Esa es.

Alargó un dedo para señalarla. El inspector Kelsey actuó con celeridad, igual que Adam, pero no fueron lo bastante rápidos. Ann Shapland se levantó de un salto. Empuñando una pequeña arma automática, apuntó con ella directamente a la señora Upjohn. La señorita Bulstrode, que fue más rápida que los dos hombres, avanzó con decisión, pero la señorita Chadwick fue aún más veloz. No era a la señora Upjohn a quien trataba de escudar, sino a la mujer que estaba en pie entre Ann Shapland y la señora Upjohn.

—¡No, no lo haga! —gritó Chaddy lanzándose delante de la señorita Bulstrode en el preciso instante en que una bala de la pequeña automática salió disparada.

La señorita Chadwick se tambaleó y cayó al suelo, encogiéndose. La señorita Johnson corrió hacia ella. Adam y Kelsey ya habían detenido a Ann Shapland. Estaba luchando como una gata salvaje, pero lograron arrancarle la automática de la mano.

La señora Upjohn dijo con voz entrecortada:

—Ya entonces decían de ella que era una asesina, a pesar de ser tan joven. Era uno de los agentes más peligrosos que tenían, su nombre en clave era Angelica.

—¡Perra mentirosa! —escupió Ann Shapland.

—No está mintiendo —repitió Hércules Poirot—. Es usted una persona peligrosa. Siempre ha llevado una vida arriesgada. Todos los trabajos que ha efectuado utilizando su verdadero nombre han sido perfectamente legales y ejecutados con eficiencia..., pero todos los ha realizado con una finalidad: obtener informes y espiar. Ha trabajado en una compañía petrolera, y también para un arqueólogo, cuyas investigaciones lo llevaban a cierta parte del globo, y con una actriz cuyo protector era un político eminente. Desde que tenía diecisiete años ha trabajado como agente secreto..., aunque para muchos jefes diferentes. Ha prestado sus servicios y se los han pagado muy bien. Ha desempeñado un doble papel. Y si bien la mayoría de sus misiones las ha llevado a cabo usando su verdadero nombre, también hubo ciertos encargos para los cuales usted asumió diferentes identidades. Era a lo que se dedicaba cuando decía que tenía que regresar a su hogar para cuidar de su madre. Pero sospecho, señorita Shapland, que la mujer mayor a quien visité, que vive en un pueblecito con una enfermera que la cuida y que es indudablemente una enferma mental, no es su madre en absoluto. Ella ha sido el pretexto del que se ha valido para poder retirarse, cuando así le convenía, de sus empleos y para no tener que dar explicaciones a su círculo de amistades.

»Los tres meses de este invierno que pasó con su "madre" cuando sufrió uno de sus "ataques" se corresponden con el tiempo en que estuvo en Ramat, no como Ann Shapland, sino como Ángela Romero, una bailarina española de flamenco. Usted ocupaba en el hotel la habitación contigua a la de la señora Sutcliffe y se las ingenió de un modo u otro para observar a Bob Rawlinson cuando escondía las joyas en la raqueta. Usted no tuvo oportunidad de coger la raqueta, porque entonces tuvo lugar la imprevista evacuación de todos los súbditos británicos, pero leyó las etiquetas del equipaje y le resultó fácil averiguar lo que le interesaba. Obtener aquí un puesto como secretaria tampoco le resultó difícil. He hecho algunas indagaciones. Usted pagó una suma considerable a la anterior secretaria de la señorita Bulstrode para que abandonara su puesto alegando una depresión nerviosa y, para convencerla, elaboró una historia completamente plausible: que le habían encargado escribir una serie de artículos sobre un famoso internado femenino "visto por dentro".

»Todo parecía facilísimo, ¿verdad? Si desaparecía la raqueta de una alumna, ¿qué podía tener de particular?

Más sencillo todavía: no tenía más que ir una noche al pabellón de deportes y sustraer las joyas. Pero no contó con la señorita Springer. Tal vez ella ya la había visto antes examinando las raquetas, o quizá la descubrió aquella noche por casualidad. La señorita Springer la siguió hasta allí y usted la mató de un tiro. Más tarde, mademoiselle Blanche intentó hacerle chantaje y también la asesinó. El acto de matar es una cosa que le sale a usted con toda naturalidad, ¿no es cierto?

Poirot dejó de hablar. Kelsey amonestó a su prisionera con una monótona voz oficial, pero Ann Shapland no le prestó atención. Volviéndose hacia Hércules Poirot, prorrumpió en un torrente de insultos que sobrecogieron a todos los presentes.

—¡Caramba! —exclamó Adam cuando Kelsey se la llevó—. ¡Y yo que creí que era una chica refinada!

—Me temo que la señorita Chadwick esté malherida —dijo la señorita Johnson, que había estado arrodillada al lado de esta—. Lo mejor que podemos hacer es no moverla hasta que llegue el doctor.

Capítulo 24

Poirot dilucida

I

La señora Upjohn, al recorrer los pasillos de Meadowbank, se había olvidado ya de la emocionante escena que acababa de vivir. En estos momentos solo era una madre buscando a su hija. La encontró en un aula desierta. Julia estaba inclinada sobre un pupitre con la lengua fuera, absorta en las agonías de la redacción. Alzó la vista y la miró fijamente. Como una flecha corrió por la clase para ir a abrazar a su madre.

—¡Mamá!

Entonces, con el sentido del ridículo característico de su edad, avergonzada de no haber reprimido la emoción, se separó de su progenitora y, esmerándose por que su conversación pareciera fortuita, preguntó con un tono que tenía algo de acusador:

—¿No estás de vuelta demasiado pronto?

—He regresado en avión desde Ankara —le explicó su madre, casi excusándose.

—¡Oh! —exclamó Julia—. Bueno, estoy encantada de que hayas venido.

—Sí, yo también lo estoy.

Se miraron la una a la otra con perplejidad.

—¿Qué haces? —le preguntó la señora Upjohn acercándose un poco más.

—Una redacción para la señorita Rich —le explicó Julia—. Nos propone unos temas muy interesantes.

—¿Cuál os ha propuesto esta vez? —preguntó la señora Upjohn, que se inclinó sobre el pupitre.

El título de la redacción estaba escrito en lo alto de la página: «Contrastar las actitudes de Macbeth y lady Macbeth con relación al crimen», leyó la señora Upjohn. Unas nueve o diez líneas, con la letra desigual y desparramada de Julia, empezaban más abajo.

—¡Vaya! —exclamó escéptica—. No se puede decir que el tema sea muy original.

Leyó el principio del ensayo literario de su hija: «A Macbeth —escribía Julia— le gustaba la idea del asesinato y había estado pensando en él una barbaridad, pero necesitaba que le dieran un empujón para decidirse a empezar. Una vez que se metió de lleno, se lo pasó en grande asesinando gente y ya no tuvo más remordimientos ni temores. Lady Macbeth no era más que una avariciosa y una ambiciosa. Creía que no le importaba hacer lo que fuera para conseguir lo que deseaba. Pero, una vez que lo hizo, se dio cuenta de que no le gustaba en absoluto».

—Tu estilo no es muy elegante —dijo la señora Upjohn—. Me parece que tendrás que pulirlo un poquito, pero ciertamente tienes algo ahí dentro.

II

El inspector Kelsey estaba hablando en un tono algo quejoso.

—Lo ha hecho usted muy bien, Poirot —lo halagó—. Sabe cómo decir y poner en práctica muchas cosas que nosotros ignoramos, y debo admitir que toda la puesta en escena ha sido magnífica: hacer que relajara su estado de alerta, induciéndola a pensar que sospechábamos de la señorita Rich, y después la inopinada aparición de la señora Upjohn, que le hizo perder la cabeza. Hemos de dar gracias a Dios de que conservaba la automática después de haber matado a la señorita Springer. Si la bala coincide...

—Coincidirá, *mon ami*, coincidirá —pronosticó Poirot.

—Bueno, en ese caso la tenemos atrapada por el asesinato de la señorita Springer, e imagino que la señorita Chadwick está bastante mal. Pero verá, Poirot, lo que todavía no alcanzo a comprender es cómo pudo haber matado a la señorita Vansittart. Es físicamente imposible. Tiene una coartada a prueba de bombas..., a menos que el joven Rathbone y todo el personal de Le Nid Sauvage estén compinchados con ella.

Poirot negó con la cabeza.

—Oh, no. Su coartada es perfectamente válida. Ella mató a la señorita Springer y a mademoiselle Blanche. Pero a la señorita Vansittart quien la mató fue la señorita Chadwick.

—¡¿La señorita Chadwick?! —exclamaron la señorita Bulstrode y el inspector Kelsey al unísono.

—Estoy seguro de ello —afirmó Poirot.

—Pero... ¿por qué?

—Me parece —apuntó el detective— que la señorita Chadwick le tiene demasiado cariño a Meadowbank.

—Su mirada se cruzó con la de la señorita Bulstrode.

—Comprendo —repuso esta—. Sí, sí, comprendo... Debería haberlo sospechado. Usted quiere decir que ella...

—Quiero decir —aclaró Poirot— que ella fundó el colegio con usted y que durante todo el tiempo transcurrido desde entonces consideró Meadowbank como un arriesgado proyecto en el que se sentía ligada a usted.

—Lo cual, en cierto sentido, es verdad —manifestó la señorita Bulstrode.

—Completamente cierto —convino Poirot—. Sobre todo en el aspecto económico. Sea como sea, cuando usted empezó a hablar de retirarse, ella se consideró a sí misma la persona llamada a tomar posesión del cargo.

—Pero si era muy mayor para ello —objetó la señorita Bulstrode.

—Sí —acordó Poirot—, era demasiado mayor y no estaba capacitada para desempeñar el cargo de directora. Pero ella no lo creía así. Imaginaba como cosa hecha que cuando usted se retirase, ella se convertiría en la directora de Meadowbank. Sin embargo, después descubrió que no era así, sino que usted se había decidido por Eleanor Vansittart. Y ella adoraba Meadowbank. Adoraba el internado y no le tenía simpatía a Eleanor Vansittart. Me atrevería a decir que incluso había terminado por odiarla.

—Puede ser —asintió la señorita Bulstrode—. Sí, Eleanor Vansittart estaba demasiado pagada de sí misma, con un gran complejo de superioridad en todos los asuntos, algo muy difícil de sobrellevar cuando se siente envidia. Eso es lo que quiere dar a entender, ¿verdad? Que Chaddy tenía envidia.

—Sí —aseguró Poirot—. Estaba celosa de Eleanor Vansittart. No podía soportar pensar que el colegio y la señorita Vansittart algún día formarían un todo indisoluble. Entonces, tal vez algún cambio en su comportamiento la indujo a pensar que estaba desistiendo de tal idea.

—Es cierto que desistí de ella —afirmó la señorita Bulstrode—, pero no en el sentido que tal vez Chaddy se imaginó. En realidad, pensé en alguien bastante más joven que la señorita Vansittart... Recapacité y me dije: «No, es demasiado joven... No tiene experiencia suficiente...». Recuerdo que Chaddy me acompañaba entonces.

—Y ella pensó —dedujo Poirot— que usted se refería a que la señorita Vansittart era demasiado joven, y le dijo que estaba totalmente de acuerdo, ¿no es cierto? Supuso que la experiencia y los conocimientos que ella poseía eran mucho más importantes. Pero entonces, después de todo eso, usted volvió a su decisión original: se decidió por Eleanor Vansittart como la persona indicada y la dejó aquel fin de semana a cargo del internado.

»Supongo que esto es lo que sucedió: la noche de aquel domingo, la señorita Chadwick, que estaba inquieta e insomne, se levantó de la cama y vio luz en el pabellón de deportes. Se dirigió hacia allí, tal como declaró. Solo hay un detalle en su declaración que difiere de lo que sucedió en realidad. No echó mano de un palo de golf, sino de un saco de arena de los que hay en el vestíbulo; se encaminó con él hacia allí, decidida a habérselas con un ladrón, alguien que por segunda vez había irrumpido en el pabellón de deportes. Tenía el saco de arena en la mano, dispuesta a defenderse en caso de que la atacaran. ¿Y a quién encontró? A Eleanor Vansittart escudriñando una taquilla. Y entonces es muy posible que pensara lo siguiente (sepa que me doy gran habilidad en adentrarme en el cerebro de los demás) —dijo Hércules Poirot haciendo un paréntesis—. Pensó: "Si yo fuera un merodeador o un ladrón nocturno, me acercaría a ella por la espalda para atizarle un golpe". Y al tiempo que lo pensaba, no muy consciente de lo que estaba haciendo, alzó el saco de arena y la golpeó.

»Y allí quedó muerta Eleanor Vansittart, fuera de su camino. Entonces, supongo, se sintió aterrorizada por lo que había hecho. Es algo que la ha estado atormentando desde esa noche..., porque la señorita Chadwick no es una asesina por naturaleza. Lo hizo impulsada, como muchas otras personas, por los celos y la obsesión. La obsesión en que se había convertido su amor por Meadowbank. Así pues, no confesó. Contó el suceso tal como había pasado, omitiendo un hecho de vital importancia: que fue ella quien golpeó a Eleanor Vansittart. Sin embargo, cuando la interrogaron respecto al palo de golf que presumiblemente llevó consigo la víctima, presa del miedo después de todo lo que había ocurrido, la señorita Chadwick declaró enseguida que fue ella quien lo llevó allí. No quería que ustedes llegaran a pensar ni siquiera un momento que lo que ella había cogido era el saco de arena.

—Y ¿por qué escogió Ann Shapland también un saco de arena para matar a mademoiselle Blanche? —preguntó la señorita Bulstrode.

—En primer lugar, presumo que no quería correr el riesgo de que se oyera otro disparo dentro del internado; además, es una joven muy astuta. Intentaba relacionar este tercer asesinato con el segundo, para el cual tenía una buena coartada.

—Pero lo que en realidad no alcanzo a entender es qué podría estar haciendo Eleanor Vansittart en el pabellón de deportes —dijo la señorita Bulstrode.

—Yo creo que estaba, probablemente, mucho más preocupada por la desaparición de Shaista de lo que aparentaba. Estaba tan conmocionada como la señorita Chadwick. En cierto modo, era bastante peor en su caso, porque usted la había dejado a cargo del internado y el secuestro había tenido lugar cuando ella asumía esa responsabilidad. Además, había ridiculizado el asunto quitándole importancia durante tanto tiempo como le fue posible, debido a que había renunciado a afrontar unos hechos que resultaban sumamente desagradables para todos.

—Así que había debilidad bajo la «fachada» —recapacitó la señorita Bulstrode—. Llegué a sospecharlo en más de una ocasión.

—Presumo que a ella también le era imposible conciliar el sueño, y creo que fue con sigilo al pabellón de deportes a registrar la taquilla de Shaista para tratar de encontrar un posible indicio que arrojara luz sobre la desaparición de la chica.

—Parece usted tener explicaciones para todo, monsieur Poirot.

—Esa es su especialidad —indicó el inspector Kelsey con cierto asomo de picardía.

—¿Y con qué finalidad pidió a Eileen Rich que hiciera bosquejos de varias de mis profesoras?

—Quería probar la habilidad de Jennifer para reconocer una cara. Me satisfizo cerciorarme enseguida de que Jennifer Sutcliffe estaba demasiado preocupada por sus propios asuntos y que dedicaba a los demás apenas una rápida ojeada, en el mejor de los casos, tomando nota únicamente de los detalles externos. Su alumna no reconoció a mademoiselle Blanche en un boceto en el que aparecía con un estilo diferente de peinado, de modo que mucho menos podría haber reconocido a Ann Shapland, a quien, como secretaria de usted, rara vez tuvo ocasión de ver de cerca.

—¿Usted opina que la mujer que le trajo la raqueta nueva fue la propia Ann Shapland en persona?

—Sí. Todo ese asunto fue cosa suya. ¿Recuerda aquel día en que la llamó para que enviase un recado a Julia pero, al no contestar al timbre, envió usted a una alumna a buscarla? Ann estaba acostumbrada a disfrazarse con rapidez. Se puso una peluca rubia y un sombrero llamativo, se pintó las cejas de un estilo y un tono diferentes y se vistió con ropas estrafalarias. Solo necesitó ausentarse de su máquina de escribir durante unos veinte minutos. Yo me di cuenta, gracias a los interesantes esbozos de la señorita Rich, de lo fácil que es para una mujer cambiar de aspecto mediante detalles puramente externos.

—En cuanto a la señorita Rich..., me gustaría saber... —manifestó la señorita Bulstrode pensativamente.

Poirot dirigió una mirada al inspector Kelsey y este dijo que tenía que marcharse.

—¿La señorita Rich...? —repitió la señorita Bulstrode.

—Haga que vayan a buscarla —respondió Poirot—. Es mejor así.

Eileen Rich apareció. Tenía la cara pálida, pero miró a los demás desafiante.

—Usted desea saber —dijo a la señorita Bulstrode— qué es lo que yo estaba haciendo en Ramat.

—Me parece que tengo cierta idea —replicó la aludida.

—Bien —intervino Poirot—. Los niños de hoy en día conocen todas las cosas de la vida, pero sus ojos, a menudo, conservan su inocencia.

Añadió que debía marcharse y salió de la habitación.

—Era eso, ¿no es cierto? —preguntó la señorita Bulstrode con una voz animada en la que se advertía su espíritu práctico—. Jennifer dijo simplemente que la recordaba más gruesa. No se dio cuenta de que lo que había visto era una mujer embarazada.

—Sí —confesó Eileen Rich—. Era eso. Iba a tener un hijo, pero no quería abandonar mi trabajo aquí. Logré ocultarlo durante el otoño, pero después empezó a notarse. Conseguí el certificado de un doctor en el que constaba que no me hallaba en condiciones de seguir con mi trabajo y alegué que estaba enferma. Me marché al extranjero, a un lugar remoto donde pensé que era muy improbable que me encontrara a ninguna persona conocida. Regresé a Inglaterra; el niño nació... muerto. Volví aquí este trimestre y confié en que nadie llegaría nunca a saber... Ahora lo comprende, ¿verdad?, por qué le dije que me habría visto obligada a rechazar su oferta de asociarme, si es que usted me la hubiera hecho. Solamente ahora, que el colegio pasa por tal desastre, creo que, después de todo, podría estar en condiciones de aceptar. —Hizo una pausa y luego dijo con un tono de voz muy realista—: Y ahora ¿quiere usted que me marche? ¿O debo esperar hasta el final de este trimestre?

—Usted se quedará aquí hasta el fin de este trimestre —decidió la señorita Bulstrode—. Y si volvemos a abrir el próximo trimestre, deseo que vuelva para trabajar con nosotros.

—¿Que vuelva? —dijo Eileen Rich—. ¿Quiere decir que todavía me necesita?

—Por supuesto que la necesito —aseguró la señorita Bulstrode—. Usted no ha matado a nadie ni se ha vuelto loca por unas joyas ni ha llegado a asesinar para conseguirlas. Le diré lo que ha hecho. Usted, probablemente, ha luchado contra sus instintos durante mucho tiempo. Conoció a un hombre, se enamoró de él y tuvo un hijo. Imagino que no pudieron casarse.

—Nunca se planteó la cuestión del matrimonio. Yo lo sabía. Él no tiene la culpa de nada.

—Entonces, todo está perfectamente —opinó la señorita Bulstrode—. Usted tuvo una aventura amorosa y un hijo. ¿Deseaba tener ese hijo?

—Sí —aseguró Eileen Rich—. Quería tenerlo.

—Lo suponía —dijo la señorita Bulstrode—. Ahora voy a decirle una cosa. Creo que, a pesar de este asunto amoroso, su verdadera vocación en la vida es la enseñanza. Su profesión significa más para usted que llevar una vida corriente con marido e hijos. Una vida vulgar.

—Oh, sí —convino Eileen Rich—. Estoy segura de ello. Lo he sabido siempre. Siempre he querido dedicarme a la enseñanza... Ésa es la verdadera pasión de mi vida.

—Entonces no lo dude —le aconsejó la señorita Bulstrode—. Le estoy haciendo una oferta muy interesante. Esto es, siempre que las aguas vuelvan a su cauce. Transcurrirán dos o tres años hasta que pongamos de nuevo en el mapa el internado Meadowbank. Usted tendrá ideas diferentes a las mías respecto a cómo lo haremos; yo prestaré atención a sus ideas, puede que incluso ceda ante algunas de ellas. Porque imagino que desea que las cosas sean diferentes en Meadowbank.

—En ciertos detalles, sí que lo deseo —admitió Eileen Rich—. No me gustan los fingimientos ni las cursilerías. Desearía que se pusiera más énfasis en admitir a las chicas que realmente valen.

—¡Ah! —exclamó la señorita Bulstrode—. Comprendo. Lo que a usted no le gusta es el elemento esnob.

—Sí —repuso Eileen—. Opino que para lo único que sirve es para estropear las cosas.

—Lo que tal vez usted no advierte es que para poder admitir a esa clase de chicas que dice, hay que admitir también al elemento esnob. En realidad, es un componente muy reducido, como ya sabe. Unas cuantas princesas extranjeras, algunos grandes nombres y todos los padres bobos del país querrán que sus hijas vengan a Meadowbank. ¿Cuál es el resultado? Una extensísima lista de aspirantes. Yo echo un vistazo a las chicas que componen esa lista, las comparo y hago mi selección. Se consigue lo más selecto, ¿comprende? Escojo a mis alumnas, las escojo muy cuidadosamente: a unas por su personalidad, a otras por su inteligencia y a otras, en fin, por su puro intelecto académico. También selecciono a algunas porque, a mi juicio, nadie les ha dado una oportunidad pero tienen madera para que podamos sacar algo de ellas, algo que valga la pena.

»Usted es joven, Eileen. Está llena de ideales... Es la enseñanza lo que más le importa, así como su aspecto ético. Sus ideales son algo magnífico porque son las chicas las que importan; no obstante, si quiere que algo triunfe, tiene que ser también una buena empresaria. Las ideas son como todo lo demás: se han de ofrecer en el mercado. Habrá que adular a mucha gente para volver a poner Meadowbank en circulación, tendré que echarle el anzuelo a un grupo de personas, antiguas alumnas, darles coba y argüir con ellas para conseguir que envíen aquí a sus hijas. Y entonces vendrán las otras. Usted me deja a mí realizar mis trucos y después hace las cosas a su manera. Meadowbank seguirá adelante y continuará siendo un colegio excelente.

—Será el mejor colegio de Inglaterra —pronosticó Eileen Rich entusiasmada.

—Estoy de acuerdo —dijo la señorita Bulstrode—. Y Eileen, yo, en su lugar, me cortaría el pelo y me lo arreglaría de un modo más conveniente. Da la impresión de que no se las apaña usted para hacerse ese moño. Y ahora debo ir a ver a Chaddy.

Entró en el cuarto de la señorita Chadwick y se acercó a la cama. Estaba acostada, inmóvil y muy pálida. Tenía la cara exangüe y se advertía que la vida se le escapaba por momentos. Un policía estaba sentado cerca de ella con un bloc de notas; al otro lado de la cama se encontraba la señorita Johnson, que miró a la señorita Bulstrode y asintió suavemente con la cabeza.

—Hola, Chaddy —dijo la señorita Bulstrode.

Tomó la flácida mano de su amiga entre las suyas y la señorita Chadwick abrió los ojos y habló.

—Quiero decirle —declaró— que Eleanor... fue..., fui yo.

—Sí, querida, ya lo sé —afirmó la señorita Bulstrode.

—Tenía envidia —confesó a continuación la señorita Chadwick—. Quería...

—Lo sé —replicó la señorita Bulstrode.

Las lágrimas corrían lentamente por la mejilla de la señorita Chadwick.

—¡Es tan espantoso!... Yo no me proponía... ¡No sé cómo llegué a hacer semejante cosa!...

—No piense más en ello —le aconsejó la señorita Bulstrode.

—Pero no puedo..., usted nunca..., yo nunca podré perdonármelo...

La señorita Bulstrode le apretó la mano un poco más fuerte.

—Escuche, querida —le dijo—. Salvó mi vida, ya lo sabe. Mi vida y la de esa mujer tan agradable, la señora Upjohn. Eso dice mucho en su favor, ¿no?

—Solamente desearía —dijo la señorita Chadwick— haber podido dar mi vida por ustedes dos. Eso lo habría solucionado todo...

La señorita Bulstrode la miró con una enorme compasión. La señorita Chadwick exhaló un profundo suspiro y después, moviendo la cabeza lentamente hacia un lado, expiró.

—Ya dio usted su vida, querida —susurró la señorita Bulstrode—. Espero que se dé cuenta de ello... ahora.

Capítulo 25

Legado

I

—Un tal señor Robinson viene a verlo, señor.

—¡Ajá! —exclamó Hércules Poirot. Alargó la mano y cogió una carta del escritorio que tenía delante de él. La miró y dijo—: Hágalo pasar, George.

La carta consistía solamente en unas cuantas líneas.

Querido Poirot:

Puede que vaya a visitarle un tal Robinson en un futuro muy próximo. Es una personalidad eminente en ciertos círculos. Hay gran demanda de tales hombres en nuestro mundo moderno... Creo, si se me permite decirlo así, que este caso está del lado de los ángeles. Esta es solo una recomendación en el supuesto de que llegara a dudar. Desde luego, y subrayo esto, no tenemos ni idea del asunto sobre el que él quiere consultarle a usted...

Siempre suyo,

Ephraim Pikeaway

Poirot soltó la carta y se levantó para saludar al señor Robinson. Hizo una inclinación de cabeza, se estrecharon la mano y le indicó una silla.

El señor Robinson se sentó, sacó un pañuelo y se enjugó su amplio y amarillento rostro. Comentó que hacía un día muy caluroso.

—Supongo que no habrá venido usted andando con esta temperatura...

Poirot pareció horrorizarse ante la mera posibilidad.

Por una asociación de ideas bastante natural se llevó los dedos al bigote.

No advirtió que estuviera lacio.

El señor Robinson pareció igualmente horrorizado.

—No, no, claro que no. He venido en mi Rolls. Pero los atascos a veces te hacen esperar hasta media hora.

Poirot asintió con la cabeza para indicar que lo entendía.

Se hizo un silencio... El silencio que sigue a la parte inicial de una conversación antes de emprender la segunda.

—Me interesó mucho cuando me enteré... (claro que uno se entera de tantas cosas..., la mayoría de ellas inciertas...) de que usted se ocupó de los asuntos de un colegio femenino.

—¡Ah! —exclamó Poirot—. ¡Eso...!

Se retrepó en su sillón.

—Meadowbank —dijo el señor Robinson—. Uno de los principales colegios de Inglaterra.

—Es un internado magnífico.

—¿Lo es o lo era?

—Espero que lo primero.

—Yo también lo espero —repuso el señor Robinson—. Creo que el runrún durará poco. ¡Ah, bueno! Uno tiene que hacer lo que pueda. Un pequeño apoyo económico para superar las dificultades hasta que las aguas vuelvan a su cauce. Un plantel de nuevas alumnas cuidadosamente seleccionadas. No carezco de influencia en determinados círculos europeos.

—Por mi parte, yo también he tratado de influir en diversas esferas. Sí; como usted asegura, podemos superar las dificultades. Por fortuna, la memoria de la gente es muy limitada.

—En eso es en lo que confío. Pero hay que admitir que los acontecimientos que han tenido lugar allí bien han podido poner a prueba el sistema nervioso de muchas madres apasionadas... y también de los padres. La profesora de deportes, la profesora de francés y otra más todavía... Todas asesinadas.

—Exactamente.

—Me he enterado —le comunicó el señor Robinson—. ¡Uno oye tantas cosas...! Me he enterado de que la desdichada joven responsable había padecido de fobia contra las maestras desde su adolescencia. Una desventurada niñez en el colegio. Con esto, los psiquiatras tienen para entretenerse; tratarán al menos de conseguir del jurado un veredicto de responsabilidad atenuada, como hoy en día la llaman.

—Esa defensa parece ser la mejor —observó Poirot—, pero me perdonará si le digo que espero que no tenga éxito.

—Estoy totalmente de acuerdo con usted. Sin duda, se trata de una asesina a sangre fría. Sin embargo, sacarán a relucir sus excelentes referencias, su labor como secretaria de varios personajes muy conocidos, su hoja de servicios durante la guerra..., muy distinguida según tengo entendido..., contraespionaje... —Dejó escapar las últimas palabras con cierto tono, como con una insinuación interrogativa en el tono de su voz—. Valía mucho, según creo —dijo retomando su tono de voz normal—. Tan joven, pero bastante destacada..., de gran utilidad a ambas partes... Ese fue su oficio, debería haberse limitado a él, pero me hago cargo de lo que es una tentación... Operar aisladamente y coger una buena presa. —Más bajito añadió—: Una buena presa.

Poirot asintió.

El señor Robinson se inclinó hacia delante.

—¿Dónde están, monsieur Poirot?

—Creo que usted lo sabe.

—Bueno, francamente, sí, lo sé. Los bancos son establecimientos muy útiles, ¿no le parece?

Poirot sonrió y el señor Robinson añadió:

—No tenemos por qué darle más vueltas al asunto, ¿verdad, mi querido amigo? ¿Qué va usted a hacer con ellas?

—He estado esperando.

—¿Esperando qué?

—Digamos... sugerencias.

—Sí, me hago cargo.

—Comprenda que no me pertenecen. Me gustaría hacerle entrega de ellas a su legítima propietaria. Pero eso, si he apreciado bien la situación, no es tan sencillo.

—Los Gobiernos se encuentran en una posición tan enrevesada... —afirmó el señor Robinson—. Vulnerable, por decirlo así. Y con el petróleo y el acero y el uranio y el cobalto y todo lo demás, las relaciones extranjeras son una cuestión de la más extrema delicadeza. Lo importante es poder decir que el Gobierno de Su Majestad, etcétera, no tiene en absoluto ninguna información al respecto.

—Pero yo no puedo conservar este importante depósito en mi banco de forma indefinida.

—Exactamente. Por eso he venido a proponerle que me las confíe a mí.

—¡Ah! —exclamó Poirot—. ¿Por qué?

—Puedo darle a usted excelentes razones. Esas joyas... Por fortuna, no somos oficiales de policía y podemos llamar a las cosas por su verdadero nombre... Esas joyas eran parte incuestionable de la fortuna personal del difunto príncipe Alí Yusuf.

—Así lo tengo entendido.

—Su Alteza se las entregó al capitán Robert Rawlinson con ciertas instrucciones. Tenían que sacarlas de Ramat y entregármelas a mí.

—¿Tiene usted prueba de ello?

—Por supuesto.

El señor Robinson sacó de su bolsillo un sobre entrelargo. Extrajo varios papeles de él y los puso encima de la mesa, a la vista de Poirot.

El detective se inclinó sobre ellos y los examinó con el mayor cuidado.

—Parece ser como usted dice.

—Bueno, en ese caso...

—¿Le importaría que le hiciera una pregunta?

—En asboluto.

—Personalmente, ¿qué beneficio saca usted de todo esto?

El señor Robinson pareció sorprendido.

—Mi querido amigo...: dinero. Dinero, desde luego. Una enorme cantidad de dinero.

Poirot lo miró pensativo.

—Es un tráfico muy antiguo —explicó el señor Robinson—. Y muy lucrativo. Dentro de él nos movemos muchísimas personas, una red que se extiende por todo el globo. Somos, ¿cómo diría?, los que lo disponemos todo entre bastidores. Para reyes, para presidentes, para políticos... En pocas palabras, para todos aquellos sobre quienes, como dijo el poeta, cae de lleno la implacable luz del sol de mediodía. Cooperamos mutuamente, y tenga en cuenta esto: confiamos los unos en los otros. Nuestros beneficios son cuantiosos, pero procedemos con honradez. Nuestros servicios son onerosos, pero servimos satisfactoriamente.

—Ya veo —dijo Poirot—. *Eh bien!* Accedo a lo que me pide. Creo que esta decisión contentará a todo el mundo.

Los ojos del señor Robinson se fijaron durante un instante en la carta del coronel Pikeaway que quedaba a la derecha de Poirot.

—Pero la verdad es que soy humano —añadió Poirot—. Tengo curiosidad. ¿Qué va a hacer con las joyas?

El señor Robinson lo miró. En su amplia faz amarillenta se replegó una sonrisa y se inclinó hacia delante.

—Se lo voy a decir.

Y se lo contó.

II

Los niños estaban jugando calle arriba y calle abajo. Sus broncos chillidos henchían la atmósfera. Cuando el señor Robinson se bajó pesadamente de su Rolls, uno de ellos le disparó con un arma imaginaria. Él apartó al pequeño con un movimiento nada severo de su mano y se fijó, con más o menos detenimiento, en el número de la casa.

El 15. Ese era. Empujó la pequeña verja de la entrada y subió los tres peldaños que daban acceso a la puerta principal. Observó que detrás de las ventanas colgaban primorosos visillos y que el aldabón de bronce estaba muy bien lustrado. Una casita casi insignificante en una callecita insignificante de una insignificante parte de Londres, pero estaba bien cuidada y casi parecía que tuviera consciencia de ser una hermosa casa.

Se abrió la puerta. Una joven de unos veinticinco años de aspecto agradable, con la serena belleza propia de un cromo de la tapa de una cajita de bombones, le dio la bienvenida con una sonrisa.

—¿El señor Robinson? Pase.

Lo condujo a la salita. Un televisor, cretonas que imitaban dibujos de la época de los Estuardo y una pequeña pianola contra una pared. Ella llevaba puesta una falda oscura y un jersey de color gris.

—¿Tomará una taza de té? Estoy hirviendo el agua.

—No, gracias. Nunca bebo té. Además, voy a estar aquí nada más que un ratito. He venido solo para traerle lo que le dije por escrito.

—¿De Alí?

—Sí.

—No hay..., ¿no podría haber ninguna esperanza? Me refiero a si están completamente seguros de que lo mataron; ¿no podría tratarse de un error?

—Me temo que no fue ningún error —repuso suavemente el señor Robinson.

—No, no, supongo que no. De todos modos, yo nunca esperé... Cuando regresó a su país, tuve el presentimiento de que jamás volvería a verlo. No quiero decir que creyera que lo iban a matar o que iba a haber una revolución. Solo que..., bueno, ya sabe... Él habría tenido que continuar, cumplir con sus deberes..., lo que se esperaba de él. Casarse con una mujer de su propio pueblo... Todo eso.

El señor Robinson sacó un paquetito y lo puso encima de la mesa.

—Ábralo, por favor.

Lo palpó un poco con los dedos, rasgó la envoltura exterior y entonces abrió la funda.

Ella contuvo la respiración.

Rojas, azules, verdes, blancas, todas centelleantes como el fuego, con vida propia... Parecían transformar aquel pequeño y sombrío cuartito en la cueva de Aladino.

El señor Robinson la observaba. Había visto a tantas mujeres contemplando joyas...

Finalmente, con voz desalentada ella dijo:

—¿Son...? ¿Es posible que sean... verdaderas?

—Son verdaderas.

—Pero deben de valer... Deben de valer...

Su imaginación no fue capaz de encontrar una cifra.

El señor Robinson hizo un breve movimiento de cabeza.

—Si desea venderlas, probablemente pueda sacar medio millón de libras por ellas.

—No..., no es posible. —De repente, las tomó todas en el hueco de su mano y volvió a empaquetarlas con dedos temblorosos—. Estoy atemorizada —manifestó—. Me amedrentan. ¿Qué voy a hacer con ellas?

La puerta se abrió con gran estrépito. Un niño pequeño se precipitó en el interior.

—Mamá, fíjate qué tanque más bonito. Es de Billy, que...

Se detuvo mirando fijamente al señor Robinson. Era un niño de ojos oscuros y de piel verde oliva.

—Ve a la cocina, Allen —le ordenó su madre—; allí tienes la merienda preparada. Leche, galletas y un buen trozo de bizcocho.

—¡Oh, qué bueno! —Se marchó ruidosamente.

—¿Le ha puesto usted Allen? —preguntó el señor Robinson.

Ella se sonrojó.

—Era el nombre que más se parecía al de Alí. No podría llamarle Alí... Habría sido muy penoso para él. Y los vecinos, y todo el mundo... —Su rostro volvió a ensombrecerse—. ¿Qué debo hacer?

—En primer lugar, ¿tiene usted su certificado de matrimonio? Habrá que acreditar que usted es la persona que dice ser.

Ella se lo quedó mirando fijamente durante un instante y a continuación se dirigió hacia un pequeño *bureau*. De uno de los cajones sacó un sobre y de este extrajo un papel, que le presentó.

—¡Aja!... Sí... Del Registro Civil de Edmondstown. Alí Yusuf, estudiante... Alice Calder..., soltera... Sí, todo en orden —concluyó él.

—Es perfectamente legal. Tan válido como cualquier otro, y nadie se preguntó quién era él. Hay tantos de estos musulmanes entre los estudiantes extranjeros, ¿sabe? —explicó ella—. Nosotros sabíamos que lo nuestro no iba a llegar muy lejos. Él era musulmán y podía tener más de una esposa, y comprendía que tenía que volver a su país precisamente para casarse. Hablamos de ello. Pero Allen ya estaba de camino, ¿sabe?, y él dijo que esto sería lo más conveniente para el niño. Nos casamos para que Allen fuera un niño legítimo. Era lo mejor que podía hacer conmigo. Me quería de verdad, ¿sabe? Me quería, sí...

—Sí —dijo el señor Robinson—. Estoy seguro de que la quería mucho. —Tratando de sonar animado, prosiguió—: Ahora supongamos que se pone usted en mis manos. Yo me encargaré de la venta de estas piedras y le dejaré la dirección de un abogado, un gran jurista merecedor de la más absoluta confianza. Le aconsejará, supongo, que invierta la mayor parte del dinero en acciones. También habrá otras cosas que considerar, como la educación de su hijo y cómo va a desenvolverse usted en su nueva vida. Necesitará que alguien la ayude en ese sentido, va a ser una mujer inmensamente rica y le será muy difícil deshacerse de todos los tiburones, embaucadores y demás gentes de esa ralea que la acosarán con la pretensión de engañar a su buena fe. Su vida no será fácil, excepto en el sentido estrictamente material. Los ricos no tienen una existencia tranquila, se lo puedo asegurar... He conocido a muchos como para hacerme esa ilusión. Pero usted es una mujer con carácter. Creo que conseguirá vencerlos. Y este niño suyo puede que llegue a ser un hombre más feliz de lo que fue su padre. —Hizo una pausa—. ¿No está de acuerdo conmigo?

—Sí. Lléveselas. —Las acercó hacia él. De repente, dijo—: Esa colegiala..., la que las encontró... Me gustaría que se quedara con una de ellas. ¿Cuál? ¿Qué color le parece a usted que le gustaría más?

El señor Robinson reflexionó:

—Una esmeralda, tal vez; verde, como el misterio. Es un bonito gesto por su parte. Seguro que a ella la conmueve. —Se puso en pie—. Le cobraré por mis servicios, ¿sabe? —puntualizó el señor Robinson—. Y mis honorarios son muy elevados. Pero no la engañaré.

Ella le dedicó una discreta mirada.

—No, no creo que lo haga. Y necesito una persona que sepa de negocios, porque yo no sé nada de nada.

—Parece ser usted una mujer muy sensata, si puedo decirlo. Pero ¿quiere que me las lleve todas? ¿No desea quedarse siquiera con una?

La observó con curiosidad, descubriendo en sus ojos una súbita llama vacilante de excitación, de deseo vehemente, de codicia. Después la llama se extinguió.

—No —decidió Alice—. No quiero conservar ni una. —Sus mejillas se arrebolaron—. ¡Oh!, creo que le parecerá una tontería que no me quede ni siquiera con un gran rubí o una esmeralda, aunque solo sea de recuerdo, pero, verá, él y yo... Él era musulmán, pero le gustaba que le leyera algunos versículos de la Biblia de cuando en cuando..., y una vez comentamos ese pasaje referente a una mujer cuyo precio estaba por encima de todos los rubíes de la Tierra. Por eso no quiero tener joya alguna. No, no me hacen falta.

«Una mujer excepcional», se dijo el señor Robinson mientras se encaminaba hacia el Rolls que lo estaba esperando.

Y repitió para sus adentros: «Una mujer excepcional».

Descubre los clásicos de Agatha Christie

Y NO QUEDÓ NINGUNO
ASESINATO EN EL ORIENT EXPRESS
EL ASESINATO DE ROGER ACKROYD
MUERTE EN EL NILO
UN CADÁVER EN LA BIBLIOTECA
LA CASA TORCIDA
CINCO CERDITOS
CITA CON LA MUERTE
EL MISTERIOSO CASO DE STYLES
MUERTE EN LA VICARÍA
SE ANUNCIA UN ASESINATO
EL MISTERIO DE LA GUÍA DE FERROCARRILES
LOS CUATRO GRANDES
MUERTE BAJO EL SOL
TESTIGO DE CARGO
EL CASO DE LOS ANÓNIMOS
INOCENCIA TRÁGICA
PROBLEMA EN POLLENSA
MATAR ES FÁCIL
EL TESTIGO MUDO
EL MISTERIO DE PALE HORSE
EL MISTERIO DEL TREN AZUL
EL TRUCO DE LOS ESPEJOS
TELÓN
CRIMEN DORMIDO
¿POR QUÉ NO LE PREGUNTAN A EVANS?

UN PUÑADO DE CENTENO
EL MISTERIOSO SEÑOR BROWN
LA RATONERA
MISTERIO EN EL CARIBE
PELIGRO INMINENTE
DESPUÉS DEL FUNERAL
ASESINATO EN EL CAMPO DE GOLF
LA MUERTE DE LORD EDGWARE
EL HOMBRE DEL TRAJE COLOR CASTAÑO
DESTINO DESCONOCIDO
EL SECRETO DE CHIMNEYS
UN GATO EN EL PALOMAR